（赫连勃勃大王）　梅毅◎著

铁血华年

【辛亥革命那一枪】

华艺出版社
HUA YI PUBLISHING HOUSE

总 序 言

沈渭滨（复旦大学教授　博导）

　　梅毅（赫连勃勃大王），是近几年来成长起来的历史作家。他的本职是金融事业，写作全在业余时间。每当一天劳累之后，他便浸沉在浩汗的史书堆里，勾稽爬梳，探秘索隐。久而久之，积掖成裘，悟性得道，便敲击键盘，一字字地打出他对历史的理解和对朝代更迭、人亡政息的叹谓，于是，一部部著作便在网络中出现。

　　梅毅以"赫连勃勃大王"的 ID 行走网络江湖，吸引了众多的读者和出版商，一时间洛阳纸贵，争相出版纸质文本，不几年就成为令人瞩目的大众历史作家。我对他的作品，按出版时序排列了一下，从 2005 年到现在，短短的四年内，他埋头创作，出书十种，总字数超过 500 万，确实算得上是个高产作家了。一个年轻人，有此成绩，值得赞许。他的成功，当然与改革开放、时代进步有关。梅毅赶上了好时代，他是幸运的。但是，再好的时代，若不勤奋努力，也难以脱颖而出。"天道酬勤"！时代，总是拥抱那些勤奋者，成功的大门，专为不懈追求的人敞开着。梅毅的经历，印证了这个人所熟知却往往被人忽视的天理。

　　梅毅写的都是历史。除了几部历史大视野的作品，如《隐蔽的历史》、《历史的人性》等等之外，最受世人注目的是一批类似历史演义体的断代史作品，起始于两晋南北朝，中经隋唐五代、宋辽金夏、元、明（包括南明小朝廷）下迄太平天国，几乎代代赓续，组合成一个中国历史的系列。虽然梅毅的这套历史文集首缺秦汉，尾阙清史，但从中仍可清晰地体察出兴亡继绝、人事代谢的历史脉络。

　　在近代中国，写历史演义最出名的，是浙人蔡东藩先生。蔡先生于光绪初年，幼而笃学。少长，精于治史。辛亥以后，他侨寓上海，为会文堂书局编写历代通俗演义，自前汉迄于清代，共 11 部，于 1916 年起陆续出书。蔡东藩先生的历史演义，虽难称洛阳纸贵，但可说名噪一时。1945 年蔡先生走后，时至今日，久不见有此壮举，不免令人惆怅。现在，欣喜地发现，大陆学界出了个梅毅，他以英美文学专业出身的业余历史作家，用七部令人耳目一新的断代史，前后赓续地组成一套中国历史大系。如此，使我惊讶

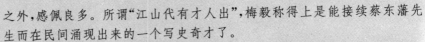

之外，感佩良多。所谓"江山代有才人出"，梅毅称得上是能接续蔡东藩先生而在民间涌现出来的一个写史奇才了。

　　与蔡东藩先生的历史演义以事件史为结构主线的写作方法不同，梅毅的断代史，每一部都以人物的活动为线索，能够全方位展示历史的纵深发展。两种不同的结体和写法，可谓各有千秋。前者，史的物质明显；后者，文学性、可读性更强。正如评论者指出：梅毅给笔下的历史人物赋予鲜活的个性而呈现出人性的复杂多变，从而使历史事件的进程跌宕起伏和充满激情，这样一来，历史也就好看起来。

　　梅毅的历史著作，游走于文学与历史之间，既摆脱了以事件史描述为主体的历史著作那种沉闷枯燥的格调，又不同于小说家的虚构与臆造，也与散文家抒发情感的恣肆与叹谓有别。他的书，史料扎实，旁征博引，有学者深沉的气度，有作家恣肆的文笔，加之其年轻人特有的敏锐，使得他诠释史事的视角卓尔不群，富有独识灼见。

　　历史，本来就是由人的活动构成的往事。人是历史的主体。司马迁的《史记》，就是因为写活了人而传之不朽。可惜，这一传统没有很好的继承下来。从班固的《汉书》开始，一部部的所谓"正史"，都少了对历史人物的人文关注。后来的历史著作，尤其出现了"非人化"的倾向，变得呆板沉闷。于是，充满人性、生动活泼的历史，也就与现实的受众渐行渐远。梅毅的断代史所组合的历史大系，能以历史人物大起大落的开合描写，来承载史事的开张演化，能以作者的激情赋予历史的生命，尽管其间可能有若干观察上的失当和诠释上的瑕疵，但无论如何，都是值得欣慰、值得赞赏的。

　　要写活历史，除了扎实的史学功底和睿知的识见外，生动的文笔当不可少。我详读了梅毅的《亡天下－南明痛史》、《极乐诱惑－太平天国的兴亡》、《华丽血时代－两晋南北朝的另类史》，并浏览了其它几种断代史，感到梅毅的文笔确实生动，具有亦庄亦谐的感人魅力。我曾在一篇评论梅毅作品的短文中说："他一系列历史纪实体作品，似乎有着共同的写作风格：他力图继承太史公开创的历史文学的余绪和评判史事的精神，努力效法历史演义家的结构布局和善于演绎的流风，倾心于散文、小说家捕作细节、铺叙感受的技巧，试图融会于一炉。"这样的理解，是不是对？我也希望梅毅作品的爱好者一起来讨论。

　　梅毅出版历史文集，不仅是出版界对年轻作家的人文关怀，而且也是社会正在形成史学热的需要，这，恰恰是接续我们的时代延续文脉、推陈出新的好事。我之所以拉杂写了这些，聊充序言，理正在此。

自 序

早产的革命

言及武昌首义引发的辛亥革命，我们被教科书简单化的当代人脑子里面，对此立刻涌出太多的疑问：

在1911的晚秋发生的辛亥革命，真像标签式教科书上所讲的是一次"资产阶级革命"或者"旧民主主义革命"吗？

领导和参加起义的那些革命者们，清朝的新军军官、士兵、高级官吏、会党、地主，以及形形色色大小武装集团的头子们，都属于资产阶级吗？

辛亥革命前，革命志士自杀式的暗杀，为什么不能同现在中亚的恐怖主义划上等号？

青年汪精卫，为什么那时候有足够的勇气，从安逸的南洋返回，以"引刀成一快，不负少年头"的大无畏勇气，去刺杀虏王载沣？

一生戎马倥偬、反藏独的民族英雄赵尔丰，是在何种情况下，变成了成都"赵屠户"？

所谓的袁世凯、黎元洪"篡夺"辛亥革命胜利果实，知与不知，在让后人莫明其妙咬牙切齿之余，我们扪心自问：这种结果，是历史的荒唐，是大势所趋，还是孙中山等党人的无奈？

清朝残酷压迫汉人二百六十多年，亡于寡妇孤儿之手，为什么那么多人对于袁世凯的"逼宫"深恶痛绝？我们的国人，从什么时候起，失去了有仇必报的"冉闵人格"呢？

在爱国和"卖国"之间，孙中山到底跨越了哪条底线？中国同盟会与日本黑龙会之间千丝万缕的联系，在我们的教科书中，为什么一直讳莫如深？

辛亥革命后，中国民众所得，真的不过是"枉然"失去了一条脑后的辫子而已吗？

为什么在湖北？为什么是清朝新军？为什么一场谣言所引发的士兵革命，是一个包含着极大偶然性的必然事件？

……

太多太多的问题！

1911年10月10日，湖北武昌新军工程营中的一声枪响，绝非普通的一枪，它是中国民主主义、民族主义革命的发令枪，是埋葬清朝二百六十多年统治的夺命枪，也是结束中国长达两千余年封建帝制的宣示性的一枪。

在并不遥远的、近一个世纪前发生的事情，如今回望过去，却如雾里观花，那样模糊不清，那样扑朔迷离，甚至，那样不可思议。

10月10日，在那样一个杀机四伏、危险重重、激动人心、令人屏息的夜晚，到底发生了哪些事情呢？

"舍得一身剐，敢把皇帝拉下马！"

辛亥革命的武昌首义，是一首个人英雄主义的伟大史诗，也是一首民族主义的雄浑交响曲！

掸去历史的灰尘，我们终于发现，武昌起义，这个宏大、雄壮的历史过程，正是在某些英雄个人的主观意志活动下达成的。

在伟大的革命中，新军官兵们无惧牺牲和挫折，他们大无畏的革命冲动，使得枯燥、琐碎、危险的日常生活，顿时充满了冒险和激动。即使是一个铁钉，一个威力微小的炸弹，一纸无关紧要的文字，也因革命的宏大叙事，而变得充满了戏剧性和不朽的意义。

作为那些已经超越时代局限的革命者个人，他们坚韧不屈，充满了乐观主义精神和历史感，百死不挠。

在个人英雄主义的激励下和民族主义的感召下，那么多坚忍不拔的革命士兵、知识分子，抛头颅，洒热血，以身殉志，以命酬国。

武昌起义，敲响了清朝王朝的丧钟。在中国的腹心地区，革命军打开了一个血淋淋的缺口，形成了对清王朝的突破性一击，进而在全国点燃了革命和独立的燎原烈火，最终迫使清帝退位，结束了中国二千多年的君主专制统治。

武昌起义，是中国历史上一场伟大的军事、政治试验，它催生了中国人数千年历史上的第一个共和国——中华民国。

无量金钱无量血，最终换取这个结果，都是值得的。

这场地方精英们所领导的武装起义和暴动，以其超乎预料的辐射作用，颠覆了清朝王朝二百多年的统治。

从革命性质来看，它确实是一场以民族革命为现实基础的伟大政治革命。

武昌起义的仁人勇士们，在血与火的考验中，他们所展现出的大无畏的历史主动精神和首创精神，使得他们的名字会永远镌刻在人民的集体记忆中！

可惜，辛亥革命，又是一场早产的革命，注定要夭折。

随之而起的，是无数让人焦虑的问题。革命"胜利"后，经由无数次妥协、按照美国模版建立的国家，那么突兀，那么忽然，有悖于我们国家人民的天性、历史的传统、儒教的信仰以及我们所能顺利适应的政治制度。

所以，在这种基础上所描绘的共和蓝图，最终我们发现，不过是一幅粗

铁血华年

糙、稚陋的政治漫画。

在近现代史中,我们中国,一直是个缺乏运气的国家。

1853 年,日本的德川幕府没能阻止美国海军准将培理的武装舰队进入江户湾。在切实感受到自身虚弱的刺激下,日本人群情激奋,仅仅过了 15 年,明治维新告成。至此,日本完成了西化运动,而且实现了一种在现代西方世俗精神影响下的科学西化;而中国,自 1793 年英国人马嘎尔尼率领使团访华,就下跪、不下跪问题,西人与固步自封的乾隆帝纠缠久之,我们的"天朝"大皇帝依旧浸沉于中央王国的自恋中。过了 118 年,我们这个国家才最终能造成一种破坏性、颠覆性的政治建设的实现。而最终取代清朝帝国的,也不是强有力的、高效率的统治政府,而是中国王朝更迭后常见的那种秩序混乱的状态。

118 年和 15 年,这种距离,发人深省!

19 世纪五六十年代的"太平天国"洪秀全、19 世纪末期的孙中山以及 20 世纪前五十年的蒋介石,其实都在朝着"西化"的方向迈进。饶有意味的是,这三位基督教新教的虔信者(洪秀全是狂信者),最终无不以失败告终。

可以想见,在中国,从 1840 年一直以来的西化,不是科学的世俗西化,而是荒唐模仿(洪秀全)或者机械"翻译"基督教语意(孙、蒋)构造中国的西化。以这种基督教的模替手段来抵拒和适应强大西方文明对古老中国的冲击,历史证明,最终都不可能成功。

从历史的经验看,可以这样说,无论是西方的基督教教义还是什么诱人的俄式"理论",如果盲目地照搬到中国,这种"西方"模式不合适的外套,不可能适宜罩在中国固有的传统组织结构之上。所以,它的施行者们,最终都会精疲力竭。

西化,恰似穿一件崭新的华丽西服,孑然独行在崎岖的窄径。

西方主义在中国,通过笔者的观察,只能造成破坏或者起到某种激发活力的作用,并不能使得我们这个国家实现真正的稳定和大一统。

然而,在混浊、汹涌的历史潜流中,我们很长时期没有找到一个更好的"东方"视角,去观察、探析能让昔日的中央帝国实现真正富强的方向。

当然,纠缠这些"主义"、"理论",最终依旧会陷入普遍性、特殊性(即历史规律和历史个案)的泥沼。

在 21 世纪的今天,经历了公元前 221 年到公元 1840 年长达 2061 年天命中华帝国的烙印,其实,在我们人民的内心深处,依旧怀有浓厚、统一的帝国意识——一种稳定、成就、在世界能起巨大作用的意识。

"能争汉上为先着,此复神州第一功!"无论如何,辛亥革命,这一场看似鲁莽、猝然、由一个清军新军班长(正目)联合几十个士兵以 150 发子弹所发起的起义,轰然弹发了革命的多米诺骨牌,抽去了清朝这个摇摇欲坠泥足巨人的脚下一块支板,让帝国跌入了永劫不复的历史深渊。

当然，辛亥革命的最终结局，也应验了英国哲学家卡尔·波普尔的理论：

"暴力革命造成的一个并非本意的后果，常常就是独裁。总是这样，法国革命带来罗伯斯庇尔和拿破仑。17世纪时的英国革命带来克伦威尔的独裁。……因此看来，革命理想的拥护者，几乎总是成了革命的受害者。"

这段话，很容易让我们联想到——辛亥革命，带来了袁世凯和日后的混战的军阀。

确确实实，"有暴力倾向的革命，肯定不容批评的自由和建立反对派的自由"，但这种苦涩的结果，绝非起义英雄们的初衷。

怀着许多好奇，许多敬畏，许多怀疑，我们回望1911那激动人心的铁血华年。

在对历史的凝视中，我们可能从高昂的革命和黯淡的失败中，寻找到给与我们启示的、成功的且少具破坏性的另一条新的道路。

或许如此，具有非凡凝聚力、耐久力和坚忍决心的中国人民，面对日后姗姗来迟的社会试验的风险，就会有足够的心理承受力和应变能力。

录《红叶》诗一阕，以代叹息：

　　　无定河边日已昏，西风刀剪更销魂。
　　　丹枫不是寻常色，半是啼痕半血痕。

是为序。

赫连勃勃大王（梅毅）

目　录

总序言

自序：早产的革命

暗夜沉沉血作灯
——唐才常，新世纪率先倒下的英雄

赤血横流洗乾坤
——史坚如、吴樾、徐锡麟的无悔青春
(14)…………………大好头颅何轻掷
　　　　　　　——为什么辛亥革命时期暗杀多
(16)…………………百粤山河照眼雄
　　　　　　　——史坚如刺德寿
(19)…………………百烈刚肠如火热
　　　　　　　——吴樾刺五大臣
(22)…………………誓灭胡奴出玉关
　　　　　　　——徐锡麟刺恩铭

引刀成一快　不负少年头
——韶华时光汪精卫
(31)…………………当时年少春衫薄
　　　　　　　——革命的喉舌
(35)…………………惟有实践出真知
　　　　　　　——南洋的鼓动
(37)…………………拼却头颅刺房酋
　　　　　　　——暗杀摄政王载沣
(44)…………………血泪已枯心尚赤
　　　　　　　——多余的感怀

夕阳回射照龙旗

——"君主立宪"：清朝政府最后的稻草

(47)…………………端方的迫切

——清朝权贵心目中的"立宪"

(50)…………………满汉畛域

——不能回避的问题

(52)…………………又一批人的利益受损

——各省咨议局、督抚们在"立宪"中的角色

(55)…………………没有"回光返照"经历的死亡

——清廷"立宪"的最终失败

天下未乱蜀先乱

——四川保路运动及其后果

(60)…………………尽是人民血汗钱

——四川路权纷争的由来

(62)…………………让洋人来"抄底"

——川汉铁路矛盾的加剧

(68)…………………热釜泼油激民愤

——从"文明争路"到武装抗暴

(71)…………………仇恨怒火势燎原

——保路同志会大起义

(73)…………………两个"能臣"的悲剧

——赵尔丰与端方

(74)…………………可惜白首悬朱门

——赵尔丰

(78)…………………万古同悲蜀道难

——端方

一夫鸣枪　三军皆反

——辛亥首义之精彩华章

(83)…………………为什么是武汉？为什么是新军？

(88)…………………作为革命的催化剂的政治团体

——"文学社"与"共进会"

(92)…………………"八月十五杀鞑子"

(95)…………………忙中添乱的烟灰

(97)…………………黎明前最黑暗的时刻

(103)…………………被谣言激促的革命

(109)…………………摧枯拉朽树大旗

多米诺骨牌这样倒塌
——辛亥革命长镜头

(120)…………纸人傀儡高高挂
　　　　　　——作为"幌子"的黎元洪

(127)…………班子虽草亦搭台
　　　　　　——湖北军政府的新气象

(131)…………辛亥革命长镜头
　　　　　　——风起云涌独立潮

(132)…………八日都督说焦、陈
　　　　　　——湖南起义

(133)…………五千旗卒尽被戕
　　　　　　——西安起义

(135)…………兵不血刃定九江
　　　　　　——江西(九江)起义及清朝海军起义

(137)…………千年之醉梦惊回
　　　　　　——山西起义

(139)…………彩云之南响震雷
　　　　　　——云南重九起义

天降大任于斯人
——袁世凯出山

(143)…………爬得越高摔得越重
　　　　　　——北洋系的兴起以及袁世凯的"开缺回籍"

(147)…………静观天下"抱膝吟"
　　　　　　——袁世凯洹水"钓鱼"

(151)…………坐看中原鹿正肥
　　　　　　——袁世凯出山

(156)…………革命抛与鄂江潮
　　　　　　——革命军在阳夏战争中的重挫

(160)…………养敌自重观形势
　　　　　　——袁世凯按兵不动

过把瘾就走
——昙花一现的南京"临时"政府

(167)…………水陆并发下雄城
　　　　　　——南京的光复

(171)…………锣鼓声声催人忙
　　　　　　——和战皆是戏

(174)…………………今所带回者，乃革命精神耳
　　　　　　　　　——孙中山归来
(177)…………………孙中山与日本人的关系
(179)…………………任他白云来去飞
　　　　　　　　　——南北和谈第一阶段"搁浅"

百劫山河乱愁叠
——清朝的覆亡及辛亥诸人惨淡的结局

(183)…………………世运因人常转旋
　　　　　　　　　——袁世凯的利用与反利用
(186)…………………孤儿寡母履冰薄
　　　　　　　　　——清廷那些惊悚的日子
(189)…………………"大清"未救身先死
　　　　　　　　　——良弼被刺
(192)…………………天道好还终归汉
　　　　　　　　　——清帝逊位后的时局
(195)…………………风云满地起龙蛇
　　　　　　　　　——大总统职位变数交接
(198)…………………国殇为鬼无新旧
　　　　　　　　　——从张振武看辛亥首义元勋们的下场

暗夜沉沉血作灯

——唐才常，新世纪率先倒下的英雄

1900 年 8 月 22 日（阴历七月二十八日）。夜。武昌滋阳湖畔。

如漆的夜色，在岸边，因月光映照，湖水顿时鲜亮起来。一队荷枪实弹、如临大敌的清军，押解着二十多个戴着脚铐手镣的犯人，沉默地走到了湖边。

士兵和多数犯人，都低着头，悄无声息。

为首的犯人，方面大耳，目光如电。他嘴角紧抿，透露出无比的坚毅。惟他一人，无桎梏加身。

这个人，就是清朝朝廷要秘密处决的"自立军"首犯唐才常。

由于昨日才遭逮捕，未及加刑，唐才常衣衫整洁，鬓发肃然。他端昂不紊的作派，卓尔不群的姿仪，使得不知就里的人乍看上去，以为他是夜阑时分赏湖景的诗人骚客。

但是，寒光凛冽的刺刀和近二百名紧张的清军，明白昭示出这是一次不同寻常的杀人行动。

在新世纪晨光熹微的时刻，唐才常，与他二十多名战友和同志，将要在中华大地上，抛洒尽他们肉身内灼热的鲜血。

凶残嗜血的清朝政府，通过这种秘密处决的方式，却暴露了他们的虚弱——对于犯有"大逆"的党人，他们已经不敢在青天白日之下"明正典刑"了。

清兵把二十多名"自立军"成员按跪在地上，抡起明晃晃大刀，一一斩下了他们勃勃不屈的头颅。

最后，只剩下唐才常一人。他萧萧肃肃，慨然临风，面湖而立。大英雄此刻,似在悲愤,似在沉吟。

清军带队的队官走近前,立正敬礼:"唐先生,请您上路!"

鲜血腥甜的血息,弥漫在湖畔潮湿的空气中。

与清末大多数慷慨临刑的义士一样,唐才常口占二绝:

> 新亭鬼哭月昏黄,我欲高歌学楚狂。
> 莫谓秋声太萧杀,风吹枷锁满城香。
> 徒劳口舌难为我,大好头颅付与谁?
> 慷慨临刑真快事,英雄结局总如斯。

整队执刑的清兵,脚下踩着同胞冒着热气的滚烫鲜血,均肃然无声,鬼影一般伫立在夜色中。

"剩好头颅酬死友,无真面目见群魔!"唐才常最后长叹一声,吟出了两句绝命诗。

而后,他指着自己的脖颈,平静而坚定地对清兵队官说:

"堂堂男儿,怎可屈膝!你动手吧。"

队官敬礼,退后一步,举起手中的大刀,向唐才常的后脖颈抡刀砍去……

自 1840 年鸦片战争失败以来,清朝政府负屈妒忍辱,统治每况愈下。西方列强,一手揽大炮,一手持"商品",视中国如待宰之肉,纷纷前来割切。

这些外洋强盗,细大不捐,巧取豪夺。

被打得鼻青脸肿之余,清朝高层仍旧以天朝上国自居,发昏当死,自我安慰地一直试图用"羁縻"(送钱送地)的方法对付这些东西"蛮夷"。

屋漏偏遭连夜雨,太平天国所造成的巨大内乱,最终使得老大帝国的巨船百孔千疮,气息奄奄。

内忧外患交剧的情势下,倘若清政府陡然一变,上下同心,或许能使这艘老旧的巨轮安全靠岸。

然而,帝国的运气太坏。牝鸡司晨掌国纲,阴毒老迈的慈禧太后,不仅仅是帝国的政治符号,她还是真正的决策人物。

如此,满大人们再多的努力,也是徒劳!

看似如火如荼的"洋务运动",变器不变道而已。一时的船坚炮利,皆成电光泡影。铁舰与钢炮未及使得洋务派们踌躇满志几天,甲午战争的巨大挫折,又让清廷上下饱满的希望,随着北洋舰队一起沉入冰冷的海水。

悲愤之余,康有为、梁起超等维新派人士高喊:"全变则强,小变仍亡!"但是政体改革,在 19 世纪末的中国,谈何容易!

手无寸柄的光绪帝,书生气的维新臣,赤手空拳想与老迈而阴奸的慈禧及其羽翼争斗,铤而走险之际,胜负已判。

固然谭嗣同临死一呼"我自横刀向天笑",热血声中,更多的是英雄末路的无奈与凄惶。

再后,由于误信洋大人要逼迫自己还政于光绪帝的谣言,慈禧太后肆展一己之私,兴昏庸无智猖狂之计,唆使义和团排洋。

动机是阴暗的,行动是仓促的,结果是骇人的——八国联军的马蹄和炮火,不仅仅使得这位大脚太后仓皇逃离紫禁城,中国社会的各种危机也以骇人听闻的速度进一步加深,清廷在民间的威信更是扫地无遗。

随之而来《辛丑条约》的签订,更使得中国四亿国人要为清朝政府和慈禧太后的轻率唐突买单——十万万两的巨额赔款,压得四万万中国人民喘不过气来。

对此期间民心、士心的变化,孙中山曾幸灾乐祸回忆道:"当初次之失败也(指1895年的'乙未广州起义')举国舆论,莫不目予辈为乱臣贼子。大逆不道,咒咀谩骂之声,不绝于耳。吾人足迹所到,凡认识者,几视为毒蛇猛兽,而莫敢与吾人交游也。惟庚子失败之后(指1900年'惠州起义'),则鲜闻一般人之恶声相加。而有识之士,且多为吾人扼腕叹惜,恨其事之不成矣。前后相较,差若天渊。吾人睹此情形,中心快慰,不可言状……"

国势日蹙之下,有志之士,纷纷思起,革命风潮,至此蔓及各地。

唐才常自立军起义,就是在义和团排洋失败、八国联军大举入侵的情况下而进行的一次军事冒险,是武昌起义前中国革命的先行者们用腔颅鲜血所进行的伟大实验!

唐才常(1867—1900),湖南浏阳人,字黻拔(后改"佛尘"),自号"洴澼子"。这位爷,生性豪放,自少有英杰气概。我们可从他那些如花扑眼的笔名、化名中,窥见一斑:无游居士、咄咄和尚、去梦残生、蔚蓝、弗人等等。甚至,他还有一个看似倭名的化名:田野民治——更暴露了他大同共和的思想。

现在的人,能知道唐才常的确实不多。我们耳熟能详的,是另外一个人——谭嗣同。这两个人,生死知己,曾一同在大儒欧阳中鹄门下拜师求学,时称"浏阳二杰"。

相比有"高干"背景的谭嗣同,唐才常更不简单。1886年(光绪十二年),19岁的唐才常,连得县、府、道三个等级的考试头名,时人目羡为"小三元及第",可谓春风得意马蹄疾。

在长沙岳麓书院就读期间,唐才常用心时政,鄙夷八股经学。光绪十七年至十九年间,青年唐才常入川,担任学署教读等职,主要为开阔自己眼界。光绪二十年,他又到武昌两湖书院任教。这个书院,乃洋务派代表人士之一的张之洞创设。在这里,唐才常教学相长,如饥似渴,阅读了不少翻译过来的西学著作。

最早给予唐才常精神最大刺激的,就是清廷甲午战争的惨败。对于巨额赔款的《马关条约》,他痛心疾首:"所定条约,款款辱国,哪里是和约,分明是对倭国的降表!奸臣卖国,古今所无!"

拔刀誓斩奸臣头。切齿之余,他对朝廷的腐败和黑暗日益愤恨。

确实,通过《马关条约》,日本从中国勒索的战争赔款和"赎辽费"达至

2.3亿两白银之巨，相当于当时清政府年收入的三倍，日本年收入的4.5倍。

回头再算，自1840年以来，二次鸦片战争，一次中法战争，一次中日战争，还有数百次大大小小的列强侵略战争，香港、台湾等地相继被割。半个多世纪以来，中国丧失了181万平方公里的大好河山，相当于三个法国、五个德国、七个英国的面积！

也正是从彼时起，唐才常完全摒弃了经论无用之学，专心研究西方及日本的政治外交制度，想从中探寻国家富强之路。

在维新风潮日益涌动的大形势下，刚得"拔贡"虚名的唐才常，一心扑在介绍西方政治思想和改革制度方面。他与谭嗣同、熊希龄等人一起，加入湖南巡抚陈宝箴(大学问家陈寅恪祖父)创办的"湖南时务学堂"。

1898年(光绪二十四年)，唐才常与谭嗣同共同开办《湘报》，自任"总撰述"，以"君主立宪"、"议会政治"为主张，呐喊鼓吹，力求变法图强。

彼时的唐才常，依旧属于温和派。他主张"学新法须有次第，不可太骤"。

在光绪帝《定国是诏》的大政治背景下，唐才常四方奔走。全国之内，维新运动勃勃而兴。兴奋中，他的思想也日渐激进。与改良派不同，他强力推介西方国家的民主制度，主张"公天下"、"公权"。而他心中最倾慕的对象，是美国的华盛顿和日本武力倒幕的西乡隆盛。

八月间，人在北京的谭嗣同为了增强臂膀力量，电召唐才常赴京，想让这位好友参与新政的推广。

岂料，风云突变，唐才常刚刚行至汉口，消息传来，戊戌变法失败，谭嗣同等人，已经被阴毒老妇人慈禧杀于北京。

得知生死知已被害，唐才常忽忽如狂，悲愤异常。为此，他作长联吊挽谭嗣同：

与我公别几许时，忽惊电飞来，恨不携二十年刎颈交，同赴泉台，满嬴将去楚孤臣，箫声呜咽；

近至尊刚十数日，被群阴构死，忍抛弃四百兆为奴种，长埋地狱，只剩得扶桑三杰，剑气摩空。

七十二字，一字一泪，一字一恨！

其中的"扶桑三杰"，指流亡日本的康有为、梁启超、章太炎。

洪澜会翻世界海，何用行吟江之滨！

此后，唐才常遍游香港、南洋、日本等地，到处集结侨胞进行演讲，慷慨陈辞，晓以大义，筹款募饷，意在为谭嗣同报仇。

在日本，他还拜于变法派头面人物康有为座下，执弟子礼，与康有为、梁启超日夕谋划，商议起兵。

1899年(光绪二十五年)，唐才常在上海活动了了一段时间后，又乘轮船于香港、南洋、日本等地游走，面见孙中山，一起密议举事大义。

当时，孙中山与革命同志正策划"惠州起义"，自然希望有唐才常这样的人在湘鄂振臂，于长江流域响应。

在此，只要对辛亥革命历史稍熟的读者就会产生疑惑：康、梁二人为首的"保皇党"，与孙中山为首的"革命党"，一直不和，明争暗斗，唐才常为什么能走钢丝一样，左摇右晃，在两者之间都能吃得开呢？

国人在数十年僵硬历史教条灌输下，总是简单划分"好人"、"坏人"，缺乏自我辨识，缺乏分析弹性，尤其缺乏历史的"现场"感。

唐才常，绝非一个左右逢源的滑头政客，在"改良"与"革命"之间，其实当时他自己也处于摇摆阶段。作为谭嗣同生死战友，他自然为"保皇派"引为同志，因为他反清的同时一直宣称"保皇"。这种思想，正如他本人在《正气令序》中自我剖示的那样："日月所照，莫不尊亲。君臣之意，如何能废！"在他心目中，还把被慈禧幽囚的光绪帝当成要加以解救的"明君"。与此同时，反清的情怀，也在他心中郁结不去："国于天地，必有所立。非我种类，其心必异！"而他这种想法，自然恰恰与一直抱着"驱除鞑虏"想法的革命党人一拍即和。

对于唐才常这种人中之龙的人物，保皇党和革命党人，都刻意拉拢，以为己用。

而唐才常呢，依违其间，游刃有余，在二者之间各取所长：保皇党有钱，革命党有人。而保皇党的"钱"，也是最早使孙中山的"兴中会"向康梁主动示好的原因。

康有为、梁启超等人，当时在海外名气大得不得了，他们手中握有不少华侨富商捐献的"会费"。孙中山等革命党，专门能搞"革命"鼓动和策划，特别是在日本学习的"士官生"中，不少人是孙中山信徒。如此多的青年才俊，也是唐才常所急切渴取的人才。

为此，唐才常在康、梁面前慷慨"勤王"，在孙中山面前大言"保种救国"，自然赢得了双方共同的好感。

相对而言，好友谭嗣同在北京被杀，对唐才常刺激极大，颇思复仇，想必他心中"革命"的念头，要炽于"勤王"的忠心。

在日本东京期间，唐才常不仅同康有为、孙中山这些领袖人物打得火热，也与林圭、吴禄贞等人密切往来。前者在湖南哥老会等会党中人脉颇丰，后者乃湖北人，正在日本士官学校学习。他们各受孙中山等人指示，与唐才常约定在长江流域起事，首要目的地就是武汉。其目的，就是想攻取武汉这个战略要地，作为军事大基地，进行全国性的起义。

1899年（光绪十五年）底，唐才常回国之际，前来送别的人都是大腕级人物——梁启超、孙中山等等。送行者中还有留着落腮胡的宫崎滔天（寅藏）、仁丹胡的平山周等几个日本"同志"。

返国之后，唐才常依托上海租界这块"飞地"，假借日本人田野橘次的名义，在虹口的"武昌路"（冥冥之中有天意）创立"东文学社"。

在这里，他打着日语培训班幌子，开始了"正气会"的活动。

不久，正气会易名为"自立会"。

与唐才常同时回国的林圭，在湖南长沙设立哥老会"中央本部"，暗中与张之洞联系,很想争取到这位清朝中央大员的支持。

为了在长江流域争取到各种会党等下层组织的支持,唐才常仿效哥老会,创设"富有山堂",并发行"富有票"。

甭说,这种方法在下层民众中行之有效。仅两湖地区,就卖出了两万多张"富有票"。

有了钱,有了人,唐才常信心日增,就把自立会升级为"自立军",分为五路,他自任全军总司令。

"自立军"之所以如此顺利"扩招",也与唐才常的"统一战线"有关。

一方面,唐才常有康梁保皇党撑腰;另一方面,他又打起孙中山的旗号,甚至给这位革命党"大头子"封了一个"富有堂"的最高段位——极峰。

这样一来,长江流域各省中的会党、新军军人、衙门中倾向革命的富吏,以及中下层的农民,纷纷加入。

恰好,1900年(光绪二十六年),慈禧为了排洋,唆使义和团四处攻杀洋人,搅起天下大乱。

对于"义和拳",唐才常等人自然不屑一顾,但又认为可乱中发难,认定"拳变有可乘之机"。于是,他们加紧活动,准备伺机起事。

七月间,唐才常在上海张园召开了第一届"中国议会"(国会)。

此次"国会",各路英雄荟萃,人数达数百人之多,均是自立会骨干及各地名流。

在会议上,大家公推容闳为"会长",严复为副会长,唐才常任总干事。就此,也正式宣布了"自立军"的成立。

会议决定,除中、前、后、左、右五军外,还专设总会亲军和先锋营两军,直接由唐才常指挥。

会议宗旨,看上去似乎并不是很"革命"——保全中国自立之权,创造新"自立国",不承认清朝政府有统治中国之权力,但又请光绪皇帝"复辟"——也就是说,本质上还不脱"保皇"范畴,继续拥戴光绪皇帝。

风云际会,时机忽临。"国会"召开后不久,八国联军在轰隆隆的炮声中打进北京,慈禧带着光绪帝仓皇西遁,又去"狩猎"了。

闻知此讯,唐才常等人兴奋莫名:"北京已破,皇上及那拉(氏)诸人,仓皇西窜,此时此机,绝大题目,万不可失!"

而唐才常口中的"绝大题目",就是以"起兵勤王"为名,率众起事,想趁此机会开创东南独立的局面。

但当时真正能实现"东南独立"的关键人物,历史开了一个大玩笑,不是唐才常,而是洋务派大腕张之洞。

当时,英国、日本两大国际黑霸势力,都在拉拢张之洞。维新派的康、梁诸人,也通过日本人,向张之洞殷勤致意,想利用他在东南起事。而英国更是快人一步,为了在长江领域排除其他国家的势力,积极策划张之洞的"东南互保",甚至想扶植张之洞在长江中游地区建立一个割据的"中华帝国"。

对于英、日两个帝国主义，唐才常感情上与张之洞一样，对他们一直抱有不切实际的幻想。早在1898年，唐才常就在《湘报》上撰写《论中国宜与英日联盟》一文，号召联英联日，抵制沙俄。这种思想，其实源于他两湖书院的经历。正是在那里，他阅读了不少英日之翻译过来的书籍。从个人"关系"上看，张之洞创办两湖书院，依据旧中国的"潜规则"、"明规则"，唐才常都算张之洞的门生。

恰恰恃于这些因由，唐才常在1900年8月9日，毅然自上海溯江乘船抵达汉口，落脚于汉口英租界与华界相邻的李慎德堂楼，准备亲自说谕张之洞，使这位"老师"成立东南"自立国"。

事实证明，唐才常这种想法，乃剃头挑子一头热的一厢情愿。

张之洞此人，与曾国藩、李鸿章没什么两样，宦海浮沉，多年的官场老政客油子，随世摇摆，劲断利弊。

作为朝廷大员，张之洞早就对唐才常和"自立会"有所警惕，他上报朝廷说："长江一带，会匪素多，因之造为各种揭帖，纠众谋逆，实堪发指，亟应严禁！"

他奏折中所称的"会匪"，就是指"自立会"。也就是说，张之洞一直就想对"自立会"下狠手。

义和团运动后，八国联军入侵，慈禧西逃，全国政局一片混乱。在这种事态未明的情况下，老谋深算的张之洞如水面上的鸭子，表面上与包括自立军在内的各派各帮虚与委蛇，底下双腿猛划，一刻不停。

在与各种送信人周旋的同时，他一直派出暗探侦察自立军的分布和动向。

本来，唐才常与诸人相约，要在1900年8月9日（光绪二十六年七月十五日）那天起事，而且是在汉阳、汉口、湖南、江西、安徽等地一时并起。

时间约定好了，人员分布下去，准备基本就绪，但独缺康有为事先保证发到的海外汇款。

英雄为钱发嗟叹！钱是英雄胆，没钱，唐才常心中无根，只得又派人去各地通知起义延期。但安徽大通的秦力山、吴禄贞二人没有及时得信，按时起义，终因寡不敌众，无人响应，最终被清军镇压下去。

惶急之下，唐才常拟定于8月23日（光绪二十六年七月二十九日）在武昌、汉阳、汉口起义，主要想夺取汉阳兵工厂后，攻占武昌，接下去率军西进，迎取光绪帝归大位，"复行新政，共奋中华"。（梁启超语）

当时唐才常手中的自立军，虚数有十多万人（理论上的数字），而康有为口头上准备汇来的钱，据说新近筹措了30万美金（可能是鹰洋和龙洋混杂在一起，币种多多）。

康有为本人是如何想的呢？

这位南海"康圣人"，自认为大略雄才，运筹帷幄，决胜千里。但他一直是以"桂湘"为重地。也就是说，他机械照搬洪杨"太平天国"进军的老套路，想先煽动广西起兵,然后过广东,入湖南。按照如此思路,在有了丰厚的人团、物力基础之后,可以挺进湖北,按部就班地出奇制胜,最终往北京迎扶光绪归大位。

为此,康、梁一直暗中"策反"时任两广总督的李鸿章,劝他拥光绪帝复辟,在英国支持下成立"自立国"。

义和团运动后,李鸿章北上议和,英国自然不再热心于康梁的建议。

在这种情况下,康梁两个保皇党巨头更对湖北局势拿捏不准,生怕巨款打了水漂。

基于这种考虑,唐才常的武昌、汉口、汉阳起义,如果发起,就是偏师变成了主力。

仔细观察局势后,康梁迟疑不决,故而汇款一直未发。

其实,从实际情况上看,唐才常太看中金钱的力量。即便康有为汇款及时送到,区区30万,又能为十万乌合之众提供多少天的支撑?

涉及"造反"这种灭宗灭族的大事,最主要是点燃起义人士头脑中的"精神原子弹"。后来1911年的武昌起义,无钱无饷,依靠区区150发子弹,仅由几个下层士兵振臂一呼,不也是能推翻腐朽的清朝王朝吗?

造反,不是演唱会。接连不断的临时改期,风险日益加剧,致使造反的消息逐步泄漏。

清廷的江汉道稽察长徐升派出的暗探,很快就侦知唐才常自立军要在汉口、汉阳、武昌起事的情报,迅速上呈给张之洞。

多年的政坛经验,使得张之洞这块老姜深深感觉到自己辖下"火药库"潜在的威力。于是,他决定先下手为强,力图先把处于"星星之火"状态的"自立军"灭了再说。

当然,在那个时代,老油子张之洞难道不看与唐才常一直关系密切的英国佬脸色吗?

他一定会看!

但是,那时的英国人,心底已经有了谱。这些利益至上的洋人,正准备放弃手中唐才常这块筹码。

究其根由,世上没有不透风的墙。英国人明里暗里推动张之洞"独立"的事情,早已经为法国、德国诸列强知悉。他们当然要下决心粉碎英国人对长江领域的独霸意图。法德两国甚至出动军舰,在长江口耀武扬威,警吓英国和张之洞。

明争暗斗中,列强们达成了"保全主义"的默契。而保全主义的精髓,英国人赫德说得最直接,最露骨,最贴切:

各国于支那问题,大率不外三策。一曰瓜分其土地,二曰变更其皇统,三曰扶植满洲政府。然变更皇统之策,无人足以当之,骤难施行。今日之计,惟有以瓜分为一定之目的,而其达此目的之妙计,则莫如扶殖满洲政府,使其代我行令,压制其民。民有起而抗者,则不能得义兵排外之名,而可以叛上之名诛之。我因得安坐以收其实利,此即无形瓜分之手段也。

也就是说,保全清廷,就能维护形式上中国的"独立"与"统一"。通过清朝这个"首席执行官",董事局的各位洋人大佬们,就可以堂而皇之地瓜分中国的利益。

消除了英国人干涉的隐忧,张之洞自然得心应手。于是,老张先行照会英国驻汉口领事,得到签字允许后,他派兵进入英租界。

对于英国人的出卖,唐才常一丝戒备也没有。自恃是亲英派,他做梦也想不到平时道貌岸然、满口信义的英国人会把他给"卖"了。

所以,清军的搜捕行动,一点没有"戏肉"的惊险成份。

设在李慎德堂的自立军总部被一锅端,而正在租界内宝顺里居所中商议大事的唐才常、桂圭等领导人物,尽数落网。

面对如此要案、大案,张之洞派出作主审官的,却是京汉铁路总办郑孝胥。

高坐于大堂之上,面对着傲首而立的"逆犯"唐才常,郑孝胥如坐针毡。

两人是老相识!

戊戌变法中,郑孝胥也属于维新派,与谭嗣同、唐才常是"同志"关系。而且,数月前在日本,二人还秘密见面,共商劝张之洞在东南"独立"的事情。

唐才常打破尴尬气氛,佯装不识座上的郑孝胥,厉声喝问:"堂上所坐何人?姓字名谁?"

堂上胥吏依常例,高喝顿棍,镇唬唐才常。

郑孝胥摆摆手,示意堂吏噤声,自报家门:"我,郑孝胥,福建人氏,现为京汉铁路总办。"

唐才常若有所思:"哦,原来你就是郑孝胥。戊戌年在京城,皇上(指光绪帝)亲自接见你,特旨恩赏你为道员,派在总理衙门办事,君恩不浅啊!"

郑孝胥默然。

突然,唐才常顿足喝道:"作为'戊戌变法'同仁,你应该知道我的为人。我们不是大逆造反,而是奉旨讨贼!那拉氏妄踞天位,卖国割地,幽辱圣上,罪恶滔天……"

于是,唐才常慷慨激昂,滔滔不绝,不仅郑孝胥呆坐静听,厅衙里如狼似虎的胥吏们,也犹如中了魔障一样,默然耸然,仔细听着唐才常的宣讲。

听毕堂下的"犯人"慷慨陈词,郑孝胥的脸,青一阵、紫一阵。

最后,他只得降阶行礼,当着众人对唐才常说:"从公从私,我都无权审问唐先生,就此别过,我向总督请示,回避这个案件……"

言毕,郑孝胥匆匆而去。

皮球踢回给张之洞,使得老奸巨滑的张大人倍感踌躇。

"动辄杀人,大非佳兆啊。"他故意装出为难状。

但是,时任湖北巡抚的于荫霖深恨会党,坚持要杀人以儆效尤。

于荫霖,字次棠,乃清末一代名臣。1878 年清朝贵族崇厚擅自与沙俄签订丧权辱国的《里瓦几亚条约》，正是他率先挺身而起，与张之洞等人联名弹劾崇厚，使得清廷下旨宣布不承认《里瓦几亚条约》。在湖北任职期间，这位翰林出身的一方大员，更是清廉爱民，严惩贪官。所以，对历史人物下评判，有时难以用"好坏"二字妄下判语。

为了避免官场纠纷，张之洞私下对主持审讯的郑孝胥说：

"唐才常一案，无论谁审他，他都难逃一死。最好不要对外广为声张，从速结案！"

张之洞如此说，自然有他的道理和隐衷。自立军的首脑唐才常，是他两湖书院的"门生"。而此前在安徽大通领导起义的吴禄贞，又是他亲自签署批准前往日本留学的士官生。如果细审深究此案，还不知广牵出多少与自己有瓜葛的人。

为恐夜长梦多，保全自身，张之洞下令迅速对唐才常、林圭等所捕得的二十多人，加以秘密处决。

此举，也完全断绝了日后维新派、革命党人对张之洞、李鸿章这些洋务派大佬的幻想。

"改良"的希望一旦破灭，只剩流血一条路了。

唐才常之死，昭示着中国"温情脉脉"改良主义的落幕，也宣示了铁血强起新革命的肇始。

湖湘之地，人杰辈出。自太平天国乱起，曾国藩独擎大旗，胡林翼、彭玉麟、左宗棠等人，佼佼争辉，削平大难，名震中华。继谭嗣同"戊戌变法"失败后，又有唐才常、林圭这样的刚烈义士，舍身为国，临危不惧。

仅自立军一案，被杀湘籍青年，就有五十多人。

话说唐才常先前自上海赶赴湖北后，梁启超、蔡松坡也从东京潜回上海。于是，受唐才常之托，蔡松坡前往长沙劝说威字营新军首领黄忠浩（字泽生）起义。

唐才常的这位湖南同乡黄忠浩很爱才，他大不以为然，高声怒骂道："梁任公（梁启超）、唐佛尘（唐才常）二人，自己谋逆也就罢了，奈何牺牲大好有用青年！"

蔡松坡反复劝说，皆无效，只得任由黄忠浩把自己软禁一样"保护"起来。

而惦念蔡松坡行踪的梁启超，在上海码头买了船票，冒险想去汉口寻找蔡松坡下落。结果，那艘船因货少提前驶离码头，使梁任公错失了搭上这艘"不归号"轮船的机会。

由此，梁、蔡二人躲过张之洞武昌杀人的一大劫。

蔡松坡，听着这么耳熟，他是谁呢？对，他就是蔡锷！

蔡锷，原名艮寅，出身于湖南宝庆府（今邵阳）一个普通农家。此人乃神童，13岁中秀才，16岁就考入湖南时务学堂。当时，梁启超是中文总教习，谭嗣同是学堂总监，唐才常是主要的授课教员。所以，他和维新运动的诸位首领，亦师亦友，感情深厚。

得知唐才常死讯，蔡艮寅心如刀割，失声痛哭。泪干之余，他改名为"锷"，其深意乃"砥砺锌锷，重新做起"。

蔡锷遁回东京后，投笔从戎，进入陆军士官学校，坚定了流血革命的信念。武昌起义后，时在云南的蔡锷发动了昆明"重九起义"，成功后出任云南军政府都督。日后讨袁第一枪，也是由唐才常的这位高足率先打响。

在日本，追思谭嗣同、唐才常二位先烈，蔡锷作《杂感》十首，现摘取其二：

其一：前后谭唐殉公义，国民终古哭浏阳。

湖湘人杰销沉未，敢谕吾华尚足匡。

其二：贼力何如民气坚，断头台上景怆然。

可怜黄祖骄愚剧，鹦鹉洲前戮汉贤。

唐才常的死，不是一般的牺牲，它是20世纪中国的一个重大事件。

他一个人的流血，预示着清朝的覆亡和汉民族的重新崛起。"其后武昌倡义诸人，多其部下，孙武亦自此出"（章太炎《稽勋意见书》）。

正是他的大好头颅所掷之处，血迹斑斑，让中国许多有识之士意识到，先前幻想通过清廷实现国家富强的道路，根本行不通。与其受清廷奴役驱使，不如振臂一呼，翻身成为主人。

"倚剑登高望八荒，无边秋色正苍茫。"

当唐才常等人的鲜血，在武昌滋阳湖畔的大地上凝固的那一刻，一个崭新中国的曙光，正渐趋明亮……

附：唐才常大英雄，无论如何想不到的是，身后竟然出现了一个汉奸儿子唐有壬。唐有壬（1893—1935），字寿田，早年毕业于日本庆应大学。曾任湖北省银行行长，在国民党历史上是仅次于汪精卫的第二号汉奸。1932年1月28日，日军发动"一·二八"事变进攻上海。唐有壬时任国民政府中央政治会议秘书长，竟然向日本间谍川岛芳子出卖重要情报，结果使日本在摸清国军底牌的情况下结束了"一·二八"事变，尽得大利。1935年3月，趁国民党政府与日本签订《何梅协定》和《秦土协定》之际，他为日本主子鞍前马后地奔走，倚仗自己国民党元老的身份打探情报。12月25日，他在上海寓所被国民党特工人员刺杀，时年42岁。

地下相逢同父子，人间读史各君臣。黄泉见面，唐才常定不饶过如此孽子，尤其对日后唐氏成为汉奸世家会更发叹息。

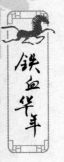

12

赤血横流洗乾坤
——史坚如、吴樾、徐锡麟的无悔青春

"非隆隆炸弹,不足以惊其入梦之游魂;非霍霍刀光,不足以刮其沁心之铜臭!"

这是中国留日学生杨毓麟(1872—1911)的振臂高言。1902年,他在《新湖南》杂志中发表文章,反复呼吁国人,对清朝的反动官吏,应该采取激烈的肉体消灭手段。

1903年,为了反对俄国入侵中国东三省,在日学生、侨胞爱国热情澎湃。随之,由于"拒俄义勇队"受到日方压制,爱国者们就把组织更名为"军国民教育会"。

这个团体的中心目的,就在于"养成尚武精神,实行爱国主义"。而手段方面,他们明明白白排列如下三种:

鼓吹、起义、暗杀。

清末暗杀之风,有两次高潮。

第一次,是1903—1904年。由于拒俄运动的兴起,在日留学生的暗杀风潮兴起,《苏报》、《浙江湖》、《女子世界》等刊物雨后春笋,无不鼓吹暗杀。其中最有名的文章,当属《中国白话报》上以"无名道人"为笔名发表的《论刺客的教育》。在这种暗杀主义的鼓动下,易本羲谋刺铁良于南京下关、王汉谋刺铁良于河南彰德、万福华枪击王之春于上海英租界(统称"甲辰三暗杀案"),加上稍后的吴樾炸五大臣,一时间暗杀理论成实际,蔚然风起。

暗杀的第二次高潮,为1907—1908年。由于同盟会丁未、戊申几次起义的失败,党人冀图以暗杀手段来振奋同志精神,鼓舞革命气志。

1905 年俄国革命的风潮，加上欧美各国革命史上的暗杀事例，刺激、吸引了大批党人把理论诉诸于行动。同盟会的机关报《民报》，在 1904 年春刊的增刊号，刊载了烈士吴樾的《暗杀时代》。在这本系统介绍暗杀目的、手段、志向的文章里，文笔淋漓，反清鲜明，而作者吴樾本人又亲携炸弹舍身殉义，故而在当时造成非常广泛、强烈的影响。

在老一批同盟会中，都把暴动和暗杀，列为革命必备的两种方法。

蔡元培、吴樾、宋教仁，包括孙中山（惠州起义前他亲派史坚如去广州进行暗杀活动）无不如此。就连黄兴这样的革命党首脑级人物，也几次想亲自去施行暗杀，最终皆为手下所阻而已。

黄兴说："革命与暗杀二者相辅而行，其收效至丰且速。"

老同盟会员认为，当时的人民，尚未觉醒。革命党对清政府，心欲去之而力不足，只能用暗杀加暴动，双管齐下。而炸弹、手枪、匕首，种种强力而导致的对清朝达官巨吏的暗杀，第一容易成功，第二暗杀者本人可享"光荣名誉"，第三能促成下层民众觉醒，第四可促进社会"进化"。

更进一步，暗杀过后，清政府必然大行压制杀害手段。如此大的反动力，会愈加引起人民更强烈的反抗。

终极目的，暗杀为因，革命为果。

中国 20 世纪的暗杀风潮，深受俄国民粹派的影响。革命先行者们，一直试图"西验欧洲，东观日本"。他们研究过后，总结出一条规律：

革命之先，暗杀可以广播火种。

所以，陶成章、胡汉民、章太炎、汪精卫、陈天华、秋瑾等人，皆对暗杀手段加以推崇。

秋瑾二句诗，更激励过无数仁人志士慷慨赴死：

抟沙有愿兴亡楚，博浪无锥击暴秦！

当时，著名的"暗杀团"，大概有七八个：军国民教育会所属的暗杀团（黄兴等）、上海暗杀团（光复会，蔡元培等）、北京暗杀团（吴樾等）、同盟会东京总部暗杀团（方君瑛等）、支那暗杀团（刘思复等）、成记洋货店（李应生等），以及京津同盟会（汪精卫等）以及陈独秀在安徽的"岳王会"，等等。

在辛亥革命前后的一段时间内，从 1900 年史坚如谋炸两广总督德寿开始，到 1912 年彭家珍炸死良弼止，付诸行动的暗杀，共 50 多起。虽然成功的次数不是很多，但影响十分巨大。

有一些辛亥革命研究者，简单地把暗杀活动归结为武装起义失败后悲观失望情绪的发泄或是革命"走捷径"的侥幸，实缺公允。

暗杀，是革命党一向的既定方针，是为了唤醒国人迷梦、清除元凶巨憝的有目的活动。

历史不能简单化，深入思考，方可探其究竟。

大好头颅何轻掷——为什么辛亥革命时期暗杀多

暗杀，在清末那个特殊的年代，绝非可和当今一般人所谓的"恐怖主义"划上等号。

辛亥革命义士的暗杀主义，乃中国古代游侠刺客精神与西方资产阶级革命暗杀活动的结晶，是典型的"中西合璧"的产品。

自 1900 年到 1910 年十年间，革命党人最钦服的，乃俄国的"虚无党"。"虚无党"，就是俄国的民意党（他们自称"国家主义者"，而并非一般人认为的"无政府主义者"）。

革命党人中的刺客，主刺人很少有为金钱杀人的职业刺客，大多是出身良家的大好热血青年。他们从事暗杀的目的，是为了促成革命，推翻清朝统治。

不过，在当时党人之中，也有不少人把俄国的无政府主义与社会主义相混淆，以为"无政府"主张和党人理想中的乌托邦是一个概念。这并不要紧，手段是"无政府主义"的，并不妨碍目的是"革命"的。

同盟会等革命党人确实在许多地方与俄国的民粹派声气相通。因为，二者的"英雄史观"相同，即他们都认为自己是先行先知的"英雄"，而麻木的人民，则是待警醒的"群氓"。只有依靠英雄的个人，才能唤醒迷醉的群氓。

也就是说，少数英豪血淋淋的人头，可作广大群众的指路明灯，引导和推动革命。

俄国的民粹派、民意党人，其实比同盟会走得更偏、更远。他们一直幻想通过干掉沙皇这样一次性的行动获取全胜。所以，暗杀成为他们惟一的手段。当这些人干掉了亚历山大二世之后，就不愿再进行暴力抗争。他们甚至上书亚历山大三世，希望沙皇能进行自上而下的改革。

相比之下，中国的革命党人，大多数要比俄国民粹派清醒得多。他们只把暗杀当成革命重要的手段之一，一直努力联合各层阶级，策划新军，以此起彼伏的暴动和起义，最终推翻了中国数千年的帝制。

中国革命党的暗杀，具有鲜明的历史烙印。他们倾慕司马迁笔下的豫让、聂政等人，但又摒弃了"士为知己者死"的私恩。他们明白表示，他们所进行的暗杀，目的是为了"宏大汉之声"，是为了"种族之恩，祖国之恩"，是"为民请命"。

在承继了古代中国侠客敢于牺牲，不畏强暴，一往无前的精神之外，革命党人发扬光大，力倡勇敢之风，力提矢志不渝之气。其目的，就在于浇铸中华新民族之魂。

每个携枪携弹去行刺的革命者，对于自己的结局都一清二楚：不是宰割凌迟，就是枭首挖心。

舍生忘死，玉石俱焚。他们之所以能够如此慷慨赴死，无外乎这样坚定的理念：

与其奴隶以生，不如不奴隶而死！（吴樾）

当然，清末暗杀盛行的原因，除了革命哲学的灌输以外，还有章太炎等人佛学虚无主义哲学的影响。

章太炎主张用宗教催发人民信心，增进国民道德。为此，他不断宣讲法相宗与华严宗佛学。二宗之学，就是讲在普渡众生之时，头目脑髓，均可施舍予人。

万法惟心，一切有形之相，无形的法尘，皆为幻见幻想，并非实有。

有此种信仰铺垫，仁人志士自可勇猛无畏，以达致众志成城的目的。

章太炎为了鼓动青年为革命而死，为了使行刺的勇士们觉得自己抛洒热血是"普渡众生"，他就一直宣扬大开"自戕成仁"之风。有了此种精神麻醉剂，革命青年更能"轻去就而齐死生"。

"一缘既绝，万念俱消。"有了精神的原动力，革命者自可蹈死不顾，潇洒赴死。

暗杀真的有作用吗？当然有！而且巨大。

"长梦千年何日醒，睡乡谁遣警钟鸣！"

炸弹、匕首、子弹，惊雷贯耳，惊醒沉睡的国人。

史坚如、万福华、王汉、吴樾，一个又一个烈士以身殉国，激发了中国国内以及海外有志青年杀身成仁的伟大志气，打破了国人对清朝王朝虚伪立宪的迷梦。

不仅陷前朝大小官员于恐怖之中，也使悍酋大吏们谈虎色变，不敢再轻易对党人施以辣手和毒手，甚至出现过这样的怪事——清朝宗贵暗自遣人去东京，向同盟会各出万两白银，以"购买"自己脑袋平安在颈的机会。

数次暗杀活动，最有成效的，当属彭家珍刺杀良弼。这次暗杀，也从最关键处促成了清朝的覆亡。

难怪良弼临死时，他自己都叹言：

"杀我者，好英雄也，真知我也……我死，清廷亦随之亡矣！"

毋需讳言，革命党人的暗杀策略，也有其大缺欠的一方面。首先，他们意识中存在着简单化的肤浅，以为中国的积贫积弱，乃几个清朝大头目所造成，只要宰掉他们，革命就能迅捷成功。此外，暗杀活动进行的时候，他们深知自己羽毛未丰，不敢"扰累"地方，不敢"惹外国人干涉"。又次，各个暗杀团体，山头林立，各行其事。

更天真的是，革命党人，一直以来，几乎是迷信金钱的力量，"每做一事，开口便道没钱"。所以，出于这种"经济"考虑，使得不少革命党人觉得：暗杀，只需一两条人命和炸弹，如此去做，从经济角度上"便宜省俭"。换句现在的话说，暗杀这种革命手段，可称"成本低廉"。

暗杀活动最消极的一面，还在于有时会误伤无辜，引起普通民众的反感。

以史坚如炸德寿为例，他在地下埋烈性炸弹，德寿本人只被炸下床，毫发无损。而宅前园后的广州平民，反被炸倒的房舍压死压伤多人。如此，则给了清政府以口实，借以煽惑群众，诬蔑革命。

无论如何，作为那些已经超越时代局限的革命者个人，他们坚韧不屈，百死不挠，以个人英雄主义为激励，声称"人为其难，我为其易"，抛头颅，洒热血，以身殉志，以命酬国，这种大英雄的作为，真真让后人扼腕赞叹。

所谓暗杀手段的是与非，《民报》第18号上以"寄生"为笔名的一个革命者所言最为恰允：

"先审其敌，次观其志，而后是非乃略定。"

以下，笔者描述一下辛亥革命期间影响最烈的三位暗杀行动英雄：

史坚如、吴樾、徐锡麟。

（本来有秋瑾和汪精卫。但汪精卫情况特殊，单列一传；秋瑾非暗杀行动英雄，故略。）

叁　百粤山河照眼雄——史坚如刺德寿

在广州越秀区的吉祥路，有个"新墙头街"。街上，人来人往，一同广州其他街道，没有任何独特之处。

其实，此处原为清朝末期的巡抚衙门后墙，当时为史坚如所埋炸药炸塌。修复之后，新墙有别于昔日的老墙，故称"新墙头"。沿用至今，成为街名。

史坚如，名久纬，字经如。他后来嫌其字文弱，改为坚如。

史坚如原籍绍兴，出生于广东番禺（今属广州）。这位英雄，六岁即丧父，由母亲抚养成人。有一种说法，幼而孤者，不成精神病人，就为奇士雄才。

史坚如自幼就不喜八股文章，喜谈古今治乱，精研地理天文、兵法政治之学，深慕中国历史上轰轰烈烈的大英雄所为。

所以，他身为文弱书生，内心却激昂壮烈。

甲午战争后，清朝丧权辱国，与日本签订《马关条约》。当时，史坚如时年仅十六岁，闻此讯，他悲愤异常，对同学讲：

"今日中国，恰似千年破屋，败坏至极，不可收拾。不尽毁之而妄图更新，不能救中国！"

于是，从那时起，史坚如忽忽如狂，终日走马习武，甚至延请日本武士教他击剑，以增强体魄。

待到戊戌变法失败、谭嗣同等人被杀消息传来，史坚如更加悲愤，对清政府完全绝望，并大骂慈禧，"此老妇真真可杀！"

不久，他进入广州的格致书院学习。这个学校，乃美国人所开，属于教会学校。在这里，他受到西学熏染，结识了许多与自己年纪相仿的有为青年。

读了革命著作后,他深慕孙中山的革命学说,坚定了投身革命的信念。

需要提及的是,史坚如虽年幼丧父,其家却是当地富室,田产房屋很多。为了赞助革命,他以低价想尽售家中土地房屋。最终,却因价钱过低而无人问津——乡邻均窃议:"史家根本不缺钱,如此低价售卖产业,难道其中有诈!"

几经周折,他还是把不少财产变现,把母亲接到澳门居住。然后,散尽万两白银,用以资助、交结各方会党及革命人士。

后来,在广州的"东亚同文会"广东支会的负责人、日本人高桥谦与史坚如相识。二人一见如故,欢谈良久。通过高桥谦,史坚如尽知孙中山等人在东京等地的活动,就欲去日本一游,拜见孙中山。

去日本之前,史坚如先到了香港,见到了"革命四大寇"之一的陈少白,并在他介绍下加入了"兴中会"。接着,他在上海、湖北等地游历,与同志畅议天下形势,为日后的起事做精神和物质准备。

以留学为名,史坚如日本之游成行,终于在东京亲自与孙中山见面。二人深谈十余日,一见倾心。

对于这位翩翩美少年,孙中山嗟讶不已,认定他是"命世之英才"。

在孙中山劝说下,史坚如放弃留学计划,回国策划革命。

他先到香港,协助陈少白兴办《中国日报》,在理论上大力宣传革命。

1900年,趁义和团乱起,八国联军侵华之际,孙中山决定在广州、惠州二地发起武装起义。

本来,两地准备同时举事。计划中,在惠州起义的同时,史坚如将与广州清军中的部分人员与东江、西江、北江三地会党分子共同向广州发动进攻。

正在筹备间,惠州起义先发,清军两万多人前往镇压,局势凶险。为了最大限度减轻惠州方向起义军的压力,史坚如准备采用暗杀手段,先干掉广东巡抚兼署两广总督德寿(两广总督本来是李鸿章,当时他北上与洋人谈判)。然后,再准备联合会党、军人攻占广州。

德寿乃清廷封疆大吏,保卫十分严密,向他投弹或者开枪行刺,都非常不易得手。

思来想去,史坚如就决定用炸药炸毁巡抚衙门,给德寿一家来个连锅端。

他先以朋友宋少东的名义,在德寿官宅的后花园附近租了一间民宅。1900年10月23日,他本人与几位同志搬入此宅,并搬入从香港购置的烈性炸药200多磅。

10月26日晚,几个人连夜在屋中刨地,开挖出一条深约五尺的通道,把满装炸药的铁罐陆续放入。

忙乎到次日凌晨,工作基本就绪。史坚如亲自点燃一根香,把另一头拴在炸药引线上,然后匆匆离去。

行前,几个人相约,分开出城,在江边开往香港的轮船上会合,一同逃往香港。

都快上船了,谁也没听见爆炸声。

史坚如不放心,独自一人回返,检查炸药。原来,秋日气潮,引线失灵,炸药未被引爆。

他决定独自一人留下,准备再次进行爆炸的任务。

10月28日,在屋中小睡片刻的史坚如起身,仔细放灯引线,重燃根香,然后离开了那间房子。

基于上次未能成功的教训,史坚如并未马上远走。他来到西关的华人传教士毛文明(此人也是兴中会会员)家中,静待消息。

不久,轰隆一声巨响,爆炸似乎成功。

炸药肯定响了,德寿不知死活。为了证实德寿是否被炸身亡,史坚如冒险,亲乘一轿,到事发地点察看。

现场一片乱哄哄,衙役、平民乱窜。

最后,消息令人大加气馁。他打听到,花园附近的平民被炸死炸伤几个,德寿本人只被震下床榻,连轻伤也未受。

懊恼之余,史坚如仔细检讨暗杀行动,最终认定是雷管太小,导致部分炸药未被引爆。

确实,200多磅烈性炸药,德寿卧房如许近,足以把他全家送上西天。当然,还有另外一个可能,是他们地道挖偏,距德寿睡房太远。

史坚如下决心再举。

于是,10月29日,他准备乘船去香港重新购置炸药。

不料,清廷一个密探郭尧阶眼线多,一直跟随史坚如。在他即将登船之际,化装的捕役虎狼般涌上,把他当场逮捕。

在南海县衙,清朝官员施尽酷刑,拔光了史坚如的手指甲,遍笞其体。

这位自幼娇生惯养的少爷,一直傲睨自若,只称主谋是自己一个人,未供出任何党人行踪。

由于他是基督教徒,华人传教士、美国传教士急忙把美国领事请来,与清政府交涉放人。

清政府拒绝放人。一是史坚如本人坦然承认放炸药,二是有他身上有一份德文书写的炸弹配方,属于"人证物证俱全"。

11月9日,清廷在广州天字码头处决了史坚如。

年仅21岁的美貌青年,为革命事业喷洒了他一腔热血。

史坚如为人,观其相片,一长身玉立美男子,潇潇洒洒,恰似文弱书生(面貌似极青年时代的周恩来)。

日本人宫崎滔天在他《三十三年落花梦》中,曾这样赞叹道:"彼十八岁少年(应为二十一岁),貌美如玉,温柔如鸠,先天下之忧而忧……"

被砍头之前,狱吏问他有何话要说。

史坚如微笑,"悔矣,恨矣!"

监斩的清官好奇,忙过来套问:"悔什么,恨什么?"

史坚如朗言："悔甚！恨甚！悔德寿未死，恨我自己先行，没有炸死这个满贼！"

🌿 百烈刚肠如火热——吴樾刺五大臣

吴樾（1878—1905），字梦霞（孟霞），安徽枞阳人。他出身于清贫之家，年少失怙，由兄长抚养成人。

此人属于神童类那种人，性格早熟，遍览群书，青少年时代就已经遍阅诸子百家，做得一手极好的古诗词，但最恶八股文。

20岁出头，在浙江、上海闯荡几年的吴樾，进入保定高等学堂学习。正是在那里，他接触到了最先使他走上革命之路的书籍——《革命军》、《警世钟》、《自由血》、《扬州十日记》、《嘉定屠城纪略》……这些书籍，或讴歌自由，或揭示清朝入关暴行，或导引革命——由此，本来倾向于君主立宪的青年，一变而成为坚定不移的光复志士。

数年之间，吴樾所识好友，均为中国近现代史上鼎鼎大名的人物：陈天华、赵声、蔡元培、张榕、章太炎、秋瑾、陈独秀等人。

不久，由于人在保定，吴樾加入光复会之后，担任"北方暗杀团"的支部长。

说起暗杀团来由，还有一段故事可讲。1903年4月29日，由于昏庸腐败的清朝政府暗中与沙俄签订卖国密约，在东京的留日学生五百多人召开大会，组织"拒俄义勇队"，其中包括黄兴、陈天华等人，大家准备去东北抗击俄寇。清政府侦知此事后，认定这些人名为拒俄，实为革命，就与日本政府私下交易，就地弹压学生军。

被日本政府强行解散后，"拒俄义勇队"改称"军国民教育会"。这一次，学生们组织严密，汲取会党经验。他们自制圆形镍币徽章，一面刻轩辕皇帝头像，一面镌有如下誓语："帝制五兵，挥斥百族。时维我祖，我膺我服"，明白地显示出恢复中华之志。

在秘密聘请俄国、日本武师教习格斗、爆炸、刺杀技能的同时，军国民教育会又派出数路人马回到国内，在各地组织革命暗杀团体。

当时，清政府内外上下，立宪呼声高昂，不少人沉迷于此，幻想清廷能发愤图强。

吴樾本人十分激进，也十分清醒。他认为，这种名义上的"立宪保国"，实际上仍旧是清廷的花招。即使立宪成功，最后保的仍旧是满人，而不是兆亿汉人。

于是，他自排名单，列出了下列数位必定要刺杀的目标：

奴汉族者那拉氏，亡汉族者铁良，保清朝的汉人封疆大吏张之洞、袁世凯、岑春煊……

1904 年—1905 年间，义士万福华和王汉在上海、河南行刺清朝巡抚王之春及户部侍郎铁良，均以失败身死为结果。

当时，正在保定创办《直隶白话报》宣传革命的吴樾愤然而起，高言"手持三尺剑，割尽满人头"，决定舍文就武，去北京亲自刺杀满族青壮派代表人物铁良。他暗杀的目的很明确：

"逆贼铁良一杀，而载振、良弼辈必起而大行压制之手段，将生不尽灭我汉族不甘心之志！噫！幸乎，不幸乎？吾敢断言：幸事，幸事！"

樾的意思，就是想杀铁良后，清政府越镇压，越杀戮，就更能唤起人民奋起反抗之心。

这时候，吴樾在保定高等学堂学业已满。他放弃接受显示"出身"的毕业文凭的机会，先前往清朝发迹地辽东等地游历，与张榕等人沿途密议，准备寻机入京师行刺。

张榕，比吴樾小 6 岁，当时才 20 岁。这位少爷，祖上乃汉军镶黄旗，正宗的汉军旗人之后。他家财巨富，籍又在旗，却在革命思想鼓动下，一生以"皇汉"自居，时刻准备暴动反清。

来到北京后，吴樾在安徽会馆租房住下，一边等待时机，一边写下他著名的《暗杀时代》。他断言道：

"……今日为我同志诸君之暗杀时代，他年则为我汉族之革命时代！欲得他年之果，必种今日之因。我同志诸君，勿趋前，勿步后，勿涉猎，勿趑趄。时哉不可失，时乎不再来。手提三尺剑，割尽满人头！此日，正其时也！……欲思排外（洋人），则不得不先排满。欲先排满，则不得不出以革命！革命！革命！我同胞今日之事业，孰有大于此乎！"

1905 年 9 月 24 日，清朝的辅国公载振、兵部侍郎徐世昌、户部侍郎载鸿慈、湖南巡抚端方、商部右丞绍英五人，准备出国考察，时称"出洋五大臣"。

此前一天，吴樾已经得到了五大臣行程的详细情报，就决定在前门火车站用炸弹行刺。

9 月 23 日晚，吴樾、张榕二人在安徽会馆招待老乡明日聚饮。

席间，吴樾欢歌慷慨，言笑从容潇洒，望之英气如云。其时，他已抱必死之心。

转天早晨，前门车站，铁路局提前预备的五节专车在前门车站待发。中间一节，乃五大臣所乘专车，前后四节，是供随员乘坐及载运仆役、行李的车厢。

火车预定 10 点出发，可 8 点一过，不少人就络绎而来。清朝官员讲过场，除五大臣以外，前来送行的大小官员，站满了站台，赤乎乎一片红顶子。

吴樾本来穿着学堂操衣上站台，被衙役拦下。他只得匆匆出站，临时买了一套类似随行仆役的号衣穿上。

皂靴棉袍，红缨帽。凭借这身服装，吴樾得以混杂在五大臣随员中上了火车。

同行的张榕本想也随之上车，但人群涌动，把他挤到了送行人群的后面……

杀人心切，吴樾怀揣炸弹，瞪眼伸头，就往五大臣的花车里面闯。他即将入得花车时，被通道内卫兵拦截盘问。

吴樾解释自己是五大臣手下仆从。他不说话倒好，一说话，露出了很浓的安徽口音。

卫兵大疑。因为，五大臣的仆随，都应该是一口京腔才对。

警疑之下，卫士们把吴樾拦住，七手八脚，准备扭送他下车。

见此情状，吴樾大叫一声，忽然掏出炸弹砸向地面。

当时的手工炸弹，多用"银药法"，即用水银装在炸弹里，扔出时威力巨大。但水银和硝酸，特别容易发生反应，非常不保险，该响的时候不响，不该响的时候总响。最次的方法，乃以导火索点燃普通黄炸药，当时那种情景，吴樾事先已经想到，根本没机会点火。

所以，事前，吴樾采用的是"撞针法"炸弹。即炸弹扔出后，撞针触击，引爆炸药。

轰然一声巨响，血肉横飞，吴樾本人腹溃肠流，当下牺牲，卫士、衙役被炸死好几个。

五大臣呢，却因为吴樾提前被卫士拦住，中间隔有一段距离，没有一个人受到致命的炸击，只有绍英受伤较重，流血不少，也非致命伤……车厢内一片狼藉，人肉、鲜血、木屑、各种碎片，满地都是，车厢顶部也被炸开一个大洞。

五大臣惊惶失措，或躺或趴，个个摸自己脖子上的脑袋……

慈禧听说此事后，又惊又怕又恨，立刻下旨让肃亲王耆善亲自主持侦察工作。

后怕之余，她严命军队加强颐和园的警戒，生怕有人把炸弹从墙外扔入。

细心人可发现，现在的颐和园北宫门围墙，最上三尺是后加的，正是当时吴樾刺杀所导致。

当时，吴樾本人的身体，已经遭受重创，但头颅完好无损，虽血肉淋漓，却依旧怒目圆睁。

清政府马上把他的人头用药水保存起来，进行拍照。然后，印出数百份相片，发给城内的侦探，让他们遍持照片，四处找人认看。

事情真是节外生枝。安徽会馆没人认出吴樾，倒是桐城会馆一个小女孩记性好，说这个人是在我们这里住过的"吴公子"。

拔出萝卜带起泥，张榕最后也被搜捕。

查来找去，差役们在安徽会馆吴樾住房的枕头下，找到了一封信，乃大英雄的绝笔。

在信中，他详尽说明行刺乃他一人所为。好汉做事好汉当，为此避免了牵连许多安徽老乡入案。

更可歌可泣的是，吴樾貌美心壮的未婚妻听闻心上人殉国消息，立时自刎殉夫。

刚汉配烈女，实我中华一大奇观！

（吴樾的本名是吴越，清廷审"逆犯"，总要篡改犯人姓名，或把张洛行改成"张落刑"，或就像这样在原名前加一偏旁部首，以示鄙蔑。但吴樾就此而大成其名。）

吴樾死时，年仅27岁。

今日今刻，大一统承平满化之年代，夜读《暗杀时代》，依旧让人血液沸腾：

"……以复仇为援兵，则愈杀愈仇，愈仇愈杀。仇杀相寻，势不至革命而不已……，予愿死后，化一我为千万我，前者仆而后者继，不杀不休，不尽不止，则予之死为有济也！"

誓灭胡奴出玉关——徐锡麟刺恩铭

给笔者印象最深的徐锡麟照片，有两张。

第一张，是他身穿巡警学堂制服的戴帽照片，戴深度近视眼镜，文质彬彬，极其儒雅；第二张，是他就义前着囚服、戴镣铐的遗照，目光坚定，含笑怡然。

正是在拍了这张照片后，他被清朝斩首剜心。等待这位大汉义士心肝的，还有恩铭数位卫士。这些奴才鹰犬，为了给主子复仇，烫热烧酒，竟然以大英雄徐锡麟的心来下酒……

"功名富贵，非所快意。今日得此，死且不悔！"，临刑前，年仅34岁的徐锡麟对清朝监斩官慨言。

徐锡麟（1873—1907），字伯荪，别号"光汉子"。浙江绍兴人。

他出身于中等地主家庭，父祖因多年为人作幕僚，攒下不少家业。出生于这样的家庭，自不必言，青少年时代，他受到了非常系统的儒家教育。

与一般"文科"脑袋不大一样的是，徐锡麟自少年时代就喜欢天文数算，中秀才后，更自制天文望远镜，仰望星空，探寻奇奥。

他十五岁那年，与本县门当户对的王氏成婚。而后五年，红袖添香夜读书，徐锡麟循规蹈矩，终于在光绪十九年（1893年）考中了秀才。

但是，清朝政府腐败无能而造成的国家糜烂，最终使得两耳不知窗外事的徐锡麟再不能"一心只读圣贤书"。特别甲午战争后，《马关条约》的屈辱，戊戌变法的影响，使得这位文质彬彬的绍兴青年热血沸腾，开始对国事天下事急切地关心起来。

为了效仿当年刘琨、祖逖"闻鸡起舞"的故事，他习武强身，终日在腿上绑沙袋,长跑疾行,强健体魄。

在清廷推行"新政"的大背景下,徐锡麟受聘为新式学校"绍兴府学堂"的副监督。他一面教育学生深造"理工"科目,一面终日带领学生跋山涉水,锻炼身体和锤炼意志。

1903年,徐锡麟得到"公费"去日本考察的机会。到了东京后,正赶上留日学生"拒俄运动"如火如荼地展开。目睹留学生慷慨为国的激昂,徐锡麟深受触动。

他回国之后,恰恰又发生邹容、章太炎因撰写反清文章而遭逮捕的"苏报案",更使他看清了清朝政府的黑暗与凶残。

同年秋试,徐锡麟中副榜。当时,他已经对科举仕进完全失去兴趣,便回到家乡东浦创办初级小学。从此,他在东浦和绍兴两地奔走,终日劳碌,意在兴学强国。

激于当时沙俄瓜分我国东北的义愤,他在操场上竖立一"俄国人"草靶,日日以手枪实弹射击,一来练习射击技术,二来射之以泄恨。

每日数十次的射击,徐锡麟日后竟能弹无虚发,很有"神枪手"的风采。

1905年,为开阔视野,徐锡麟去到上海。在那里,他见到了浙江老乡蔡元培、陶成章、章太炎等人,并加入了"光复会"。这也标志着,他终于成为真正的革命党人。

在蔡元培等人的开示下,徐锡麟年底返回绍兴,四下联络散布在民间各个行业内的会党人士,相约排满抗清。

两个多月里,他行走数县,不辞劳苦,黑道白道全介入,结识了不少会党首领,比如张恭、王金发(此人日后为秋瑾报仇,杀了好几个叛徒和告密者)等人。

在与会党"龙头"们的交往中,徐锡麟觉察出这些"黑道"团体在蕴有极大革命力量的同时,也缺乏凝聚力,组织涣散,各自为政。特别不足的是,他们的政治意识极其淡漠。所以,开办学堂对他们进行系统性训练,尤为必要。

这一年,徐锡麟还结识了秋瑾,并介绍她加入了光复会。

徐锡麟四方奔走,在东浦堂而皇之兴办"大通师范学堂",遍开国文、英文、日文、历史、理化、体育、兵式体操等课程,每期六个月,结业文凭由绍兴官府发放。文凭的背面,记有暗号,作为日后起义的凭据。这样一来,大通师范学堂就成为各地会党在当地的落脚点和训练所,也成为光复会在浙江的指挥中心。与现在私人办学敛财误人子弟相反,徐锡麟当年赔本办学,一心只为革命。

在红红火火办学的当口,陶成章与徐锡麟想得更远。他们见同志中家境殷实的人不少,就商定鼓励富裕者出钱捐官,向清政府的陆军中进行渗透。

清朝末年,买官跑官是公开的,加上徐锡麟的表叔俞廉三又是湖南巡抚那样的封疆大吏,几封亲笔书信一写,徐锡麟等人很快就拥有了"道台"、"知府"等官衔。

为了学习真正的陆战知识，徐锡麟1906年去日本，准备进入日本陆军学校深造。

阔人亲朋多，当时，在横滨码头上，站满了前来迎接的绍兴老乡。其中，有一个平头小个子年轻人，站在人群后面，丝毫不起眼。徐锡麟没记住他，他却记住了徐锡麟。这个人，就是后来的"鲁迅"。

当日在日本负责留学生事务的王克敏，乃清朝老吏，嗅觉灵敏。他觉察到徐锡麟、陶成章等人不是善茬，千方百计阻挠他们入学。

忙了几个月后，未达成入学目的，徐锡麟只得悻悻回国。

当时，徐锡麟怀揣表叔俞廉三的推荐信，在北京呆了一阵子，想进入清廷军事要害部门"练兵处"。

奔走数日，"练兵处"未去成，在表叔俞廉三的帮助下，安徽巡抚恩铭来信，要徐锡麟去他手下当差。

恩铭，字新甫，满洲镶白旗人，举人出身。1895年俞廉三任山西布政使的时候，他正当太原知府，二人相处得不错。当时，恩铭深得老俞栽培。为表知遇之恩，恩铭主动投帖，拜在老俞手下当"门生"。1901年，时署山西按察使的恩铭遇到天大好机会，外逃返京的"老佛爷"慈禧由西安过山西，恩铭伺候周到，接驾有功，从此仕途一帆风顺，先后当过两淮盐运使、江苏按察使的肥差。1906年，他得补安徽巡抚。

作为一方大员，恩铭自然感念教师俞廉三当年的栽培。所以，他忙发信，让徐锡麟投奔自己。

临行前，在老家绍兴，徐锡麟与秋瑾会面，共商大事。他希望秋瑾在浙江急切寻觅革命人才，训练队伍，待时机成熟，浙皖同时起义，然后直取南京，占领长江领域的重镇坚城。同时，他也向秋瑾表示了自己此次安徽之行流血革命的决心。

秋瑾虽属女流，却不让须眉。她听完徐的计划，目眦尽裂，与徐锡麟相约，要为民族为国家流干最后一滴血。

1906年9月，徐锡麟抵达安庆（当时的安徽省会）去见恩铭。

见面之后，恩铭态度很热情，办事却不是十分积极。呆了三个月，只给了徐锡麟安徽陆军小学堂"总办"一职。这个学堂，其中只有一百多个学生。

恩铭官场老油条，但此举并非辜负恩师俞廉三厚意，乃意在一步一步栽培徐锡麟，让他先从"基层"做起。

强忍住内心的失望、郁懑，徐锡麟韬光养晦，踏踏实实地办事，工作尽职尽责。不久，俞廉三又给恩铭写信，催他重用表侄。

恩铭不敢怠慢，加上徐锡麟口碑甚好，勤勤恳恳，就立刻升任他为巡警当堂会办。当时的一把手督办，是满人毓朗兼任。此人正职是安徽按察使，所以巡警学堂的实权，实际上全由徐锡麟掌握。

在巡警学堂内，有青年学生三百多人。为此，徐锡麟严格督课。他常常集合训话，向这些年轻弟子灌输民族振兴的思想，教育他们发奋图强。

当然，革命道理不好明说。因为学堂教务人员中人多眼杂，其中的收支委员（即财务处长）顾松是个满人，对徐锡麟十分警觉，不时前往恩铭处告状。

恩铭也烦，对徐锡麟又不好说重话，只得把"恩师"的这位表侄唤入内堂，半吓唬半敲打地说：

"有人说你是革命党，你一定好自为之，别惹出乱子！"

徐锡麟处乱不惊，也不多争辩，忙作揖回禀："望大帅明鉴！"

恩铭摆摆手，示意他回去。他根本不相信顾松的话，但又不能完全没有表示。

为了联合军队中的反清力量，徐锡麟利用自己的官场身份，与不少新军中的中级军官打得火热。酒来茶往中，他逐渐和那些军人们摊牌劝导，结交了数位"把兄弟"。几个人歃血为盟，相约起义，推翻清朝。

打仗一定要考察有利地形，他和军官们相约，在6月中旬（1907年），一起借郊游宴会为名，同去集贤关、码湖等地审验战争地形，准备起义后迅速夺取制高点和重要的军镇。

步步为营之际，上海的光复会却出了岔子。一个叫叶仰高的革命党人，被捕后捱不住苦刑，在南京供出了党人名单（叶仰高这个人，日后会在辛亥革命南京战役中出现）。

他交待说，在安徽，有个名叫"光汉子"的人，已经打入政府内部。

两江总督端方立刻派人把名单交给安徽巡抚恩铭，让他即刻抓人。

由于徐锡麟本人还有一个"巡警会办"的头衔（公安局副局长），恩铭就把他找来，让他即刻布置警力，四处下乡入镇，按名单上的人名抓人。

看到名单上"光汉子"三个字，徐锡麟倒吸一口冷气。这个别号不是别人，正是他自己！

他稳住心神，作尽心尽力状，立刻返回巡警学堂布置。

事情发展到这个地步，夜长梦多，徐锡麟只得加快起义的步伐。他立刻派人去上海速购起义所需的弹药，准备见机起事。

秋瑾方面，从绍兴带信来，表示他们要在7月6日举行起义。

由于7月8日是巡警学堂甲班毕业典礼，恩铭等人必出席参加，徐锡麟就决定在当天起事，在现场杀死前来参加毕业礼的满汉大员，与浙江起义相呼应。

岂料，恩铭看了时间表后，说7月8日是他把兄弟、高级幕僚张次山老母八十寿诞，他本人要去道贺。为此，他要求徐锡麟把毕业典礼提前，改为7月6日。

徐锡麟只得把起义日期提前。更让他意料不到的是，秋瑾返绍兴后，因当地情况有变，浙江起义推迟到7月19日。

对此，徐锡麟更不知情。

安庆方面，他身边真正知根知底的革命同志，只有马宗汉和陈伯平两个人。这二位，几个月前刚刚由上海来安庆。

听说马上要仓促起义，二人也慌了，劝说徐锡麟缓发。

"箭在弦上，何可不发！你们放心，只要恩铭被打死，我就宣布自为抚台，带领学生军马上攻占军械所、电报局、制造局等要害地方，然后策反新军，直杀南京！……你们二人最要紧的事，就是刺死恩铭后，学生逃散的时候，一定要把住大门，不让他们出去。稳住军心后，发给他们枪械，让他们听从指挥。"

听上去，这个计划很详密。恩铭一死，其他官吏无兵符调不得兵，又无军械反抗。电报局占领后，又可掐断对外联系，似乎外界对起义事件不能马上知晓。

但是，起义一旦爆发，猝发事件极多，他们根本没有任何应急预备之策。

简单布置过后，徐锡麟草拟起义公告，印了数十张，准备在起事后四下散发。

然后，他找出五枝手枪，自留两枝，其余三支交给马宗汉和陈伯平。

忙乎完这些，已经是7月6日的凌晨。

仅仅睡了三个小时，徐锡麟起身，装束停当，前往巡警学堂准备"毕业典礼"。

早晨8点钟，学生集合完毕。徐锡麟一身戎装，对下面开始训话，大致意思是宣传救国道理，并表示今天要采取"特别方法"，行动起来。

当然，"革命"的意思，他不能明说，仅大讲特讲"爱国"，其中又不断地说采用"特别方法"。堂中学生，皆听不明白他的言语真意。

不久，安徽巡抚恩铭乘坐八抬大轿来到。在众人簇拥下，他迈着四方官步，一脸笑容，步入这个黄泉道场。

按照清朝官场不成文的惯例，恩铭来到后，应该带一帮大小官员到花厅小憩，饮茶聊天。寒暄一会儿后，再办正事。

他刚落座，巡警学堂一直暗中伺察徐锡麟的满人顾松，悄悄俯在与恩铭同来的按察使毓朗耳边，说："徐道台今日有诈，望大人等不要多留此地！"

毓朗立刻转告恩铭，使得后者感到很不好办。

"俞廉三恩师的表侄，一直受我栽培，他又能干啥？"恩铭思忖。

毓朗趁机起身，对徐锡麟说："大人今日身体欠佳，不便久留。"

事已至此，徐锡麟随机应变，高声说：

"好吧，希望大帅能走个过场，在操场上观看一下学生的毕业典礼，以示隆宠。"

恩铭不好推辞，只得同意。

于是，恩铭等人在操场的台子上分别列座。徐锡麟等人，率领学生，依次在操场上向他们行礼致敬。

不远的礼堂处，陈伯平、马宗汉也准备动手。

看见操场上衣着齐整、精神昂奋的学生整齐列队，恩铭大感高兴。他清了清嗓子，准备夸奖徐锡麟等人。

未待他开口，台下的徐锡麟，忽然一个箭步上得台来，立正行礼，大声报告说：

"大帅，今日有革命党起事！"

这句话，正是他们三个人相约动手的暗号。

小礼堂处的陈伯平，立即掏出一个炸弹，直朝恩铭随身的官员群中掷来。

可惜，臭弹未响。

恩铭吓得一激灵，立时惊起身。"何人起事？革命党在何处？"

徐锡麟从双靴中拨出双枪，大声回言道："卑职是也！"

说着他连发几枪，子弹全部打在恩铭身上。

陈伯平、马宗汉二人，也风火火趋前而来，各自朝恩铭开了一枪。

整整七枪，皆中恩铭。可巧的是，弹弹着肉，枪枪见血，却皆未伤恩铭要害。

子弹所入，不是恩铭的肚子，就是他的大腿。

救主心切，恩铭身边的文巡捕陆永颐"忠勇"，他背起恩铭就想跑。

徐、马、陈三个人手枪齐发，把陆巡捕打得满身血窟窿，栽倒在地，恩铭复被摔于地上。

这时候，三个人弹夹内子弹悉数打光。

枪响过后，随行的官员和操场上的学生炸窝一样，四处乱跑。

趁三人回屋重装子弹之际，恩铭的亲兵缓过神来。他们慌忙抬起"大帅"就往学堂外面跑。

终于有命跑出，亲兵们就把恩铭大头朝下扔进轿子里，急喝轿夫抬着他狂逃。

可是，恩铭这大屁股撅在外的倒霉姿势，最终要了他的命。

陈伯平腿快，装弹迅速。他朝轿子追上去，抬手就是一枪，正中呈外翘姿势恩铭臀部的肛门处。

歪打正着，子弹从肛门往上走，一直射到恩铭的心脏附近。

阎王说情也活不得。恩铭在医院辗转哀嚎了一个多时辰，伤重身死。

告密的顾松正要跑，被马宗汉抓住，踹翻在当地。

徐锡麟咬牙切齿，扬起手中马刀，兜头乱劈这个满人。马宗汉不含糊，上前一枪，把顾松的脑袋打开了花。

徐锡麟纵上高台，对惶愕不知所之的学生大呼：

"抚台已经被杀，快从我革命！"

学生们懵懵懂懂，领取了枪械子弹后，在徐、马、陈三人率领下，往攻巡抚衙门。

恩铭卫队先行抵达，已经在周围严备。

于是，他们改攻军械所。

行进过程中，不少学生弃械而逃。到达北城门附近邓家坡上的军械所时，只剩三十几个学生携枪跟随。

即使如此，如果他们占领此地后，凭借原垒高墙和充足的子弹，在抵御清军最初的进攻后,假如城外新军中的同志能够及时响应,徐锡麟仍旧有成功的机会。

守卫军械所的清军军官很机灵,他逃跑时,顺手把地下室内的库房钥匙带走。

面对大锁加几寸厚的大钢板,徐锡麟等人无计可施——所有枪械弹药均在其中,一颗子弹也拿不到手。

先前派出送信给新军的人,也因城门紧闭而不得出。

硬着头皮,三个人率领学生死命抵抗。相持不久,陈伯平就中弹牺牲。

马宗汉也负伤。辗转呻吟中,他向徐锡麟建议:放火焚毁军械所,与敌同归于尽。徐锡麟不同意。"如大火烧起,势必引起弹药库爆炸,那样的话,不知会炸死多少百姓!"

在重赏之下,清军发起人海战术死命进攻,最终攻克了军械所。

弹尽援绝,起义众人只得四处逃散。

失却墙体屏蔽,学生们纷纷倒地,徐、马二人最终皆被生俘。

作为首犯,徐锡麟立刻被押入巡抚衙门受审。

按察使毓朗怒不可遏(此人乃爱新觉罗宗室,末代皇后婉容的外祖父),叱问道:

"抚台待你实有厚恩!即使想要行刺,你平日有很多拜见抚台于家中的机会,奈何非要于大庭广众中行此杀人之事?"

"抚台确实待我甚厚,私恩也。我杀抚台,乃为我大汉复仇,堂堂公理,定要在光天化日之下行之!"

昂头说完,徐锡麟忽然问,"抚台死了吗?"

毓朗冷笑。"只受轻伤,料也无妨!"接着,他忍不住,恨恨而言:"明日,你将被剖心挖肝!"

闻此言,本来低头气沮的徐锡麟,仰头哈哈大笑:

"如此说,抚台肯定死了!好!好!你们可把我剖心断足,碎剐凌迟,只是别难为被捕学生,他们都是在我逼迫下才参加行动的……"

其间,清吏细审起义幕后策划人、主使人以及安庆城内的同党,徐锡麟均不招认。

他接过纸笔,洋洋洒洒,纵笔千言,自道革命因由:

"我本革命党大首领,捐道员到安庆,专为排满而来,做官本是假的,使人可无防备。……我蓄志排满,有十余年,今日始达目的。本拟再杀铁良、端方、良弼,为汉人复仇,乃竟于杀恩铭后即被拿,实难满意。……革命党本多,在安庆实我一人。为排满事,欲创革命军,助我者,仅光复子、宗汉子(指陈伯平、马宗汉)两人,不可拖累无辜。我与孙文宗旨不同,他亦不配使我行刺。"

为了迅速平息事态,稳定南方的人心、军心,清政府电报往来,决定尽快处决徐锡麟。

案结讯毕,清吏派人在行刑前给徐锡麟照相。

拍了一张后,徐锡麟表示不满意:"刚才我没准备好,面上无笑容,岂可留之后世! 一定要再给我拍一张。"

照相师听命,立刻又给徐锡麟照了另外一张。

这张照片,即我们今天在辛亥革命档案中常见的那张英雄微笑的相片。

7月7日凌晨,安庆辕门外,徐锡麟慷慨临刑。

就义时,他35岁。

8月22日,他的战友马宗汉也被清政府斩首,时年24。

7月14日,根据徐锡麟之弟徐伟所供,清廷派重兵逮捕了绍兴的秋瑾,并于7月15日把这位女英雄处决于绍兴轩亭口,时年32。

秋风秋雨愁煞人!

在鲜血蔓延中,在清廷的恐怖中,在令人窒息的沉沉夜色中,革命的血色黎明,即将到来……

引刀成一快　不负少年头

——韶华时光汪精卫

　　1944 年 11 月 9 日的深夜,在日本名古屋大学附属医院外的防空壕内,湿冷的地上,一个瘦成枯柴的苍老男人,在担架上瑟瑟发抖。

　　外面,爆炸声此起彼伏。尖锐的炸弹鸣啸声,房屋被炸中后的碎片飞掷声,哭爹喊娘的日本人惊惶的哭叫声,在那濒死人的耳中,全部地逐渐黯淡下去。

　　依稀中,我们看到了一张已近脱相的垂死的脸,那是高烧中的汪精卫!

　　他躺在冰冷的防空壕后,任由从掩体未及关闭的门外隙风吹袭。这位前国民党副总裁,眼睛微阖,面色铁青,拉风箱一样地剧烈呼吸着。

　　在弥留的瞬间,汪精卫丝毫没有与日俱增的肉体病痛所导致的苦痛,他的脑子里,不停回转着两个大字:汉奸!

　　防空壕内外医护人员嘈杂、焦急的日语模糊了,黯淡了,一切似乎都要远去,但是,海啸一般的汉语,向他劈头盖脸涌过来——汉奸! 汉奸! 汉奸! ……

　　汪精卫下意识地侧了一下头,回避什么似地抽搐着脸部,痛苦地张大嘴,想呼喊什么,想辩解什么,却没能发出任何声音。

　　他挣扎着,辗转着。突然间,一丝平静的表情呈现在他的面部,甚至,他的双眼也睁开了片刻。那双眸子,在瞬间变得那么清澈,把濒死的脸也映衬得明亮起来,使得在场的日本护士惊诧不已。……

　　毫无疑问,在汪精卫意识的最后时刻,他肯定回到了 1910 年 3 月。

　　那段时间,是汪精卫人生最辉煌的,最光辉的岁月!

当时年少春衫薄——革命的喉舌

　　汪精卫,原名兆铭,字季新,籍贯山阴(今浙江绍兴),出生于广东三水。他的生日,是 1893 年 5 月 4 日。(当 1949 年 12 月 23 日中华人民共和国政府正式规定 5 月 4 日为"青年节"的时候,没有任何人想到这一天还是汪精卫的生日。)

　　至于汪兆铭日后以"精卫"为名,恰恰表明了他要成为革命志士的决心。

　　《辛丑条约》签订后,清廷上下欲思振奋,掀起一股海外留学热潮。由于日本最为近便,不少人负笈东瀛,以求救国富强之策。

　　年甫 21 岁,青春正盛,汪兆铭就与广州的胡汉民等人,为官府所派,前往日本法制大学,以"官费生"身份,进入速成科学习。

　　转年,当孙中山在日本成立"中国同盟会"时,汪兆铭自然心怀雀跃,积极加入,成为同盟会中的得力干将。因其汪洋恣肆的文风,他跻身同盟会机关报《民报》的主笔之一。

　　文才武备,风采绝伦。翩翩当年的汪兆铭,在当时东京的革命党人中间,绝对是个光华四射的人物。

　　汪兆铭何其人也? 如果究其所为,我们不得不从他早年的经历谈起。

　　汪兆铭的出生地广东,自 1840 年以来,正是阶级矛盾、民族矛盾表现最强烈的地方,更是帝国列强坚船利炮的演技场。而且,作为太平天国的策源地,广东还具有另外一层特殊的"革命"色彩。

　　沿海之地,广大人民自得风气之先,锐意求新,也为汪兆铭的童年生活打上了鲜明的烙印。

　　汪兆铭的父亲汪琡,破落小官僚出身,是三水当地的淳儒。有其父而有其子,他对汪精卫教育极严。经书儒典,成为童幼年的汪精卫必读之书。而王阳明的《传习录》和陆游、陶渊明的诗歌,也成为汪兆铭童年时代每日必须背诵的内容。

　　有此尊慈严父,汪兆铭国学底子非常深厚。汪琡临死前一晚,仍不忘督促儿子读诵儒经。

　　汪兆铭 13 岁时,汪琡病死。此后,汪兆铭跟从他博学的叔父继续研学。青少年时代,他诗辞歌赋,无所不通,被公认为当时当地大才子。

　　19 岁时,汪兆铭考中秀才。

　　整个青少年时代,汪兆铭不是读死书、死读书,而是心中有选择地汲取学识营养。

　　明末清初两位大儒黄宗羲、王夫之的著作,深刻影响了他的思想。二位大儒"夷夏之防"的理论,使得年纪轻轻的汪兆铭心中充满了"恢复华夏"的志向。而他少年时代从父亲、叔父等人处所听来的民族英雄文天祥、岳飞、史可法、陈子壮等人激昂壮烈的事迹,更促成了他民族意识的萌发,一步一步酿成他反清排满的思想。

也正是在一个人思想定型的年纪，汪兆铭早期的民族主义思想得以形成。

当然，彼时的汪兆铭，还受儒家"君臣之义"观念束缚，没有太过激的"革命"念头。

1904年的日本之行，是促成汪兆铭思想飞跃的关键。在日本法政大学，他真正开始了国家、宪法等知识的系统研究。卢梭的《民约论》、斯宾塞的《政治进化论》、孟德斯鸠的《万法精理》，都成为他案头的必读书。

在日期间，他还亲自动笔，把日本的《法规大全》翻译成中文。

海阔天空，受到如此深刻的资产阶级思想启蒙，汪精卫无限憧憬自由、平等、博爱的理念。他心中原先反清的民族主义，一变而为更积极、激进的"民族帝国主义"。

此前他对清朝帝王"君臣之义"的念头，一时全抛。

1905年，汪兆铭终于见到了孙中山，立即成为这位"革命先行者"的信徒。加入中国同盟会，成为他生命中终生难忘的、最重要事件。

这一年的7月30日，在孙中山主持下，中国各省代表、留学生、日侨共七十多人，在东京赤坂区桧町黑龙会首领内田良平的家里，召开中国同盟会筹备会议。汪兆铭以其倜傥不群的人品和犀利的笔锋，被公推为章程起草小组成员（仅有八人）。

8月20日，中国同盟会在东京赤坂区召开正式成立大会。同盟会总部下设三部，汪兆铭被任命为评议部的议长，由此可见他当时在孙中山和各位同志心目中的位置。

《民报》，是同盟会的宣传喉舌。而《民报》创刊后的头条文章《民族的国民》，正是由汪兆铭亲自撰写。

《民报》最初的十几期，汪兆铭作为主要撰稿人，共写有十余篇文章，每篇皆泱泱数万言。当时，他几乎就是同盟会的发言人，其本人也被视为孙中山"三民主义"理论的最重要阐述者。

由于青少年时代的深厚儒学素养，汪兆铭写得一手好文章，洋洋洒洒，简明快捷，感染力极强，特别是针对当时康梁为首的保皇党反"革命"谬论，皆一一驳斥，使对手几无还口之力。

汪兆铭的文采华章，争取了越来越多的人开始赞成、同情革命。

汪兆铭绝非头脑发热、简单冲动的革命者，在他下决心要终生献身革命之后，他以"家庭之罪人"的名义给国内的哥哥写信，表示自己要"为国流血"，声明断绝与汪氏家族的关系以及与刘氏姑娘的婚约。其兄长也很"聪明"，立即把此信上交"有关部门"，表示"驱除逆弟，永离家门"。

这种表面的绝决，其实也是汪兆铭对家人的一种保护。在他的性格中，始终存有这种类近柔弱的温情，大事小事，他对自己以外的事情，总是思虑过多。

铁血华年

《民报》时期，是青年汪兆铭生命中光华四射的年代。从那时起，他以"精卫"、"枝头抱香者"、"扑满"等笔名，拿起笔来作刀枪，鲜明地阐述了民族思想。

"精卫"，原为我国古代神话中的一种鸟，传说炎帝的女儿，溺死于东海，就化身为"精卫"鸟，衔西山木石以填东海，日日不绝。所以，有"精卫填海"这一成语，喻指那种持之以恒、长久不懈、不达目的绝不罢休的精神。汪兆铭自取"精卫"为名，就是要昭示他献身革命的痴绝之心。

而"枝头抱香者"，取自诗句"宁可枝头抱香死，何曾吹落北风中"，乃南宋遗民郑思肖为菊花而题，显示出汪兆铭对待清朝异族不媚不屈的决心。

"扑满"之意，扑灭满人也！

为行文方便，下面我们提到汪兆铭，就开始用汪精卫这个名字。

在汪精卫早期革命思想中，最重要的内容，一是排满；一是要争取民族的"奋然自立"。

汪精卫当时心中的革命，就是"排满革命"。

帝国列强，对中国蚕食鲸吞，步步逼近。满洲清政府，对外割地赔款，丧权辱国；对内纷乱如丝，杂税盛行，取之无度，残酷挤榨人民，并一直实行极端野蛮、残酷的民族压迫政策。

汪精卫力主"排满"。"排满"的口号，在当时的日本和中国，最能激动人心，也最能煽动民族和革命情绪。

当然，汪精卫的"排满"，并非简单地"仇满"，他以大众能接受的古色苍然的民族主义为表饰，目的是为了激发人民、引导人民进行伟大的民族救亡运动。所以，他强调种族革命和政治革命要同步进行：

"今之政府，异族专制政府也。驱除异族，则不可不为种族革命。颠覆专制，则不可不政治革命。徒驱除异族而已，则犹明（朝）之灭元（朝），于政界不生变革也。若徒欲颠覆专制而已，则异族一日不去，专制政府一日不倒。故种族革命与政治革命岂惟并行不悖，实则相依为命者也！"（《民报》第 4 号）

应该值得我们今人注意的是，日后孙中山的一套说法，几乎完全是照搬汪精卫这位"追随者"的原话，不过是更"白话"而已：

"我们推倒满洲政府，从驱除满人那一面说，是民族革命；从颠覆君主政体那一面说，是政治革命，并不是把它分作两次去作。"（《三民主义与中国前途》）

相比康梁保皇党的"满汉不分、君民同体"以及章太炎等人过分偏激的"民族复仇"，汪精卫的思想有更多理性的成分。

邹容《革命军》、陈天华《警世钟》、《猛回头》等小册子，通俗易懂，痛快淋漓，在下层社会中非常受欢迎。与之相比，汪精卫的文章，旁征博引，有事实有根据，广引《大清律例》、《东华录》、《皇朝通典》以及清朝政府的朝谕，铁证如山，更加深刻揭露清朝统治者的残忍罪行。因此，他的文采飞扬的文笔，更易为广大知识分子阶层所接受。

汪精卫的"排满革命",并非是要杀尽满洲人。在系列文章中,他一直强调中华各民族平等,消除民族压迫:

"汉人之所排满者,以其覆我中国,攘我主权也,非谓国家之内不许(其)他民族存在。排满不已,更是而排蒙、排回、排藏也。况汉人非惟无排斥蒙、回、藏之心,且将实行平等制度。"(《民报》第13号《研究民族与政治关系之资料》)。

也就是说,在中华多民族国家,他只反对"一族(满族)居主人之地位,而他族悉为之奴隶"的不平等民族关系。

在推翻清政府后,他宣扬以汉族人民为首,进行精神上的中华民族"同化"。

面对帝国列强当时巧取豪夺中国利益的残酷现实,汪精卫强烈呼吁国人奋发自立,发愤图强,以避免遭受清政府和洋人的双重奴役。对于当时欲图吞并东三省的沙俄,汪精卫更是痛心疾首地警醒大众,指出在汹汹瓜分的列强中,"怀抱野心者莫如(沙)俄!"

虽然当时年仅二十出头,汪精卫对国际形势有着超出常人的分析能力。他不仅指出帝国主义侵略内在的经济动因,也明确点明了列强之间狗咬狗的矛盾。他告省国人,所谓的"门户开放"、"领土保全主义"、"韬光养晦"等等清廷的既行政策,实际上是缩头乌龟的亡国经。要想兴族求国,惟一的途径,就是争取民族独立。如此,奋发向上之间,中国才能由亡而存,由弱而强,由危而安,最终才能雄飞于世界。

汪精卫更深刻地认识到,保皇派"革命生内乱"、"革命导致杀人流血之祸"的说法,完全是一派胡言。他旗帜鲜明地指出,革命的目的,最终在于救国强国。如果不革命,在清政府统治下滥死枉死的人民,必然更多于为革命而死者。所以,他振聋发聩一呼道:

"与其为野蛮政府蹂躏而死,孰若救国而死!"

如果仔细爬梳汪精卫在《民报》时期的文章、言行等史料,就会发现,当时,只有他才是孙中山早期革命思想的真正集大成者。毋需讳言,他其实也是孙中山当时诸多文章、言论的"执刀人"。

所以,研究辛亥革命史的人,往往会发现,彼时二人语言、文字存有那么多"惊人的巧合"——其实,都是一个人写的。

对于此,吴稚晖说得最确切:

"学生无先生(孙中山)不醒,先生无胡(汉民)汪(精卫)不盛!"

《民报》中汪精卫的文章,不仅在日本获得留学生、华侨广泛赞誉,也盛传于国内,成为当时革命力量的指路明灯。

清朝政府对汪精卫恨之入骨,曾经悬赏白银十万购其项上人头。满人如此看重,更使汪精卫这位翩翩才子享誉海内外。

可见,当时的汪精卫,完全是孙中山先生的"文胆"。

铁血华年

惟有实践出真知——南洋的鼓动

1907年春，经过清朝政府的交涉，日本政府不得不把孙中山"驱逐"出境。表面上说"驱逐"，实则是"礼送"出境——不仅日本政府秘密赠款7000元，大股票商人铃木九五郎也大手笔送给孙中山1万元。

手中握有这么大一笔钱，孙中山只留给时为《民报》总编的章太炎两千元，二人为此闹翻。

意气用事的章太炎，在日本浪人的挑唆下，径自把报社内孙中山画像取下，并四处奔走呼吁，提议革除孙中山同盟会的"总理"一职。

章太炎等人四下反对孙中山，汪精卫却一直对这位革命先行者忠心追随。

孙中山跑到南洋后，汪精卫鞍前马后，竭尽赤诚。

1907年8月20日，由南洋华侨捐资，同盟会在新加坡吉宁街十三号创设了《中兴日报》。

作为新的宣传喉舌，汪精卫、胡汉民为主笔，竭力宣扬民族主义和民权主义，并与保皇党人所印行的《南洋总汇报》展开激烈骂战，争取和吸引侨众。

当时，孙中山本人在安南（今越南）的河内甘必达街61号设立机关，策划两广、云南等南部省份的独立起义。

受孙中山委托，汪精卫悉心在南洋各地奔走，以力图实现孙中山"经营南洋，边陲起事"的战略。

由于在日本已经落脚不住，同盟会的大本营已逐渐往南洋转移。

彼时的南洋，革命风气未开，需要极大的毅力去开拓。

汪精卫四处奔走，不辞辛苦，亲自落实、组织了同盟会分会一百多处，壮大了同盟会的组织架构和人员组成。为了支持孙中山策划的起义，汪精卫还要费尽唇舌，说服当地华侨捐款。

日后，孙中山曾无限感动地表示："弟前派汪精卫赴河内、海防、西贡、星加坡、暹罗各埠，会见同志，报告军事，劝募军需。"（《致邓泽如信》）

所以，自1907年而后的几百个日日夜夜，青年汪精卫披星戴月，终日奔走，在南洋、日本各地往来穿梭。他办报、写文章、筹款、演讲，没有任何私人的闲暇时间，一直令人耀目地燃烧着他自己。

汪精卫的宣传帮助工作，成效甚巨，很有万人空巷的效果。

即使根据当代人的审美观，汪精卫也是不折不扣的美男子。如果以魏晋风度的标准去套，他更是！

年轻的汪精卫，皮肤白皙，俊眉朗目，在儒雅中闪烁着侠勇之气，顾盼生辉，令人一见入迷。

当年亲耳听过他演说的陈新政，就曾这样回忆汪精卫：

"汪君之演说，题目既簇新，而事事颇得肯綮，因此极得听众信仰。南洋

华侨之觉醒,实出于汪君之力也!"(《陈新政遗集》)

而曾为《中兴日报》行政负责人的张永福,对汪精卫当年天皇巨星式的风采,更有鲜明的忆述:

"斯时演说诸人最能令人感动者,尤其如(汪)精卫。凡逢他演说之夕,人未登台,而座已拥满。演讲时,鸦雀无声,每至一段精彩处,掌声如雷。"(《谈星洲书报社同德及其他之书报社与中国革命》)

而早年与汪精卫相交最好的胡汉民,如此动情地回忆汪精卫:

"余前此未闻(汪)精卫演说,在星洲(新加坡)始知其有演说天才,出词气动容貌,听者任其擒纵,余二十余年来,未见有工演说如(汪)精卫者!"

老丑教授尚能致人癫狂入迷,倘若今日《百家讲坛》中有人才、见识、相貌如汪精卫者,可以想见,这个节目,定可令国人亿众皆伫立,日韩以外尽欢呼。

从1904年到1908年间,用"阶级分析"的观点去套,汪精卫已经由一个"地主阶级"的反清派,进步成为"资产阶级民主革命派"。

回顾汪精卫当时的思想,其中的反帝因素,尤其引人注目。他认为,国人要想实现民族独立,就一定要抵抗外侮。20世纪初叶的美菲之战,是帝国主义大国侵略弱小民族国家的战争。而被压迫国家人民可歌可泣的顽强抵抗,给汪精卫以极大的精神鼓舞和振奋。

由此,他仔细分析了中国的情势后,满怀信心地认为:

"况中国人数,非菲、杜(可)比,(中国)凭借宏厚,相去千万。外侮愈烈,众心愈坚。男儿死耳,不为不义屈!内储实力,外审世变,夫然后动,沛然谁能御之!"(《驳革命可以瓜分说》)

也就是说,汪精卫坚信中国地大物博,又人口众多,只要能团结起来,充分准备,完全有条件可以战胜帝国主义的侵略。

他还以"救火"相譬喻,形象地指出,要救火,只能依靠邻里善众来救,而不能依靠纵火犯(清政府)来救。而"邻里善众",就是指他常年不离口的"国民"。

上述种种,表露出他对于当时中国"民力"有着非常深刻的认识。可见,当时的汪精卫,识见层次之高,远超同盟会许多元老之上。

值得一提的是,正是在南洋期间,汪精卫结识了日后"百年之好"的陈璧君。

陈璧君,原名陈冰如,乳名阿环。此人果真是"环肥燕瘦",少女时代就胖嘟嘟。与日后她受审时的大肉包子脸相比,当时少女时代的陈璧君,脸也不瘦,小肉包子耳。

陈姑娘的爸爸,南洋巨富,号称"陈百万",原籍广东新会。其母卫月朗,女中豪杰,识见不俗,曾亲自携女到新加坡见孙中山,加入同盟会。

在槟城,陈姑娘有机会得见翩翩汪精卫在台上宣讲革命,顿陷情网。

时年24岁的汪精卫,眉目如画,出口成章,在千人万众间,可以侃侃而言,色不稍变。但只要单独与姑娘相处,总是满面羞红,手足无措。

对于陈璧君的大胆追求，汪精卫又慌又乱，急忙婉拒：

"革命家不结婚。因为，革命家生活无着落，生命无保障，如果结婚，势必陷妻子于不幸之中。如使自己所爱之人一生不幸，实乃最大的罪过。"

汪精卫如此说，绝非嫌弃"肥环"陈璧君长得不好，而是出自实意真心。

汪精卫愈如此说，陈璧君就愈爱他，坚决要他父亲退回原先与富家子弟的婚约，表示想改嫁汪郎。

陈百万听此，差点气背过气——好好门当户对的子弟不要，非要嫁给一个终日流窜的大清反逆，真真失心疯！

🌸 拼却头颅刺虏酋——暗杀摄政王载沣

在 1907 年至 1909 年期间，孙中山为首的同盟会，遥控了国内六次起义，均以惨败而告终。一败再败，而至六败，不少革命同志意志消沉，意丧气沮。

由于许多款项用处不明，章太炎等人就四处宣称孙中山贪污公费，在同盟会内部掀起"倒孙"活动，并表示要恢复昔日的"光复会"，不再承认孙中山的领导地位。

内哄外忧，同盟会的活动陷入低潮。

目睹如此情势，铁血青年汪精卫，准备冒死一搏，以身为殉，到北京去刺杀清朝大酋。

至于他去北京的目的，在致孙中山的书信中表露无遗：

"无如革命党之行事，不能以运动为已足。纵有千百之革命党运动于海外，而于内地全无声响，不见有直接激烈之行动，则人（民）几忘中国之有革命党矣。故运动与直接激烈之行动，相循而行，废一不可……（我此行目的），使灰心者复归于热，怀疑者复归于信！"

对于如此类近自杀的冒险行动，青年汪精卫却有自己独特的"理论"根基，即"炊饭"理论。这种思想，他以"守约"为笔名，曾在《民报》第 26 号上表露过：

"不畏死之勇，德之烈也；不惮烦之勇，德之贞者也。二者之用，各有所宜，譬之'炊米为饭'。盛之以釜，熟之以薪。薪之始燃，其光熊熊，转瞬之间，即成煨烬。然体质虽灭，而热力涨发，成饭之要素也。釜之为用，水不能蚀，水不能熔，水火交煎逼，曾不少变其质，以至于成饭。其煎熬之苦至矣，斯亦成饭之要素。"

所以，革命党人，要勇于担当，甘愿为"釜"为"薪"，合为"炊饭"。一伺"饭"熟，即可喂饱"啼饥待哺"的四亿民众。

得知汪精卫要亲入北京行刺满酋，好友胡汉民苦劝。

汪精卫慷慨作书，解释自己以遄一烈的原因，信中他仍以"炊饭"为喻：

"欲牺牲其身者,其所由之道有二焉:一曰'恒',一曰'烈'。恒乎烈乎?斯二者欲较其难易,权其轻重,非可一言尽也。譬之治饭,盛米以釜,束薪烧之。釜之为用,能任重,能持久,水不能蚀,火不能熔,饭受煎熬,久而不渝。此恒之德也,犹革命党人之担负重任,集劳怨于一躬,百折不挠,以行其志者也。"

"薪之为用,炬火熊熊,顷刻而烬,故体质虽毁,而热力涨发,饭以是熟。以烈之德也,犹革命党人之猛向前进,一往不返,流血溅同种者也。……"

他表示,自己日后"虽流血于革命街头,犹张目以望革命军之入都门!"

如此豪迈悲壮之举,恰似当年荆柯刺暴秦。

明知其不可为而为之,乃那个时代慷慨悲歌的先行者们的大浪漫真旨所在。

于是,偕同红颜(胖红颜)知己陈璧君,汪精卫与喻培伦、黄复生等七人组成暗杀团,日夜在日本、香港等地秘密筹划,训练不辍,准备暗杀清朝高官。

与日后相反,当年汪精卫诸人,冒死归国,献身就死,一心只想救国爱国。

如此巨大的反差,让人无限叹息。

最早,汪精卫诸人想对清朝广东水师提督李准下手。在听到大臣端方调任直隶总督的消息后,几个人就改道去武汉,于汉口火车站一带踩点摸路,准备行刺。不料,端方走了水路,刺杀计划未成。虽如此,汪精卫等人秘密携至的炸药不少留在了武汉的孙武处,日后武昌起义,正好供义军使用。

反复磋商后,汪精卫觉得,还是在北京的满人权贵多,于是决定潜入京城,伺机动手。

如此非常之谋,陈璧君本人不仅步步参与,其母也变卖首饰相助。这样的英雄母女,真个是义薄云天。

汪、陈二人先分路,后在东北的大连聚合,然后化装成夫妻,最终一起抵达北京。

此前,喻培伦、黄复生已经先行归国。他们在北京顺治门外租了间房子,佯装开照相馆,制弹弄枪,等待汪精卫的到来。

有意思的是,这间本来用作暗杀行动掩护幌子用的"守真照相馆",生意特别兴隆,天天挤满了人前来照相,银两还真赚了不少。

汪精卫到北京,最早想刺杀庆亲王奕劻。但这位王爷特别多疑。受惊兔子一样,警觉异常。他府邸的保卫也属于特级,根本下不了手。

接着,听说前往欧洲代表清廷祝贺英王加冕的两个宗室贝勒载洵、载涛二人要回京,汪精卫就想率人在前门车站用炸弹把二人炸死。岂料,当天火车晚点,接迎的官员又多,满站台都是红顶子,根本辨认不出谁是贝勒谁是普通官员。

当时的炸弹,不像今天这样威力大到能炸死几百人。同时,汪精卫等人也怕误杀无辜百姓,就只得中止计划。

选来选去,汪精卫遂下决心,要弄就弄最大个的,最终把目标锁定在摄政王载沣身上。

但是，这位"皇爹"身边，护驾卫兵更是不少，一铁壶的炸药量，肯定炸不死他。

思来想去，几个人就专门向铁匠铺订制一个大铁桶，号码巨大，可容近五十磅炸药。

行动目标选定后，黄复生负责踩点探路。几天下来，他发现，载沣上朝，每日必经鼓楼大街。寻摸几日，几个人正好在鼓楼附近发现有截矮墙。

于是，汪精卫就决定择日蹲伏于墙后，待载沣经过时，忽然出现，投出炸药，力争把他当场炸死。

不料，"吉人"天相，清政府忽然派人在鼓楼大街翻新马路，摄政王载沣一行不再走那条路线上朝。

路线一改，几个人只得作罢。

再探了几日，侦知载沣上朝还必须通由烟袋斜街，汪精卫等人就想在那里下手。

烟袋斜街街道很窄，想搞暗杀，没地方躲藏，他们只能想办法在当地租房。当时烟袋斜街无房可租。此计又不通。

又寻摸了数天，找来选去，惟剩一处地点可以下手——什刹海旁边的甘水桥。

当时，甘水桥三面环水，居家稀少，水畔有数棵大木矗立，几可掩人。

几个人在附近的清虚道观租了一所房子，加紧准备，想在甘水桥下埋放炸弹，等待载沣一行经过时，及时引爆，把他这个清朝大酋送"上天"。

行此惊天大事之际，胖姑娘陈璧君不再忸怩，表示说要把自己的女儿身献给汪精卫。

汪精卫慨然不受。但他明明白白地对陈璧君表示：一旦事成后二人侥幸不死，他一定会娶陈璧君为妻。

如此纯真的爱情，人世罕见。

宣统二年二月二十一（1910年3月31日），汪精卫，喻培伦，黄复生三个人，赶着一辆骡车，连夜把炸弹运往甘水桥下。

他们正要挖坑，突然一只发情的野狗乱叫，立时周遭吠声一片，三人匆忙离去。

第二天深夜，三人复来，费了很大劲，才刨出一个土坑。挖扒停当，他们把大炸药罐子埋入桥下。岂料，他们铺设电线时，因先前算计不精，发现铜线太短，不能引出。无奈之余，他们只得悻悻而返，准备转天继续工作。

第三天夜间，一切工具、铜线、钳镊准备周全，黄复生、喻培伦先至，二人低头猛干。

唏唏嗦嗦间，深更半夜的，忽然有个人影闪出，出现在桥头，东张西望，小脑袋还直往桥下探头。

黄复生见此人行踪诡谲，心内发慌，忙把喻培伦唤至近前，让他先返回，通知汪精卫不要前来。

喻培伦走后，黄复生本人从桥孔另一端潜上，藏在大树后，伺察来人。

眼看那个人，手拎灯笼，桥上桥下一通转悠，未几匆匆离去。

见此情形，黄复生着急。他即刻下桥，扯起已经放开的铜线，准备携物撤离。但坑里的大铁罐太重，他一个人根本无法再从坑内移出。

半个时辰以后，脚步杂沓，出现了三个人，提一盏灯笼，跑至桥下。

在黑暗中，黄复生模糊看见，三个人中，除刚才的拎灯笼的人以外，隐约还可看见一个巡警和一个宪兵。

至此，这次行刺计划又遭失败。

其实，先前提灯笼而来的人，不是秘探，也不是政府巡更人，而是个新近戴了绿帽的车夫。三天前他老婆跟野汉子跑了，这车夫心如油煎，夜不能寐，提灯乱找。"奸夫淫妇"没找到，却在甘水桥下发现了革命党人的惊天大秘密。

清政府"有关部门"不敢怠慢，他们很快就把桥下大铁罐子挖出。

摆弄半天，师爷、衙役们谁也弄不清这东西是什么。

最后，他们找来美国、日本使馆的人过来看，才赫然发现这是一颗大炸弹。

日本"专家"猪脸抖动，仁丹胡猛翘，比划着说："这个，威力大大的！爆炸，两三里地的东西，全死啦死啦的！"

清朝官员一听，全明白了，敢情这是要炸死我们摄政王爷啊。

由于主制炸弹的喻培伦专门学过化学，制造工艺很精，美国使馆的人察看后，认为这炸弹是"原装进口"。

日本人却对大铁罐子的粗陋表示怀疑，双方争辩不休。

清朝衙役见多识广，忙热情送走两位高矮各异的东西洋人。然后，这些人仔细合计了好久，就忙派人在北京的铁匠铺巡察侦问——那大铁罐子的制作工艺，显然出于北京城内的铁匠。

清政府私下忙得欢，市面却很平静。

这一来，汪精卫等人就麻痹了，没有及时撤离北京。几个人仍旧呆在照相馆，商议下一步新的暗杀计划。

当然，风声也传出一些。市井小民们纷纷传说，谁谁要炸死谁谁——有说有人要炸死摄政王，有说摄政王要弄死庆王，也有说贝子溥伦想把摄政王炸死，他自己取代溥仪当皇帝，还有说乱党已被捕获就地正法云云，但听上去皆似谣言，不一而足。

从武汉到北京，汪精卫等人所带的一批炸药基本用光。几个人商量后，只能再行分工，分别前往日本、南洋找钱找炸药。

在北京，只留下汪精卫和黄复生二人留守。

他们有所不知的是，清廷衙役已经发现了铁罐的制造者——骡马市大街永铁工厂。

看见一大群衙役如狼似虎而来,那里的铁匠铺东家挺冤:我们是应"守真照相馆"的伙计送来的样式锻制的,谁知道这大铁罐子做啥用?

又不是锻刀打剑做武器,铁匠铺确实没责任。

顺藤好摸瓜。知道了订制铁罐子的买主是谁,一切就好办了。

衙役们不闲着,翻蹄亮掌,提枪抢棒,很快就一举端掉了"写真照相馆",逮捕了汪精卫和黄复生。

依据《大清律》,这二人必死无疑!

刺杀摄政王,如此惊天大案,当然不能为一般官员主审。清廷委派内务部尚书、肃亲王善耆主管此事,亲自审问。

善耆,乃清朝开国王爷豪格的直嫡子孙。豪格嘛,乃清太宗皇太极长子。

庭讯之时,汪精卫、黄复生二人,争先恐后,各自强言自己是主谋,都把对方说成是从犯。

如此情形,时所罕见。

特别是汪精卫,玉树临风,铁骨铮铮,言语气度,卓尔不群,超出凡俗,使得主审官肃亲王善耆大加嗟讶。

后来,当汪精卫说出他自己正是《民报》的主笔时,使得肃亲王立刻大张其嘴,恭身而立——王爷太崇拜面前这位英雄小伙了,虽然他自己身为清朝皇廷血亲,可读了不少期被内廷特务送呈浏览的"大内参"《民报》。

先前每每读之,肃亲王爷均拍案不已,大叫"汉书可以下酒",一直深为汪精卫文章中的识见所折服。

如今,《民报》的主笔"精卫",竟然以阶下囚身份出现在北京,又是亲自策划刺杀摄政王的大逆之犯,不得不让肃亲王惊为天人。

汪精卫自供千余言,笔下生风,一挥而就。同时,他在庭上当众抗言清廷"立宪"之虚伪,痛陈中国即将亡于外国列强之现状,慷慨激愤,斗志昂扬,毫无一丝惧死畏葸之心。

以当时大逆之罪,汪精卫自忖必死。他在狱中朗然独坐,吟出《被逮口占》四首:

> 衔石成痴绝,沧波万里愁。孤飞终不倦,羞逐海浪浮。
> 姹紫嫣红色,从知渲染难。他时好花发,认取血痕斑。
> 慷慨歌燕市,从容作楚囚。引刀成一快,不负少年头。
> 留得心魂在,残躯付劫灰。青磷光不灭,夜夜照燕台。

其中第三首,最为时人钦慕传诵。

狱卒把这几首诗呈给肃亲王善耆。细看诵读之下,这位清朝王爷百感交集——如此大好青年,竟为大清逆臣!如果他能为国家所用,救亡图存,共商大事,大清何其有幸也!

于是,这位时年44岁的肃亲王,放下至尊王爷的身架,屈尊俯就,亲入狱中，与27岁的青年刺客、革命家汪精卫共座辩谈。

这两人，言来语往，惺惺相惜。

他们的核心争论点，在于君主立宪问题。

肃亲王善耆谆谆而言，似乎很有道理：

"革命党宣扬灭满兴汉，乃狭隘的民族仇视。如果国内流血革命发生，外人不正好可以趁机侵乱中国吗？邻国日本，君主立宪，就是我们大清的成功榜样啊。"

汪精卫断然否定：

"日本明治维新，绝非不流血革命，乃当初西乡隆盛首发干戈，用武力倒幕而成。如今中国的'立宪'，完全是幌子，只有民主革命，只有流血，才能救中国……"

这二人，你来我往，唇枪舌剑，虽然不能彼此说服对方，但相互间渐渐生出倾仰之情。

在当时，肃亲王与汪精卫的这种"化敌为友"，也成为海内外津津乐道的一时佳话。

作为肉身的人，汪精卫在狱中作《中夜不寐偶成》，诗中表现出他纤敏、感伤、复杂的内心世界：

> 飘然御风游名山，吐噏岚翠陵屏颜。
> 又随明月堕东海，吹嘘绿水生波澜。
> 海山苍苍自千古，我于其间歌且舞。
> 醒来倚枕尚茫然，不识此身在何处。
> 三更秋虫声在壁，泣露欷风自啾唧。
> 群蚸相和如吹竽，断魂欲啼凄复咽。
> 旧游如梦亦迢迢，半敛寒灯影自摇。
> 西风羸马燕台暗，细雨危樯瘴海遥。

结案之时，为了撇清和"避嫌"，清廷的汉官都主张杀掉汪精卫。

确实，汪精卫的"罪行"，放在清朝往前的任何一个阶段，都有宗族连诛的可能。

世易时移，以肃亲王善耆为首的清朝亲贵，不少人主张免杀——朝廷正在推行立宪，应该非常注重时议。而汪精卫、黄复生二人，只是革命党派来的暗杀小组中的一小部分。杀此二人，复来二十人，二百人……冤冤相报，何时可了！

所以，肃亲王等人主张对汪精卫诸人"从宽"发落。

即使是身为刺杀目标的摄政王载沣，也在案卷上批复道：

"我国正预备立宪，该生等（指汪、黄等人）系与政府意见不合，实不知朝廷轸念民庶情形……该生等躁急过甚，日后当知自误也。此与常罪不同，为国罹罪,宜从宽典。"

也就是说,摄政王载沣认为汪精卫是"为国罹罪",即救国心切一时糊涂,干了错事。这样,既显示了清廷的"怀仁宽大",又显摆了他本人的"能撑船"肚量。

于是,清廷很快以小皇帝名义的"上谕"宣告,汪精卫、黄复生被判"永远牢固监禁",其实就是变死刑为"无期徒刑"。

只要青山在,何怕没柴烧!

大好人头保得住,日后万事如春风。

如此结局,大出世人所料。而同盟会的同志亲朋,比如胡汉民,早在汪精卫入狱时就写好了悲痛的"悼诗":

> 挟策当兴汉,持椎复入秦。
> 问谁堪作釜,使子竟为薪。
> 智勇岂无用,牺牲共几人。
> 此时真决绝,泪早落江滨。

其实,身在囹圄的汪精卫,不仅没吃苦,反而因肃亲王之令,广受优待。

小伙子在狱中,新房子,好家具,好吃好喝。如此锦衣玉食囚徒,绝非是卖友卖革命得来,乃是其大义凛然和翩翩风采而致。

而在汪精卫入狱时最心焦的,不是别人,正是其红颜知己陈璧君。

烦如釜上蚁,悲似失魂雁。

当时,陈璧君正和喻培伦一起回东京买炸药。闻知心上人被逮,她失魂丧魄,竟然当着同盟会大骂喻培伦临阵逃脱,留下汪精卫当替死鬼。喻培伦无法自明,只能默默忍受。日后,在1911年4月广州起义中,为彰明自己的清白,这小伙子身背一筐手榴弹,奋勇杀敌。伤重被俘后,他慷慨就义,留下响彻千古的名言:"学说是杀不了的!革命尤其杀不了!"

千辛万苦下,陈璧君与几位同志辗转各地筹款,终于回到北京,想设法去解救汪精卫出狱。

在狱中吃着陈璧君托人送来的鸡蛋,汪精卫百感交集。他咬破手指写下五个字:"勿留京贾祸"。

在心中,他生怕爱人再遭清廷逮捕。毕竟,刺杀摄政王一事,陈璧君一直有份参与。

众同志纷纷出谋划策,想营救汪精卫出狱。救人心切的陈璧君,甚至想出挖地道砸牢房的拙计,均告不通。

得知汪精卫被捕入狱的消息,孙中山倒有主见:"谋杀太上皇(摄政王)可以减死,在中国历史亦无先例,况于满洲!其置汪精卫不杀,乃为革命党之气所威慑耳……"所以,孙中山认定要继续起义,才有日后汪精卫出狱的那一天。

孙中山这话说得一点也不错。武昌起义爆发后,惶骇万状的清政府在请袁世凯去镇压的同时,在北京抓紧释放"政治犯",开放党禁,力图以此"高姿态"收买人心。

所以,武昌起义的枪声一响,万事大吉。

26天后,清廷以皇帝名义宣发谕令,把汪精卫、黄复生等人释放出狱。

当天,北京人民数百人,翘首期待,在刑部门前争睹出狱的美男子汪精卫风采。

秋风正紧。阳光照耀在脸色略显苍白、憔悴的汪精卫脸上,美男子英神不减,他的面孔与发际间,有一种难以言表的、悲剧的美感。

那一刻,是汪精卫一生中最灿烂、最辉煌的时刻!

❀ 血泪已枯心尚赤——多余的感怀

辛亥革命爆发后,汪精卫出狱,担任南方民军议和总代表伍廷芳的参赞,多日内一直为国家统一、避免内战、实现共和而往来奔走。

孙中山在南京担任临时总统之时,汪精卫苦口婆心,力劝孙中山让位于袁世凯,免蹈太平天国那自相残杀之覆辙(这日后也成为其一大罪状)。当是时也,汪精卫完全出于公心。因为,几乎谁都明白,依时依势,那时的中国,惟有袁世凯一人能有最大的可能和能力去结束千年帝制。

中华民国成立后,年甫三十的汪精卫,依照其人望和资历,在北京弄个部级官员轻而易举。但他急流勇退,鼓吹"六不主义"——不做官,不做议员,不嫖,不赌,不纳妾,不吸鸦片——潇洒退出官场。为了深造,他西去欧洲,到法国进修宪政学问。

观国民党及革命军高层,所谓功成身退者,当时惟孙中山与汪精卫二人。前者是被迫,后者则完全出于自愿。

彼时之汪精卫,是拥有无上清廉高尚人格的、万众瞩目的青年伟人。

1925年,孙中山病危之际,为这位"国父"起草遗嘱的"笔记者",仍旧是追随他左右多年的最得力之人汪精卫。

往后再推,即使到了1927年蒋介石"四·一二"清党反共之时,汪精卫仍旧坚持容共拥共,高呼"谁要残害工农,谁就是我的敌人"!他还公开痛斥蒋介石的武力清党行为。不久,一封共产国际发给武汉中共组织的密令,让汪精卫顿然变脸。因为,在密令中他看到了如下内容:

改组国民党中央执行委员会,从内部瓦解颠覆国民党,组织革命法庭,审判处决"反革命"军官……

由此,汪精卫忽然大变,由容共拥共,变成坚决的反共。

1939年,毛泽东在延安模范青年大会上作《永久奋斗》为题的讲话,依旧肯定地说:"汪精卫,'五四'以前曾慷慨激昂地去杀宣统皇帝的保护人——摄政王。他在那时候,是非常英勇的。……"

日后,汪精卫成为汉奸的内中原由,太过复杂,本文不想展开剥茧其中隐衷,也没有替他翻案的意思。读者可以找他临终前写好的《最后之心情》(也有说他与日本合作后提前写好),仔细参看,自下结论可耳。

1910年,热血青年汪精卫刺杀摄政王载沣。1943年,滞血中年汪精卫到伪满洲国的伪都(长春)去拜见载沣的儿子、"康德"皇帝溥仪。

历史,充满了荒诞戏剧家都无法想到也难以表现的纯黑色幽默。

汪精卫刺摄政王时,溥仪年仅4岁,估计他当时并不知道"汪精卫"为何人。随着年龄渐长,这个废帝肯定会对"汪精卫"三个字渐有如雷贯耳之感。

但是,当年的袖剑英雄奇男子,一朝沦为日本人所扶植的伪政府首脑,或许在同为傀儡的溥仪心中,汪精卫的形象已经一落千丈。

一傀儡见一傀儡,着实让人在可笑之余,生出几分凄怆之感。

为了按日本人要求,表现出南北呼应的"大共荣圈"团结戏,土肥原贤二安排汪精卫和溥仪会面。

想当初,溥仪初为日本人扶上伪帝宝座时,时为南京国民党行政院院长的汪精卫曾大声痛斥:"溥仪没有独立人格,无论他的名义是'执政'还是'皇帝',都不能改变他傀儡的本质!"

10年之后,五十步笑百步,汪精卫一记耳光,似乎狠狠打回在自己的脸上。

汪精卫坚持"人格",非要以宾主相抗的国与国之间的礼仪会见溥仪;而肉傀儡溥仪呢,则在日本人教唆下想以前朝帝王之礼"接见"汪精卫。

争执一番,日本人和稀泥,表示让二人以"西礼"相见。

甫进"皇宫",溥仪倨立于大殿的上方,看见这位伪君,汪精卫入门后微笑示意。

汪精卫未及站定,溥仪侍从官猛然高喊"一鞠躬"。猝不及防,汪精卫的微笑凝固在脸上,只得跟从礼仪官的喊声,一次一次行三鞠躬礼。

康德伪帝眼镜片后的金鱼眼,闪过一丝诡谲的微笑,他自得地注视"汪总裁"向自己低头致敬……

晚夕,汪精卫回到下榻处,思及日间所受屈辱和摆布,不禁失声痛哭——堂堂男子汉,竟向倭人走狗俯首!尔父尔祖辈旗人,当年均曾向我拱手相敬,而尔一蕞尔伪国小君,竟然如此倨傲,令人发指!

由彼及己,汪精卫越想越气短。

怀持如此悲怆情绪,返程途经北平时,汪精卫受邀在中南海居仁堂演说(北京汉奸政府主持)。

在台上伫立良久,汪精卫一脸凄伤。而后,他沉痛言道:

"三十多年前,我为清朝政府所逮,其间,有人问我中国何时能富强?我答说:三十年。时至今日,在座诸位,估计还会向我再问同样的问题……我想说的是,三十年!"

言毕,汪精卫泪下如雨。

全场周遭,有不少全副武装留仁丹胡的倭狗握刀严视。

此情此景,顿使在场不少有识青年人心内产生共鸣。他们目睹昔日大英雄如此落寞情怀,不少人随之抽泣,悲不自胜。

真所谓:"千秋读史心难问,一句收枰胜属谁?"(陈寅恪)

汪精卫的红颜知己陈璧君,一生追随在他左右,不离不弃。抗战胜利后,她一直被蒋介石关押于苏州监狱。直到病死,陈璧君没写一个字诋毁自己深爱了一世的夫君。

汪精卫一生所作诗文颇多,笔者摘其青壮年时代诗歌二首,以彰其当时慷慨报国之情:

其一:

> 酒市酣歌共慨慷,况兹挥手上河梁。
> 怀才盖聂身偏隐,授命于期目尚张。
> 落落死生原一瞬,悠悠成败亦何常。
> 渐离筑继荆卿剑,博浪椎兴人未亡。

其二:

> 少壮今成两鬓霜,画图重对益彷徨。
> 生惭郑国延韩命,死羡汪锜作鲁殇。
> 有限山河供堕甑,无多涕泪泣亡羊。
> 相期更聚神州铁,铸出金城万里长。

(《豁盦出示易水送别图中有予旧日题字并有榆生释戡两词家新作把览之余万感交集率题长句二首》)

相关链接:1937 年 7 月抗日战争爆发,汪精卫被举为国防最高会议副主席、国民党副总裁、国民参政会议长。12 月潜逃越南,发表"艳电",公开投降日本。1939 年 5 月,汪精卫等赴日,与日本当权者直接进行卖国交易。回国后于 8 月在上海秘密召开伪国民党第六次代表大会,宣布"反共睦邻"的基本政策。12 月,与日本特务机关签订《日华新关系调整纲要》,以出卖国家的领土主权为代价,换取日本对其成立伪政权的支持。1940 年 3 月,汪伪国民政府在南京正式成立,汪任"行政院长"兼"国府主席"。1944 年 11 月,在日本名古屋病死。

夕阳回射照龙旗
——"君主立宪"：清朝政府最后的稻草

在清王朝最后惨淡经营的十年中，确实闪现过一个最大的机会——君主立宪。

可惜的是，在清王朝高层内部，没人能抓住这根最后的救命稻草。他们大多数人只是粉饰涂抹，真戏假作。

发昏抵不了死。满大人们磨磨蹭蹭之际，武昌的枪声脆然一响，260多年的大清龙旗，应声而落⋯⋯

🌸 端方的迫切——清朝权贵心目中的"立宪"

作为正白旗出身的满洲权贵端方，只活了50岁。知天命之年，他不是不识时务，而是救国救大清太心切，最终，造成了他本人和弟弟在四川"非正常死亡"。乱兵大刀交剁下，结束了这位金石大家、改革家波澜壮阔的一生。

端方（1861—1911），满洲正白旗人，字午桥，托忒克氏，乃纯正的满人。年轻时代，他就以才名广为人所知。与荣庆、那桐同并称为北京旗人的"三才子"。1822年，端方中举。甲午战争后，他积极介入维新运动，曾主管过"农工商局"（"百日维新"中的一个短命衙门）。戊戌变法失败，由于与维新党人同志同心，他差点被牵连获罪。

好在端方是旗人，与荣禄、李莲英关系都不错，侥幸躲过一劫。稍后，他得任陕西按察使,离开了京城是非之地。

八国联军入侵之时,端方通时变,在陕西宣布加入"东南互保"。一俟慈禧太后、光绪帝西逃,他又以"纯臣"面目出现,小心护驾,万般忠谨,从此深得慈禧信任,踏上了仕宦的坦途。

清末,旗人百官中,多纨绔无学之人。而端方思虑长远,具有很强的政治洞察力。1901年起,他分别担任过湖北巡抚、江苏巡抚、湖南巡抚等要职,其间与张之洞、袁世凯等人相呼应,大办学堂,鼓励留学生出国,不遗余力地推行"新政"。

1905年秋,他又与张、袁二人以及各省督抚一道联名上疏,奏停了科举制度,兴办新式学堂。

郑孝胥曾经这样评价当时大员:"岑春煊不学无术,张之洞有学无术,袁世凯不学有术,端方有学有术。"

可见,诸位当朝能臣中,时人对他评价之高。

为了缓和国内矛盾,1905年,清廷号称要"预备立宪",准备派端方等五大臣出洋考察。

"预备立宪"之肇始,与端方大有关系。

日俄战争后,痛感中国局势之危,端方在北京面见慈禧时,恳求老妇人在国内实行进一步的宪政"改革"。

此时的慈禧,已详知端方从前与戊戌派关系亲密的经历,就随口漫应:"新政都在施行,朝廷该办的都办了吧。"

"还有一事,尚未立宪。"端方答言。

慈禧面无表情。"立宪又能如何?"

"朝廷如行立宪,则皇上可世袭罔替!"

听端方如此说,老妇人慈禧也忍不住笑出声来,"我今儿个才听说,还有人给皇上加个世袭罔替的帽子……"

毕竟知道旗人端方为大清局势操心,慈禧下旨,准许五大臣出国考察。

考察一开始就不顺利,革命志士吴樾一颗炸弹,差点在出洋前就把五大臣都弄上天去见耶稣。迟了一个月,端方等五人才真正踏上出洋的行程。

这次公费考察,绝非时下大员们的花公款旅游。八个月下来,端方等五人在欧美诸国一一观览。

西洋人的国富民安以及政治经济制度,让这几个满大人真正睁眼看到了世界。

眼花缭乱之际,端方心神稍稳,就下定一个决心和坚定的理念:"立宪政体,几遍全球。大势所趋,非此不能立国。"

回国后,端方奋笔疾书,写下数份言辞恳切的奏折,请慈禧准许立宪。其中最重要的三份如下:

《请定国事以安大计折》,陈述立宪必要性,建议预备立宪;《请改定官制以为立宪预备折》,提出八项政改方案,包括内阁制、司法独立等;《请平满汉畛域密折》,指出满汉之间矛盾的潜在危险,建议任官不再分满汉,裁撤各省驻防旗营。

作为立宪派魁首,端方的思想,可谓是清政府预备立宪的理论来源,其要旨如下:

首先,端方认为,立宪政体优于专制政体。数十年中,中国积弱,与洋人数战,莫不丧师偿金,割地求和。洋务派求强求富,结果却恰恰相反——求强反而益弱,求富反而益贫。归根结底,还是因为清朝的政治体制大不完善。(我们现在的历史书,在回顾"洋务运动"的时候,常说他们"变器不变道"。其实,在一百年前,端方端大人对此已经有深刻认识。)

端方痛心疾首道:为什么专制国家行不通呢? 因为它任人不任法。无法可依,官吏可为所欲为,人民受欺压,必定怨恨官吏,最终仇恨导向君主。

君位不安,国家必定不稳。如果能实行立宪,任法不任人,官吏都要依法办事,内政可致修明。倘若官吏不肖,自可依照众议,更换大臣,而君主的尊位,却无人能动摇。

君安,国必安。从实用主义出发,端方以日俄战争日本胜利为例子,说明了立宪强国的根本所在。

当然,端方不可能从民权和权力制衡的深度品评立宪,时代的局限和个人贵族出身的局限,使他只能从富国强兵的角度谈问题。

他指出,在古代,各国不相往来,国穷兵弱,还没什么大的危机。当今世界,列强林立,即使我们不与人争,别人也要来此殖民、争地、求利、掠夺。中国泱泱,乃广受外洋垂涎之地,所以,朝廷一定要借立宪而求强,逆水行舟,不进则退。

端方认为,朝廷应该频布《宪法》(他与梁启超的国民公议《宪法》不一样,是要求"钦定"《宪法》),而且要能做到立法、行政、司法三权分立。

当然了,端方虽然天天把孟德斯鸠挂在嘴边,他在推出"三权"后,却一直强调"不可侵犯的君主"的重要性。为了让太后安心,他总是强调皇帝应该作为终裁,皇权可以调停一切,裁决一切。也就是说,皇帝高于人民,行政高于议会和司法。这种思想,仍旧带有中国自古以来浓厚的传统政治色彩。

其次,端方力推"责任内阁制"。也就是说,宪法中规定,君主实际责任,首相和大臣代替君主为国事负全责。首相和内阁,皆由皇帝任命,负责实际政务,所以,要裁撤军机处。

内阁设立后,对朝廷会有两大好处。第一,由于皇帝不负实际责任,国事搞不好,人民不会怨毒皇帝,到时只不过换易内阁成员,皇帝的地位和威望丝毫不变。第二,内阁责任明确,有职有权,行政效率可大大提高。

为了怕惹起慈禧猜疑,内阁制可能引起的另一面,端方没有明讲:内阁和议会,其实可以借口说皇帝意旨不正确,拖延甚至抵制上命。由此发展下去,君主可能变成被架空的"虚君"。

在指出上述两大条"立宪"的宗旨后,端方深思熟虑地认为,在中国,马上实行立宪,时机还不成熟。

他认为,中国业已施行的数千年制度,与立宪制度相差甚巨,人民根本无法习惯忽然实行的宪政。所以,端方主张要仿效日本,以 15 至 20 年为期,先预备立宪,逐次设立内阁,然后一步步推行新政,最后才召集议会。

摹仿德国、日本,就是要实施"二元君主制",从"阶级"划分上讲,就是新兴"资产阶级"要与"封建阶级"分享权力。这个步子如果迈得好,确实可以达成一定的妥协,使一国政治趋向稳定和平衡。

端方的思路和设计,相对来讲,比较保守和稳妥。二元君主制,虽不是非常稳定的政治结构,毕竟可以成为一种平稳的过渡。如果矛盾在过渡中逐渐消融,国家的富强过程,可能就避免许多不必要的周折和流血。

在清朝最后挣扎的十年间,外面,帝国列强步步逼近;内里,革命风潮迭连涌现。

立宪求变,正是清廷想要消弭内忧外患的大"奇方"。

作为朝廷里面的"明白人",端方一直致力研究各国列强。日俄战争中日本的胜利,更让这位满大人大受刺激——小小日本能一举击败老大帝国沙俄,这不就是立宪战胜专制吗?如果中国立宪成功,自可强国御侮,自可蹑随日本之路,走向繁荣和富强。

实行立宪,无论是端方还是康梁,基本上都是出于爱国的目的,他们当时根本没有让洋大人进来"抄底"的意思。

作为老谋深算的政治家,在掌管中国税务的英国人赫德年老退休之际,正是端方上密折,要求清廷趁机收回关税主权和邮政管辖权。

满汉畛域——不能回避的问题

清朝乃马上立国,靠枪靠马靠杀人建立强权政治。这些从山海关外奔驰呼啸而来的"野蛮人",开国之初,创设了不少民族歧视政策,且一直沿续下来,一直到清末——第一,官职分满汉;同职官称,满官大于汉官;重要职衔,汉人不能染指。第二,对待满汉采取不同的法律;满汉发生纠纷,偏向满人。第三,满汉不准通婚(不准旗女嫁汉人,默认汉女嫁旗人)。第四,满人不从事生产,只可作职业军人,他们的生活,全由政府包办。

自清初到清中叶,军事压力强大,"盛世"呼声高,满汉人民似乎对这些不公正的政策习以为常,没多少人出来重视这个问题。

但是,清末十年间,满汉矛盾愈演愈烈,达到"太平天国"起事以来的最高点。革命党人煽动起义,也常常拿满汉矛盾当大题目来加以发挥。

戊戌年间,总理衙门章京张元济就直言上书,请将宗室以外的满蒙各旗人民编入民籍,直归地方官管辖。他还请求允许满汉通婚,任许旗民自谋衣食,允许旗民转徙居地。

本来,光绪帝已同意计划,准许八旗计口授田,取消了旗人的许多特权。但是,随着戊戌变法的迅速失败,一切皆不得施行。

义和团事件及八国联军侵华之后,中国社会的愤懑情绪爆涨。汉人对满人的特权,尤其憎恨。1903年,经张之洞力请,慈禧已经同意将军、都统等昔日满人专任的职位,可由汉人充任。而且,她还下懿旨,表示朝廷对驻防旗人犯罪的处置,也与汉人等同。

时至彼时,清廷光靠镇压,根本不能消解矛盾,最有效的方法,就是政府的政治改革和让步。

对此,端方出洋后的《请平满汉畛域密折》讲得最恰肯:

"……举行满汉一家之实,而定国本……欲绝内讧之根株,惟有使诸族相忘,混成一体……(近来)不逞之徒(指革命党),竟敢乘此时机,造为满汉异族权力不均之说,恣其鼓簧,思以渎皇室之尊严,偿叛逆之异志。加以多数少年(人),识短气盛,既刺激于时局,忧愤失度。(他们)复偶涉西史,见百年来欧洲二、三国之革命事业,误认今世文明,谓皆由革命来,不审利害,惟尚感情……"

面对此种情况,泯平满汉畛域,势在必行。"今日杜绝乱源,惟有解散乱党;欲解散乱党,则惟有政治上寻以新希望,而于种族上杜其所借口。"(《端方奏折》)

对于清朝强硬派以军事手段大力镇压的主张,端方大不以为然:革命党人大多居于国外,鞭长莫及,皆年少气盛之徒。一味镇压,只能反而增加革命党的力量。而国内的革命党,隐藏多多,诛不胜诛。"多戮一人,则彼辈多一煽动之口实,一逆党戮而百逆党生。"

1907年7月6日,安徽巡抚恩铭被徐锡麟刺杀后,清廷上层更加着慌,加快了立宪的步伐,平泯满汉畛域的力度更大。

7月10日,慈禧下旨,表示要官员立刻上奏全行化除满汉畛域的方法。

早在1902年2月1日,慈禧已经下旨准许满汉通婚。满汉官员纷纷带头联婚,比如袁世凯与端方结为亲家,庆亲王奕劻与山东巡抚孙宝琦结为亲家,等等。

化除满汉畛域最主要的内容,主要还是取消旗人特权,任官不分满汉,司法同一。至辛亥革命前,清廷推行任官不分满汉的举措,施行最力。以东三省为例,当时总督、巡抚、民政使、道员等36人中,只有总督赵尔巽(汉军旗)和两个副都统是旗人,其余均为汉人。

1909年,清廷还下令,官员不论满汉,一律丁忧三年。先前丁忧制度,只对汉人,实际是对汉官的一种限制。

至于旗民编入民籍和旗民生计问题,进展维艰。因为,生计问题不解决,旗民还需要政府花巨款养活。如果按照清廷购田分给旗民的政策,计口授田,仅京旗一项,就要一亿两白银。

如此巨款，哪里去找。

被削特权后，旗民不满，汉人更不满——购田授旗，钱从何出？肯定要削剥汉人。

泯除满汉矛盾的有些举措，最终更致猜疑。

另有一种权宜之计，即挑选精壮旗丁，编入新军或选为警察。这些人在军中或警察队伍中，不似汉人易受革命党影响，又能解决其生计，似乎一举两得。

但新军只是募兵制，非为昔日八旗那种世袭的兵制，所以成效并不大。

取消旗制以及取消旗兵驻防，最后要停发钱粮。宁可无了有，不可有了无。这种工作最难办，弄不好旗人因怨而起，会导致清朝后院起火。

因此，清廷一直拖拖拉拉没有真正施行。直到清朝灭亡，除东三省以外，其他任何一省的旗人驻防也没有取消，大批旗人仍没有被编入民籍。

由于八旗子弟二百多年来一直处于"不士不农不工不商不兵不民"的状态，游手好闲之风，深入骨髓。直到解放初期，旗人仍是政府一大心病，不少人依靠救济为生。

消除满汉畛域的改革，在各省进行得还算有起色，而在北京的中央政府则无甚改观。改革前与改革后，在军机大臣与各部尚书中，还是满人人数占优（1907年，军机大臣及尚书中，汉人7人，满人11人）。到了1911年，所谓的"责任内阁"中，有满族9人，汉人仅4人，其中皇族竟占5人，故被时人讥为"皇族内阁"。

对于清末满汉矛盾，端方一直忧心忡忡。作为新洋务派官员，他很想在大清朝实现不流血的立宪。

可惜的是，历史没有给端方这些人从容改革的机会。

武昌一声枪响，一切都要改变了。

叁 又一批人的利益受损——各省咨议局、督抚们在"立宪"中的角色

清末的咨议局，全称"直省咨议局议员联合会"，各省推举议员代表，加上部分资政院议员，组成这种类似临时议会的地方机构。

咨议局形成于1910年国会请愿运动的高潮期间，虽然不算是政党，但其中人物多是开明绅士，所起作用十分巨大。议员当中，很少有现今有些人要减免妇人税款的"很傻很天真"和把钉子户当成房价上涨因素的"很坏很暴力"。

1910年8月，各省咨议局联合会召开第一次会议。转年5月，又召开第二次会议。特别是第二次会议，联合会明白表示反对皇族内阁，同情保路运

动，所以影响最大。

之所以能成立咨议局联合会，原因在于民选议员们要求全国范围的联合，推动朝廷宪政改革。清廷罔顾民意，一再拒绝早开国会，只以大半为"钦定"的资政院来敷衍。

这个资政院，并不具备国会职能，连它的议长也是朝廷任命，不是经选举产生。

不顾全国人民迫切的要求，清廷在拖延的同时，下狠手镇压奉天、直隶等地的学生请愿活动，当然还没到打死人的地步，但他们对和平请愿活动一直竭力压制，甚至把天津一个女学堂的校长押往新疆遣戍（劳改）。

当时，清朝面临越来越严峻的形势：英国人在汉口开枪杀人，进占云南片马地区；俄国人提出新的不平等条款，武力威胁；清政府即将向英、法、德、美四国大举借债，监督和管理这些事情，急需有人负责；广州将军孚琦被革命党人温史才刺杀后，广州黄花岗起义爆发，全国震动。

在这样的大背景下，清廷不思自悔振奋，反而提出两大不得人心的举措：第一，鼓捣出"皇族内阁"；第二，宣布将原来绅民集股兴办的铁路收归"国有"。

由此一来，咨议局的第二次会议尤为重要。

咨议局联合会共召开20多次会议，代表本地咨议局以及商团，希望清廷尽快立宪，撤消皇族内阁，改善不良政治现状。同时，联合会发布报告书，认定当时清廷所要施行的币制政策、兴业政策、铁路国有政策等等，均是"亡国政策"。

这些有识之士，向清廷强烈呼吁，不要断绝人民最后的希望。

清廷对此不予理会，反而发布"上谕"，斥责议员们"嚣张生事"，威胁他们不得"率行干请"。

悲愤失望之余，各省议员散去。回到地方后，他们心态大变，一改昔日为立宪奔走呼号以避免革命之所为，掀唇鼓舌，大谈人心思变，内心中无时不刻准备着清政府的垮台。

作为统治基础的士绅阶层如此激进，清廷显然到了岌岌可危的地步。

除各省咨议局以外，各省督抚也逐渐对清廷丧失了信心。

1910 年，是不平静的一年。当时，国内的立宪派在北京发起过三次请愿活动，恳求清廷立即召开国会，皆被拒绝。

清廷的借口是：国民开化程度不足，"九年预备立宪"的期限不可随意更改。

到了立宪派第三次请愿的时候，各省督抚都看不下去，联衔奏请，希望清廷立即组织责任内阁。

看到这么多督抚大员站到了立宪派一边，清廷不得不作出微小让步，对外宣称把预备立宪由九年缩短为三年。

1910 年 10 月 25 日，湖广总督瑞澂、东三省总督锡良领衔、粤督袁树勋、滇督李红羲、黑抚周树模、晋抚丁宝铨、苏抚程德全、湘抚杨文鼎、黔抚庞鸿书以及伊犁将军广福等人，联名致电军机处，要求清廷组织责任内阁，并申请转年召开国会。

立宪派见有各省督抚支持，热情更加高昂，认定清廷一定会答应所求。

时为"太上皇"的摄政王载沣，自以为乾纲独揽，根本不愿向国人"示弱"。在作出了有限的缩短立宪预备期的姿态后，他发布"上谕"，只提组织"内阁"的事情，全然不理会督抚们所请求的"责任内阁"之事。

在"上谕"中，载沣笔锋一转，指斥各地督抚在当地没有把宪政筹备工作作好，力加申斥。最后，"上谕"明白表示："此经缩短年限，一经宣布，万不能再议更张"。这样一来，朝廷就不再给督抚们留有商议的余地。

捧读如此"上谕"，各地满汉督抚们由失望而气愤，由尽职而"疏乎"，对清廷产生出绝望情绪。许多督抚纷纷请辞，惹得清廷大加恼火，下旨训斥。

摄政王载沣上台以来，一直加强中央集权，即使是搞立宪，目的也是要加强皇权。

慈禧老妇人，掌枢机几十年，老谋深算，也不敢轻易动摇地方督抚的权限。载沣如此毛嫩，上来就和督抚们过不去。他抓军权，抢财权，最后连各省的人事权也收归中央，大寒地方诸侯之心。

在削夺地方大员权力的同时，清廷百上加斤，加重了地方督抚的责任，一切坏事物都往他们头上推，让大员们无所适从之余，怨气满胸。

日俄战争的结果，更使得包括各地督抚在内的"有识之士"对立宪强国达到了迷信的程度。清廷逆势而为，大加遏阻，最终使得这些人尽数对清朝高层灰心。

日后，武昌起义枪声响起，各地一倡百应。清廷那些握兵有钱的大员们，绝大多数骑墙观望，有人甚至很快就表示脱离清廷。他们的袖手旁观，客观上加速了清朝王朝的覆亡。

确实，随着历史的发展和近代化运动的深入，国内的士绅阶层和清廷地方大员们，都很想跟随世界潮流。

纵观世界各国从封建到资本主义制度的转折过程中，从上层发起的近代化运动，非常具有普遍意义，比如俄国彼得大帝的改革和亚历山大二世的解放农奴举措，德国的统一，意大利的统一，土耳其与埃及的改革，等等，都是由上而下的成功范例。

清末的中上阶层，从切身利益出发，顺应生产方式的改变，渐行渐近，有可能实现不留血的革命。

可见，大势之下，历史中的群体和个人，如果稍有明智的念头，就应该顺势而为。

谁阻挡历史潮流，谁肯定就会为历史所抛弃。

没有"回光返照"经历的死亡——清廷"立宪"的最终失败

我们把话题再回到端方。追溯历史，从某个具体的个人分析，有时候更能从深层、感性地了解宪政失败的原因。

在五大臣回国之初的1906年（当时其实只回来四大臣，其中的李盛铎被任命为比利时大使），一同奏请立宪，遭到了当权派的几乎一致反对，其中尤以铁良最激烈，大学士孙家鼎、军机大臣荣庆也加入其中。

铁良当时任军机大臣，曾在日本考察过近一年时间。他认为，朝廷当务之急是练新军。只要有一支精壮军队，自然可以镇压国内任何反清风潮。由于他本人与端方、袁世凯的关系一直不睦，所以更特别阻挠立宪。

这二拨意见不和的人，在朝中剑拔弩张，争得很激烈。1906年8月的廷臣会议上，铁良和袁世凯争得面红耳赤，连慈禧本人也感左右为难。

双方都很会耍嘴皮子，讲的都有道理。一碗水，一时还真端不平。

最后，老奸巨滑的慈禧惯于和稀泥，她既不主张立宪，也不马上否定立宪，只在9月1日宣布"仿行宪政"，拿国事过起家家来。

对此，端方等人还是看到了希望，他们提出要首先改革官制。

改革官制，其实是在为立宪作准备。端方提出最重要的内容，就是裁撤军机处，设立责任内阁，由总理大臣、左右副大臣、各部尚书等组成内阁。

依据这样的架构，内阁阁议后，大政上奏皇帝。皇帝的上谕，要经总理大臣及其他重要阁员副署，方才生效。

一如常态，一种新事物的出现，肯定遭受巨大的反对力量。在清末，立宪尤甚。

不仅铁良等人死命反对，内阁学士文海、吏部主事胡思敬、御史赵炳麟纷纷上奏加以激烈反对，弹劾立宪之举是"窃外国之皮毛，纷更制度，惑乱天下人心。"

最要紧的是，军机大臣瞿鸿禨，表面上中立，暗中上密折，向慈禧进言，说端方、袁世凯等人鼓吹的内阁制，最后会削弱太后的权力。

老妇人悚然生出警惕。

由此一来，不仅立宪没有立成，最后害得端方到外地去当两广总督。袁世凯也倒霉，被明升暗降，军权基本拱手让与陆军部尚书铁良。其他几位支持立宪的官员，如载泽、善耆等人，均被投闲置散。

官场恶斗，一方的退却，绝不意味着善罢甘休。

端方、袁世凯以及他们的老靠山庆亲王奕劻，最后把毒火都倾注在背后说坏话的瞿鸿禨身上。

奕劻当时是军机处首席大臣，为人贪墨，老瞿偏偏总示人以廉，更显衬出这位王爷的贪污程度。更重要的是，瞿鸿禨极其保守守旧，与新洋务派人士一直不和。他知道自己被庆亲王等人"惦记"，就努力在朝中寻找盟友，于是就和先前在庚子护驾"有功"的、现刚刚进京升任邮传部尚书的岑春煊结成一派，明里暗里，与端方、庆王、袁世凯等人死命较劲。

思来想去，为了解恨，端方、袁世凯等人让线上的上海道台伪造了一张岑春煊与康有为的合照，递密件给慈禧。

老妇人当然不懂相片合成的原理，见到照片后，她嗖地一声立起，把手中茶杯摔个粉碎。要知道，对康有为、梁启超这些"乱党"，慈禧恨之入骨。

结果自不待言，岑春煊在邮传部尚书的位子上屁股还未坐热，就被外放为两广总督。他勉强出京，总想两广之地有大银子捞，稍感宽慰。仅仅过了两天，走到半道，他的两广总督职位又被下旨免掉。

乍寒乍暖，着实让岑春煊郁闷。他根本想不到，上海照相馆的哪个师傅一盆洗印水，能害他到如此地步。

没多久，瞿鸿禨也被罢免，罪名是"暗通报馆、阴结外援、分布党羽。"

原来，庆亲王奕劻暗中派人弹劾他，慈禧也察觉瞿鸿禨与岑春煊二人结派，还怀疑他曾把自己要罢免庆亲王的消息泄露给英国报纸。新老账一起算，懿旨一出，把老瞿逐出朝廷。

岑、瞿两名大员被罢，即清末名闻一时的"丁未政潮"。究其起因，源于端方、袁世凯等人的立宪主张。

慈禧老妇人的政治驾驭手段，在她晚年已经臻于炉火纯青之境。罢免瞿鸿禨后，她当然不能坐视庆亲王奕劻在军机处独大，就派自己的外甥兼干女婿（载沣之妻是慈禧宠臣荣禄之女）醇庆王载沣入值军机处，形成了新的派系牵制。然后，她下令把袁世凯和张之洞两个人一起内调为军机大臣。

袁、张虽都属改革派，二人之间也有矛盾。如此，满满牵制，汉汉掣肘，作为独裁者的慈禧老妇人，自可安坐高位。

令人想不到的是，张之洞、袁世凯二人，虽然有摩擦，在立宪大政上意见出奇一致。此二人入军机，反而使立宪之事得以顺利进行。

1907年8月，在端方等人请求下，清廷下令编纂《帝国宪法》。不久，颁发上谕，筹备资政院。到年底，又令各省筹议设立咨议局。

表面看上去，立宪之事大有眉目，一步一个脚印，渐行渐近。

人算不如天算！

1908年岁末，光绪、慈禧二人两天内相继死去，老大帝国，至此风云突变。

老妇人和傀偏皇帝刚死，朝中大权，一时间皆落于摄政王载沣之手，而载泽、载涛、载润、善耆、毓朗这些满族少壮派亲贵，纷纷聚拢在他身边，形成一个以载沣为"核心"的摄政王领导集团。

这些人，当然要排斥奕劻、袁世凯、端方一系的实力派。

吠吠声中，袁世凯被参罢。张之洞病死后，端方也被顽固派罢免。端方被罢的理由，现在听上去特好笑——慈禧葬礼上，他允许天津一家照相馆前去照相；另外一个罪名，是他派人在墓地风水墙上架设电线照明。本来合情合理的事,被载沣等人派御史弹劾为"大不敬"及"贪横凡十罪",罢掉了刚做了半年多的直隶总督一职。庆亲王奕劻的官帽虽未被动,但已经被架空。

如此,立宪派树未倒,猢狲已散。清朝新洋务派们最后新政改革的努力,至此云灭烟消。

载沣上台后,对立宪之事丝毫不感兴趣,只想着抓军权。他受德皇威廉的影响,派自己几个弟弟分别进入各个军事要害部门,并让铁良、毓朗等人抓紧训练清一色由旗人组成的禁卫军。载沣很天真,以为从此就可以"大清永固"。

少壮派中,从前倾向立宪的载泽等少数人,也忙于抓权弄柄,不再想其他。

所以,慈禧死后的清朝中央政权,不仅没有呈现开明之态,反而日趋保守。

当权派极端反对立宪等变法,并把变法比喻为秦之卫鞅、汉之王莽、宋之王安石。他们认为,一切立宪新政,都不是王朝的好事。

失去了立宪最后的机会,腐朽的清王朝,等待的只有那冥冥之中注定的、武昌新军中那一声枪响了……

法国历史学家托克维尔说:"一个国家发生革命,并非总是因为人民的处境越来越坏。最经常的情况是:人民最初对暴虐的统治保持沉默,仿佛若无其事地忍受着这种统治的不合理之处;但是,当暴虐统治的压力一旦减少的时候,他们就会猛力推翻这种统治。被革命摧毁的政权,几乎总比它之前的政府制度有所改善。经验证明,对于一个坏的政府来说,最危险的时刻,通常是它开始改革的时候到来的……人民起初耐心忍受一些邪恶,认为这是不可避免的。而一旦他们认为有可能消除这些邪恶,邪恶就会变得是不可容忍的。"

需要提及一点的是,载沣搞袁世凯,以往人们往往说成是"满汉矛盾",笔者大不以为然。

载沣在握权之始,就把袁世凯赶走,让人觉得是满族少壮亲贵排斥汉人高官。仔细想想,也不尽然。

袁世凯最大的靠山,乃庆亲王奕劻,他可是真正的正牌直系皇亲。同时,旗人端方与袁世凯是亲家,与端方并称"旗人三才子"的那桐,更是袁世凯心腹。军机大臣世续,又和袁世凯拜过把子。这些,都可谓满中有汉、汉中有满,很难说载沣搞袁世凯是专门冲着他"汉人"的身份。

反观给载沣撑台面的,不乏汉人,比如盛宣怀、唐绍仪、梁士诒以及几个专门"咬人"的汉人御史,无不受摄政王极力拉拢架抬。他们身为汉人,攻击起袁世凯来,都似怀着深仇大恨,不遗余力。

而且,观载沣短期所为,排袁之举,绝称不上是"排汉"。他把袁世凯的"同志"端方从直隶总督拉下来后,补上去的是汉人陈夔龙。如此重要官职,免满上汉,总不能说载沣是"排汉"吧。

在载沣摄政期间,被免掉的四个总督大员,除袁树勋以外,端方、升允、锡良三人,都是满人。

在地方以及军队中,少壮皇族派为了在袁世凯系统中掺沙子,引进了不少日本士官生出身的年青军官,而那些人,也大多为汉人。

因此,摄政王载沣"排汉"一说,根本站不住脚。

"皇族内阁"成立后,载沣一派逐渐占上风,倘若没有"武昌起义"爆发,这一系人马定会逐渐掌握中央地方以及军队的实权。

所以,清末的集团斗争,不能简单冠以"满汉之争"。实际上,是载沣为首的少壮亲贵派与庆亲王奕劻的亲贵元老派以及袁世凯、端方为首的新洋务派之间的争斗。

天下未乱蜀先乱
——四川保路运动及其后果

看到这个题目,马上会有读者不屑:

赫连勃勃大王,你写辛亥革命,发生地是武昌,和四川有何干系? 八杆子打不着的两个地方,扯得这么远,不是为了多增篇幅骗版税吧?

非也! 没有四川保路运动的发生,还真就没有武昌新军的辛亥起义。至少,武汉的新军将士们,不会那么早就匆忙起义。

"天下未乱蜀先乱,天下已治蜀后治。"此语,出于明末清初的欧阳直(又名欧阳睿年)。这个人,就是描写张献忠屠蜀真相的《蜀警录》那位才子。欧阳直本人籍贯四川广安,大半生颠沛流离,上述二语,是他对生命和所处时代的感慨。

但他"天下未乱蜀先乱,天下已治蜀后治"两句话的最早因由,可能来自《北周书》上描写蜀人的一句话——"贪乱乐祸",这意思,就完全是贬低了,原意是讲当地人刁蛮好乱。

对于欧阳直的两句话,郭沫若如此解释:"能够先乱,是说革命性丰富;必须后治,说建设性彻底。"

如此,把蜀地之人先乱后治的态势,演义成富有竞争性的建设精神,正说明川地人民具有超出其他地区人民的开创性和超前意识。重庆、四川未分之前,巴人的冒险进取精神,蜀人追求稳定的完善主义,确实在历史上催生了一次又一次耀眼奇葩的盛开。

但是,清末的四川保路运动,与蜀人"好乱乐祸"的革命性根本不沾边。

清朝政府欺负老实人,强行把铁路收归"国有",想让洋人趁机"抄底"。

最终，才导致川地星星火，引发燎原焚。

尽是人民血汗钱——四川路权纷争的由来

近代以来，铁路一直是一个国家的某种标志性的交通事业。大概在1864年，老牌帝国主义者、英国人斯蒂芬森，就已经拟定过在中国建设一个大型铁路网的计划。他以华中的汉口为出发点，西经四川、云南后直达印度，东达上海。

彼时，洋人已有自湖北修铁路入川的打算。

清朝末年，眼见中国这块大肥肉的潜在利益越来越大，各个列强一拥而上，纷纷争夺中国的铁路建筑权，并强加借款特权。

由于川汉铁路贯通长江中上游，地处中国富庶地区，富饶利多，引起各方垂涎。

自甲午战争后，清政府忽然对洋人变得乖得不能再乖，不敢再和洋人（东洋和西洋）直接干仗。因此，对于这个外交方面的"正常国家"，各列强很少再能找到打仗索赔款的借口。

为了弄钱占地方，洋人们就把黑手伸向了中国的铁路，借口修路，划立各处的势力范围。

军事入侵改为经济入侵，更能榨血吸髓。

老奸巨滑加上居心叵测，列强们谁也不闲着。

1897年和1898年两年间，英法两国取得了修筑滇缅、滇越铁路的特权后，得寸进尺，表示要把铁路延筑至四川成都和重庆两地，然后再与长江流域铁路对接。德国、美国自然想分肥，也向清廷提出"投资"要求。

更甚的是，未经允许，英国人自己就派人入川，勘查修路路线。

无论是"投资"还是"助建"，列强的目的只有一个，无非就是对中华大地展开赤裸裸的掠夺。

由于铁路关系到中国的主权和国家的兴盛，在四川人民强烈呼吁下，开明的四川总督锡良（不是铁良）于1903年上疏，力主要中国自办川汉铁路，不让外国人染指。

清廷觉得锡良所奏有理，1904年初，谕旨发下，在成都岳府街挂出了"官办四川省川汉铁路总公司"的牌子。到了1905年，官办改为"官绅合办"，又过两年，终于完全改为"商办"。

面对当时列强强索川汉铁路权利的情势，四川人民非常有危机感和紧迫感。几年来，他们含辛茹苦，一直推动修路救亡运动。前车有鉴，朝鲜、印度以及我国东北地区，当时皆因路权被洋人所夺，最终连带主权丧失。

四川人民强烈认识到："（列强瓜分中国之诡计）其最坚牢而最惨败者，莫

若铁路政策！"(《商办川汉铁路公司白话广告》)

川汉铁路的预定设计路线,自湖北汉口经宜昌,过四川夔州(今奉节)、万县、重庆、永川、内江、资阳,最后抵成都,终长 1500 公里左右。

1906 年,川督锡良与湖广总督张之洞相约,川汉铁路宜昌段以下,连接京汉铁路干线在湖北境内的铁路,由湖北省负责修筑;宜昌以上湖北境内的铁路,由四川省修建。铁路修成后,经 25 年时间,再由湖北省政府备价赎回。而四川省的铁路,皆由四川省筹资修建。

由于鄂、蜀两地山川险峻,修筑如此长的铁路线,初步预算也要达 5000 万白银之巨。为此,四川人民出钱出力,倾其所有,积极认购股票,连在日的四川籍留学生,也踊跃筹款,四处号召集股修路,并带头认股。

根据锡良所定的《川汉铁路总公司集股章程》,川汉铁路的修建,只召中国人入股,既不借外债,也不招洋股。集资和股款的来源,主要有以下四种:

第一,认购之股,乃官绅商民自愿以资金认购股票者;

第二,抽租之股,凡业田之家,收租十石以上者,按该年实收之数,抽取 3%。照市价折合银两后作为铁路股款(各川县"酌情更改,起征点非常不同");

第三,官本之股,以国家资本投入公司作股本;

第四,公利之股,川汉铁路公司筹款办实业,收取余利,然后再投入,以作铁路股本的股份。

在上述四种股款中,抽租之股(租股)所占份额最大,以 1911 年集资银两的近 1200 万估算,租股占 76% 以上。也就是说,当时全川 7000 万人民,不论贫富贵贱,均因租股而与川汉铁路扯上了干系。

这样一来,川地铁路就关涉到四川全省中小地主以及广大劳苦农民(自耕农和佃农)的根本利益。"川路股款,独持人民租股为大宗"(《邮传部奏折》)。

六年间,租股征收总额达 928 万多两白银,相当于同时期四川省地白银税额总数的 3 倍,并超过以商股为主的浙江铁路实收股总额的 925 万两,多于湖南铁路和湖北铁路全部实收股款的 864 万两,甚至接近苏路、赣路、皖路、黑省、同蒲、洛潼等铁路相加在一起的全部实收总路款的 1030 万两。

可见,川路租股的征收额,为数甚巨,所牵涉在四川的经济利益,不可谓不大。

租股同"有去无回"的"封建"捐税相比,有着明显的"资本主义"性质。因为,租股股票,乃具有"资本主义"性质的有价证券,可以自由买卖和转让。一旦路成,租股股票与购股股票具有同等价值,都可以分取红利。

作为垫支资本,租股在川汉铁路中发挥了极其重大的作用。

有人可能奇怪,既然修路有利可图,为何清政府没有深入"官办"呢?这是因为,当时清廷赔款压力巨大,而要举办的"新政",也极费钱。

在令人喘息沉重的财政拮据状态下,清政府根本无力参与这项估款达五千万两白银（甚至更多）的工程。

川汉铁路自 1906 年就开始了勘路工作，1908 年又聘主持京张铁路工程的詹天佑为总工程师。几万筑路工人加紧修建，至武昌起义前，已经修成铁路 30 多里，因桥洞未完工的未通车铁路也有 80 多里。

相较之下，湖北方面，由清廷聘请洋人为总工程师的宜昌以下段川汉铁路，没有丝毫进展，仅仅做了点象征性的测量工作。

让洋人来"抄底"——川汉铁路矛盾的加剧

统而言之，腐朽至极政府的一大特色，就是对内极凶残，对外极"忍让"。

让洋人抄底，激起亿万民愤，是清朝政府最大的失着。

眼看着川汉铁路在中国人自己手里越办越好，洋人们急眼了。他们通过外交、报纸等手段，极尽恫吓、诬蔑、要挟之能事，认定川汉路这种不借款、不雇洋人的"自行其事"，会导致"中国前途叵测"。他们还煽动说，清政府把路权下放给各省，实在是"政府一大错误"。

在威逼利诱下，1909 年 6 月 7 日，张之洞率先与英、法、德三国银行签订了湘鄂境内的粤汉路聘用英国人为总工程师，川汉路（湖北宜昌段）聘用德国总工程师。

见英、法、德三国捡得大便宜，当时还属于列强"小弟"的美国人眼红不干。在清廷与英、法、德三国谈判的时候，美国已经组成了由摩根银行牵头的银行团。经由美国国务院策划，他们要求加入"国际"银行团并占取主导地位，以图"利益均沾"。美国总统塔虎脱本人对清廷发出"警告"，凸显美国人来分一杯羹的资格。于是，在其他三国点头应允的情况下，美、英、法、德四国成立了"四国银行团"。

列强们紧锣密鼓开始分赃款谈判的同时，言辞严厉地"照会"清政府，要求尽早正式签订契约。

昏庸、怯懦的清朝政府，不顾国人的激烈反对，在 1911 年 5 月 9 日宣布了"铁路干线国有政策"。

5 月 18 日，清廷起用先前窝里斗被罢免了直隶总督的端方，任命他为"督办粤汉川汉铁路大臣"，准备强行接收粤、湘、鄂、川四省铁路公司。

5 月 20 日，清廷与美、英、法、德四国列强签订了《湖北湖南两省境内粤汉铁路、湖北省境内川汉铁路借款合同》，借款 600 万英磅，以两湖厘金盐税作担保，允许四国亨有陆续借款的优先权及展路权。

如此，一纸契约，就断送了两湖境内 1800 里的路权，且即将把全部的粤汉、川汉铁路拍卖。

明眼人皆能看穿，清廷的"铁路国有"，究其所由，内里不过是替四国列强从国人手中把路权夺走,变相没收人民的财产。

面对如此卖国之举,连清政府所派的代理四川总督王人文也怒叹:"(此)合同,乃举吾国之国权、路权,一畀之四国!"

凭心而论,仔细研究,"铁路国有"政策,虽是清廷的"卖国话柄",也有其起因与难言之隐。

早在1898年,清廷允许张之洞,盛宣怀等人主持开办粤汉铁路,由驻美公使伍廷芳在华盛顿与美国合兴公司签订《粤汉铁路借款合同》12条,约定3年内完工,借债400万英磅,期限40年。合同期内,应允给美国公司余利的五分之一。400万磅,九折实付,息金五厘。

这一合同,中国在借息、折扣、选路管路等权力方面丧失权力甚多,国人纷纷反对。

张之洞事后察觉不妥,就趁合兴公司拖延工程、私下兜售股票为借口,要求废约。

最后,中国方面以675万美元的巨款收回了粤汉路权,虽然缴纳了巨额"学费",毕竟买回了面子。

张之洞本人,因废约之举,转脸而成为"民族英雄"。

声名再好听,实事总要办。等到张之洞向湖南、湖北、广东三省乡绅表示筹款修路,大出他的所料——有钱人不作声,无钱人一张嘴。

无奈之余,张之洞只得向英国借了110万英磅,先补偿给美国的合兴公司。

可见,一向以来,中国士绅们往往"口头"爱国很厉害,轮到真金白银让他们出手,就都不吭声了。

张之洞认为筹款修路临时持久,十年也凑不到足够的钱数,于是他主张向英国借款。

1909年6月,他与英、德、法三国签订,借得550万英磅,九五折扣,利息五厘。

这一借款,与先前的美国借款相比,优惠不少,且在铁路修筑管理权、材料购买权上,没让洋人占太大的便宜。

但是,先前已经被点燃的民族情绪支配了舆论,反对呼声日益高涨,都认为"去美来英"的结果,原先的合约不如不废。

即使在商办的川汉铁路,士绅管理者们层层盘剥,拖得工程进展缓慢。

所以,清廷宣布"铁路国有",也有其无可奈何的一面。

但他们想不到的是,老百姓"觉悟"不会那么"高",革命党人以及具有巨大个人利益的川汉路大股东(由于贪腐过甚,大股东们最怕查账)更是心有所图,因此导致了四川的保路大起义。

仔细察看1911年5月9日的清廷"上谕",其中不少言语,都是当时铁路修建的现实描述:

"……中国幅员广阔,边疆辽远,绵延数万里程途,动需数月之久。朝廷每念边防，辄劳宵旰，欲资控御，惟有速造铁路之一策。况宪政之咨谋，军务之征调，土产之运输，胥赖交通便利，大局始有转机。熟筹再四，国家必待有纵横四境诸大干路，方足以资行政而握中央之枢纽。从前规画未善，并无一定办法，以致全国路政错乱纷歧，不分支干，不量民力，一纸呈请，辄行批准。商办数年以来，粤（广东）则收股及半，造路无多。川（四川）则倒帐甚巨，参追无著。鄂（湖北）则开局多年，徒资坐耗。竭万民之膏，或以虚糜，或以侵蚀，旷时愈久，民困愈深，上下交受其害，贻误何堪设想……"

而在5月14日护督部堂发给端方等人的申文中，也有不少情实之理：

"川路奉命改为国有，实因民办艰难，虽竭二十年亩捐，亦不能竣事。滇藏危倡，川路不成，边防难办。川省京官甘大璋等前奏，款靠租捐，专害农民小户，非数十年不能凑成一股，利永绝望，害难脱身。民尽锱铢，局用如泥沙，出入款项，均无报告。路线延长，原估额金九千余万，且现开工二百余里，九年方能完功。全路工竣，需数十年，后路未修，前路已坏，永无成期。前款不敷逐年工用，后款不敷股东付息，款尽路绝……"

但是，西方列强对中国的蚕食鲸吞，一步也未停歇过。

透过层层迷雾，回望历史，我们会发现一个奇怪的"巧合"——5月8日，清廷宣布成立"皇族内阁"；5月9日，清廷宣布"铁路国有"政策。

为什么，清廷全面向洋人出卖利权之日，就是预备立宪的破产之时？

是历史巧合，抑或是必然的联系？

当然不是偶然的巧合！

对外，清廷向洋大人全方位地出卖国家利权；对内，他们肯定就要结束预备立宪。

西方列强入中国，目的无他，定要垄断中国的经济命脉。而立宪派所憧憬的"国会"，目的也在于借助"国会"这种新兴力量，以期能够控制中国的政治和经济。

我们回望历史，可以掸尘扬沙，一下子深入矛盾本质去看当时的事件。

作为民族资产阶级地方官绅代表的立宪派，他们强烈要求清朝实现立宪政治，目的在于想使用一种和平的手段，为中国民族资本的发展扫除障碍。出于本身的利益考虑，他们当然不希望出现王朝倾覆式的激烈革命。如果清廷把利权出卖给列强，立宪派在经济上势必失去独立发展的机会。所以，立宪派一直忧心忡忡，担心"国权"的丧失。

"凡外人之扶植利权于我国也，自铁道、矿山以外，无论其为农为工为商，几有一网打尽之势。故我国欲振兴实业，其必自收回利权始！"

因此，立宪派一直反对与洋人有着千丝万缕联系的"官办"，他们认为，"官办"，就等于"官卖"。

立宪派所掌握的资政院（国会雏形）与各省咨议局，都一直强烈反对清廷的"铁路国有"，反对政府与洋人签订贷款协定。

这样一来，自然使外国列强大为恼火。

洋人们在 19 世纪末，为什么蜂拥而入中国呢？无他，为获巨利耳。

西方各国，由于当时垄断统治日甚，各国积累了大量的过剩资本。正如康奈特所言，"（空前的过剩资本），极其深刻地搅乱了西方社会的经济秩序。"

在巨额过剩资本的影响下，利息率大幅下降，继而引发频繁发生的危机与萧条，甚至是为期达 20 年的长期萧条。

在如此岌岌可危的情况下，为了自救，避免经济崩溃，躲避过那次"次贷"危机，洋人们自然先要阻止利息率的下降。而最关键一点，就在于为那些巨大的过剩资本，找到崭新的、能够赚取超额利润的投资机会。

机会在哪里呢？自然在"第三世界"。东方和非洲落后国家，肯定成为资本猛兽贪婪鼻息率先嗅闻的猎场。

资本输出开始后，缓冲了西方国家内部利息率的下降，贴现率开始上升，可谓立竿见影。

当然了，西方资本入中国，不是能够直接就产生出超额利润。首先，从生产资本角度看，资本必须要先改变形态，化身为生产资料和能产生剩余价值的劳动力；从借贷资本角度看，必须先取得对重要税收、矿山、铁路等大宗物权的抵押，以作为债券发行的条件。

依据上述各种"资本"要求，如果想使生产资本顺利输出，西方列强就必须夺取中国铁路干线以及重大工矿产业的投资让与权；而保障借贷资本输出的前提，就势必要直接对中国的财政金融下手。

所以，西方列强要想利用中国这块巨大的市场为他们自己解困谋利，就必须要率先压制中国国内的民族资本。

一向标榜"人权"、"自由"为天下先的洋大人们，一反常态，强烈要求清廷要加强中央集权，反对资政院与地方咨议院控制各地的工业与金融。他们不停地吓唬清朝上层，表示说，如果清廷对立宪派让步，"将是个莫大的政治错误"（美国驻华代办费莱齐）……

面对洋人们的压力和来自国内士绅的压力，清廷到底偏向谁呢？

中国的工业与金融命脉，是给国会，还是给洋人？

"宁赠友邦不与家奴"的惯性思维，以及清朝权贵的私心，他们最终选择了向洋人倾斜。

如果顺利地出卖利权，当然需要一个以清廷马首是瞻的听话内阁。在这样的背景下，"皇族内阁"就产生了。

相比让预备立宪流产，与洋人撕破脸更加危险。这种选择，清廷的皇贵们自以为得计。

实际上，他们自掘坟墓，从根本上松垮了清朝的统治根基。

立宪活动的最终失败，使得立宪派悲愤欲绝，认定清朝王朝根本不足以与之图治天下。

和平立宪不成，使立宪派最终倾向"革命"。

辛亥革命的成功，又重重加上一个巨大的砝码。

我们再把话题牵回到铁路。

对于帝国主义对铁路的特殊"偏好",睿智的列宁曾经有过一段不俗的分析:

"建筑铁路,似乎是一种简单的、自然的、民主的、文化的、文明的事业。由于粉饰资本主义奴隶制而得到报酬的大学教授和资产阶级庸人,就有这样的看法。事实上,几根资本主义的干线,已经用千丝万缕的密网,把这种事业与整个的生产资料私有制联系在一起了,已经把这种建筑事业变成压迫附属国(殖民地加半殖民地)里占世界人口总数以上的十亿民众和'文明'国里资本的雇佣奴隶的工具。"

特别对四川这块宝地,西方列强一直垂涎不已。英国人肯德,在1896年,就叫嚣要把"条约港重庆"变成"远东的'圣路易'(港)",不为别的,正在于"这个省份(四川)的财富和资源……是世界上任何地方都无法和它比拟的"(《中国铁路发展史》)。法国的印度支那总督杜美也认为,法国从劳开修往云南的铁路,要把它一直延伸到四川,才会有真正的价值。加上德国、美国人的鹰顾虎视,四川铁路,无疑成为洋人们的大餐。

七千万四川人民,虽然一直挣扎在饥饿线上,但他们几年来怀抱难以言喻的爱国热忱,不惜卖儿鬻女,竭力抵交租股。不怕别的,怕的就是外国人侵占我们的路权和国权。

盼了许久,等了许久,熬了许久,最终却得来清廷把铁路"收归国有"的虎狼谕令。

仇恨的怒火,顿时燎原而起!

讲大历史,有时一定不能忽视其中个人的影响。辛亥革命的爆发,直接导火线就是清廷的"铁路国有政策"。而把这项政策变成现实的,则是清末买办官僚资本家盛宣怀。

如今,顶顶"红顶商人"、民族工业"先行者"的桂冠,都扣在这个民族罪人的头上。他从前的罪恶,一转而变为光环。

笔者倒要扒扒这位"红顶商人"的皮。

盛宣怀(1844—1916),江苏武进人,官僚地主出身,最早是给李鸿章当幕僚起家。三年师爷当得好,李鸿章赏给他筹立"轮船招商局"的肥缺。

早在1876年,他就与李大人共同签订《中英烟台条约》,可以说是很有资历的外交卖国派大员。由于他和洋人打交道日久,熟悉洋人运作的程序,连慈禧也夸奖:"今日看来,盛宣怀是不可少之人。"(盛宣怀《墨斋存稿》)

当资本主义进入帝国主义时期,西方列强不再依靠商品输出赚"小钱",而是靠资本输出挣大钱。他们除了直接在中国开设工商业、银行业外,还"提供"财政借款、铁路借款和进行矿产投资。这样一来,盛宣怀这种买办官僚,就正好和他们里应外合。

1895年《马关条约》后到1911年辛亥革命前,清廷向列强借款达6亿2000多万银元,铁路借款达5亿5000多万银元。其中,盛宣怀一人经手或谈妥的,财政借款占总数的 18.5%。铁路借款占 57.3%。两者相加,约占总借款的 36.79%。

为了自己套利,他还以本人控制的汉冶萍公司作抵押,擅借外债近四千万银元,大部分借自虎狼日本。

观此数字事实,盛宣怀此人,乃民族罪人,也是列强资本入侵中国的带路汉奸。

1898 年到 1911 年,西方列强在中国,除了直接经营的铁路外,通过"借款"手段,共得到 7207 公里铁路的修筑和经营权,而经盛宣怀之手的,就达4232 公里。

盛宣怀手中最大的一块肥肉,乃他直接控制的汉冶萍公司。这个公司,其下有大冶铁矿等重要矿产资源。为了自己盈利,他主要是与日本人勾结,十来年间,先后借日债 3090 万银元,使得产权日益沦入日本人之手。

在盛宣怀所有企业中,他大量聘用东西洋人,基本上由买办当高级管理人员,一直残酷压榨中国人民的血汗。

自始至终,在与张之洞、袁世凯等人的斡旋、争斗中,盛宣怀一直把"官办"企业逐渐变为"商办",其实就是逐渐稀释国有股份。

这些脑袋上有红顶子的盗国贼们手段其实不是很复杂,就是一步一步来,慢慢把国有资产偷天换日,变成自己和洋人的资产。在他所控制的所有公司中,盛宣怀一直损公肥私,为自己和家族成员牟利不停。

盛宣怀一直努力促成的清政府"铁路国有",当然不是真正的"国有"(其实"国有资产"就是"无主财产",谁官大归谁),而是把铁路权从人民手中抢回去,再转给西方列强。

长年以来,他最善于在出卖路权、滥借外债中得利。只要合同一签,他本人就可以从中得到天价的"买办佣金",同时可以借"政府"之名,不断输送利益给他本人直接控制的公司。

为了钞票和金银,盛宣怀顶着"邮传大臣"的帽子,"挟官以凌商,挟商以蒙官",几乎连"半夜鸡叫"式的那种门面遮掩功夫都不做,赤裸裸卖国。

四川保路运动爆发后,接着又发生了辛亥革命。清廷本想牺牲盛宣怀这条走狗,革除他的职位,立宪派们嚷嚷要他项上人头。盛宣怀惊骇至极,马上四处哀求洋主子们给他"保护"。

洋人们知道此狗可用,纷纷向清廷抗议,最终迫使清政府默许他离京出走。

辛亥革命爆发后,这个一直受日本人保护的洋奴,四处煽风点火,并在1912 年南京国民政府成立后,以金钱作饵,唆使孙中山等人以中日合并汉冶萍公司为条件,向日本借款 500 万日元。

这一举动,广受全国人民诟病,当时搞得孙中山十分尴尬。"孙先生有了经验了,他吃过亏,上过当"。多年后,毛润之先生为孙中山解释说。(《论人民民主专政》,1960 年版)

南京临时政府与日本人私订借款合同消息传出后,群情激愤。当大家得知又是盛宣怀这条走狗从中起作用后,纷纷表示要杀之以谢国人。

从此之后,盛宣怀才算消停。毕竟他在国内、国外财产无数,就从日本回到上海当起寓公来,养尊处优,直到1916年4月自然死亡。

这条洋人走狗,在晚清,既无"中兴"大功,又无科举功名(他仅中过秀才),竟能跃至堪与袁世凯等能臣比肩的官位。在时下"大翻案"浪潮中,他摇身一变,还成了"中国近代企业的开拓者"、"中国早期工业之父"……

坏人得良死,让人扼腕愤怒。

真个是:修桥补路遭横死,缺德冒烟富一生!

热釜泼油激民愤——从"文明争路"到武装抗暴

洋人对四川的觊觎,在第二次鸦片战争后已经开始。经过了中英烟台条约、中法战争、中日甲午战争,帝国主义势力在四川不断扩张。

7000万人的大市场,如许大好山川,不仅能倾销商品,掠夺原料,还能同时进行宗教、文化的侵略。

特别是1901年《辛丑条约》后,西方列强和小兄弟日本,纷纷加紧在四川的全面经济侵略,出现了众狗争食的局面。

《辛丑条约》之后的清廷,完全成为了列强的工具。庚子赔款数额巨大,仅这一项摊在四川人民头上的银两,每年多达千万两。其他各种苛捐杂税,名目奇多,甚至连农民入城担粪也抽税。

"粪税"都有,娼妓的"花捐"就不奇怪了。

数层盘剥下,四川人民生计艰难,街市乞丐成群,疮痍满目。在这种政治情势下,四川青年的救国救民热望空前。

1902年以后,四川的邹容、吴玉章等人纷纷去日本留学,到国外寻求救国真理。1907年,吴玉章创办《四川》杂志,连同先前邹容的《革命军》、陈天华的《警世钟》等革命书籍,纷纷传入川地。人民争相阅读,大为感动,对清廷的不满日益加深。

清廷宣布铁路"国有化",恰似盐入油锅。川地人民,激愤不已。

以咨议局为首的立宪派士绅们,开始不敢反应过激,只要求"保存现有之款,求还已用之款。"也就是说,只要国家能还钱给广大股民,也就算了。

但是,6月1日,邮传部大臣盛宣怀和铁路督办大臣端方联合发出声明,明白表示:"欲举现存已用之款,一律填给股票"。如果四川民众非要筹还路款,清廷"必须借外债,必以川省财产作抵"。

不仅夺路,还要夺款!

这一来,连温和的咨议局议员们也不干了,因为这严重损动了他们自身利益。于是,温和派纷纷联合民众,发起保路运动。

6月17日,成都出现了"四川保路同志会"。立宪派蒲殿俊、罗纶任正副会长。仅仅半个月,在川地加入的会员,已超过十万之众。

初始阶段,胆小怕事的立宪派人士很担心保护运动酿成"民变"。因此,他们高言"文明争路"。在四处安抚大众的同时,他们派出代表去北京,向清廷哭诉,希望朝廷收回成命。

面对群情激昂、有理有节的请愿人群,当时护理四川总督的王人文都很感动,表示他自己一定力奏朝廷,为川民请命。即使是罢官,也在所不惜。

1911年7月,盛宣怀等人收买了川汉铁路公司驻宜昌总理李稷,宣布这个人为清廷直接委派的国家铁路驻宜昌总理。

这种行为,就是绕过川汉铁路公司,直接派人去接收川汉铁路,抢夺路权。

这一步棋,清廷也是投石问路,试探这一着是否灵验。

四川人民愤怒日甚,川汉铁路的股东们召开会议,开除李稷的职务,上书纠劾盛宣怀。

自以为大权在握的清廷罔顾民意,更发出语气严厉的"上谕",指示署理川督赵尔丰严办"闹事"群众,并"钦派"李稷为川汉路宜昌总理。

当然,即始如此激动,川民并未武斗,仍旧处于"文明争路"的框架中。

接着,他们开始罢市、罢课、罢工、罢耕。由此,保护运动开始走向纵深。

随之怒气的加深,川民表示开始拒纳对清政府的厘税杂捐。

当时的川民,一直保持克制,以"良民"状态进行抗争。他们四处摆放光绪皇帝的圣位牌,或粘于门首,或供于街道通渠,焚香礼拜,以显示保护运动的全无"犯上作乱"之意。

在此期间,革命党人到处串连,煽动演说,致使保护运动的内压越来越大。

面对如此汹汹暗流涌现的四川大潮,清廷依旧不让步,反而下谕指示署理川督赵尔丰,一定要"切实弹压,毋任嚣张"。

温驯如羊的人民,一激再激,终于忍无可忍,准备以更激烈的方式对抗朝廷的不公。

1911年9月11日,川汉铁路公司股东大会正式发布《通告》,号召全省抗粮抗捐抗税。

倘若川地摇动,云南、贵州、甘肃、新疆、西藏等地平素仰仗川地的地方,定将坐困。四川一动,西南半壁,中原根本,无不动摇。

清廷急眼,认定抗税抗捐的举动,形同反逆。他们在加紧指使赵尔丰镇压的同时,力催端方从湖北带新军入川弹压。

腐朽无能的清廷,至此,把它自己完全摆在了与人民对立的一面。

原来温和、和平的保路运动,就被激成了"保路同志军大起义"。

9月6日,川汉铁路股东代表大会开会,会场中有人散发了《川人自保商推书》。这份印制品，使清廷震怒，因为其中内容"狂悖"，大有造反独立之意。

死催的清廷，严厉下谕，死催赵尔丰动真格进行镇压。

朝廷谕令，不能不遵。

9月7日，赵尔丰以开会为名，诱捕了保路同志会和铁路公司的首领蒲殿俊、罗纶、张澜等人，并封闭了两个机构。继之，赵尔丰下令查封了《西顾报》、《四川保路同志会报告》、《白话报》等报刊，严令四川人民开市复业。

他警吓说，"敢有聚众入署（总督衙门）者，格杀勿论！"

本来，赵尔丰想立即把被捕诸人杀掉，以警吓民众。此事重大，他不得不把时为成都将军的满人玉混请来商议。

玉混出乎意料，坚决不同意随意杀人。他认为，蒲殿俊等人是善良士绅，不是反逆乱民，哪能随便杀戮。应该先行请旨，如果朝廷要杀，再杀不迟。

二人正商议不决的时候，成都市民得知保路运动的领袖们被捕，义愤填膺。成百上千的群众，不召自至，头顶光绪帝牌位，手持根香，从四面八方涌向总督衙门，请愿政府放人。

在这种紧急情况下，赵尔丰走出了他一生中最臭的一招棋——下令士兵开枪。

真敢开枪？真敢！

面对手无寸铁的、一直不想"犯上作乱"的、善良的四川请愿民众，清军排枪乱放，当场杀死三十多人。

血流遍地，死尸横陈。

被杀之人，有男有女，有老有少，来自各行各业，皆一世良民。他们临死之时，怀中仍紧抱光绪帝牌位不放。

善良的幻想，被残酷的子弹一一射穿。

枪林弹雨下，成都人民不屈不挠，仍旧向总督衙门涌来，泣血涕零，要找官家弄个"说法"。

赵尔丰手下的营务处总办田征葵是个狂妄无脑的兵痞，竟然丧心病狂，下令要士兵开大炮轰击。

危急时刻，成都知府于宗潼嚎啕大哭，扑身于炮口，以肉身阻挡，才避免了士兵对川民更大规模的屠戮。

成都城外人民闻讯后，悲愤不能自抑。他们冒着大雨，集合起来，徒手白布，向城内行走，致哀请愿。未及入城，突遭士兵枪击，又有数十人被杀，尸横城下。

更加让人忍无可忍的是，赵尔丰为了恫吓人民，竟然还下令三日内不准收尸，任由几十具尸体摆放在督府面前，胀腐暴尸。

景状之惨，令人不忍闻睹。

成都血案，点燃了四川保路起义的引线。

当然，我们时至今日，再回首，阅读赵尔丰杀人后发出的白话告示，其中所讲，似乎不无道理：

"为晓谕事。照得此次所拿的首要,并非为争路的事实,因他们借争路名目,阴图不轨的事。若论争路的事,乃是我们四川的好百姓,迫于一片爱国的愚诚,本督部堂是极赞成的。所以本督部堂下车的时候,即为我们四川百姓代奏,又会同将军各司道代奏,又联络官民一齐代奏,本督至再至三,那一回不是为我们四川百姓争路?

"争路是极正当的事,并不犯罪,何至拿办,更何至拿办有官职的绅士?若论此次所拿的事,是因他们这几个人,要想做犯上作乱的事,故意借争路的名目,煽惑全省的人。煽惑既多,竟敢抗捐抗粮,明目张胆,反抗朝廷。并分布各州县设办事处,胆敢收地方粮税,并胁迫我们百姓,不准为我们的皇上纳粮,偏要为他们乱党纳粮。不准为我们的皇上纳税,偏要为他们乱党上税。且于省外州县解来的地丁钱粮,扣住不准上库,更要造枪造炮练兵练勇,自作自由,种种悖逆行为,我们百姓皆于报告中共见共闻者,此尤悖逆之显见者也。

"他们包藏祸心,偏要借著路事说那好听的话。试问抗粮税、造枪炮、练兵勇这与铁路什么相干?明是要背叛朝廷,又怕我们百姓不肯。故借争路名目,哄弄大众,说的是一片爱国爱川的热诚。上等社会之人,自然也为其所惑,随声附和起来,故此愚民百姓,更容易哄骗了。他并敢勾结外匪,定期十六日举事,作谋反的举动。

"果然十六日,四处便来围城了。若不是关城的早,城内进来这些乱人,早就烧杀抢劫起来,不知闹成个什么样子了。尔等乡愚无知,受其愚弄,实堪矜悯。所以昨日扑城,抗拒官兵的人犯,虽是无知妄作,自犯死罪。本督部堂念其皆是朝廷赤子,受人煽惑,情实可怜。……

"总之,此次所拿首要,非为争路的事实,系为背逆朝廷的事,本督部堂系奉密旨办理的。我们百姓要听明白,切勿误会。不但不株连我们的百姓,并且不妨害我们争路的事。就是误入该会的人,只要能立刻改过自新,也便不追问了。……"(《赵督告示》)

仇恨怒火势燎原——保路同志会大起义

"成都血案"的发生,给了同盟会以最好的鼓动革命的时机。

血案发生后,赵尔丰宣布成都全城戒严,封锁一切邮电交通。同盟会会员龙鸣剑、曹笃、朱国琛等人,密议之后,连夜赶制数百块木牌,写上"赵尔丰先捕蒲(殿俊)、罗(纶),后剿四川,各地同志,速起自保自救"。外裹油纸,趁夜色浓浓,把木牌投入锦江。

成都周围河网密布,这些木牌顺流而下,沿江流纵横,越漂越多,形成了声势浩大的"水电报"。

说是"水电报",实则是"木牌檄文",提前宣告了清朝的覆亡。

警讯传出后,在成都附近的"保路同志军"(以下简称"同志军")率先起义。

同盟会会员、哥老会头领成为带头人,从华阳、荣县、新津、灌县等地揭竿而起,源源不断攻往成都方向,与清军展开血战。

赵尔丰毕竟是经过大世面的清朝干吏,虽坐守孤城,依然方寸不乱,作困兽之态,指挥清军四下阻击。

清廷得知四川大乱,非常惶恐,立调湖北、湖南、云南、贵州、广东、陕西等省派兵合剿。

但当时的清廷,百孔千疮,指挥失灵,最终只有贵州、湖北、湖南部分军队入川。

在派出端方入川的同时,清廷指派曾在四川灭义和团有经验的岑春煊入川,帮赵尔丰平祸。

老岑心里打鼓,一路磨蹭,直到9月底才从上海行至武昌。见各地局势吃紧,他脚底抹油,又托辞回上海。辛亥革命爆发后,清廷任命他为四川总督,严令催迫他带兵经由河南入陕,入川剿办。见各省纷纷独立,老岑很狡猾,躲在上海租界内不出,终于躲过革命的一大劫。

四川"同志军"大起义,兴兵数上百万,与清军相互杀伐,愈杀愈惨,愈惨愈杀,终于奠定了四川独立的基础。

独立,这个词在清末民初有其特殊的含义:"所谓独立,对于清廷为脱离,对于各省为联合"。(孙中山)

最早在四川独立的,是荣县独立。1911年9月25日,吴玉章、王天杰等同盟会员,率"同志军"六万余人,成立荣县军政府,宣布荣县独立。他们的纲领,正是同盟会的纲领:"驱除鞑虏,恢复中华,创立民国,平均地权。"

所以,荣县独立,开全国独立之先河,时间上要早于辛亥革命。

荣县独立辐射力巨大,进而推动了广安独立、重庆独立以及蜀军军政府的成立。

作为长江上游最重要的水陆交通枢纽,重庆地理位置非常重要。1911年11月5日夜,新军排长、同盟会会员夏之时等二百多人,在成都附近的龙泉驿起义。他们杀掉清军东路卫戍司令后,挥师东下,经由简州、乐至、安岳、潼南,在合川走水路,兵临重庆城。城内,在同盟会、哥老会影响下的军队很快起义,里应外合,开门迎接义军。

兵不血刃,坚城重庆光复,"汉"字白帜遍布城内,蜀军军政府成立。

重庆义军废清朝宣统年号,以1911年为"黄帝纪元4609年",树十八星旗。

11月27日,由端方携带入川的湖北新军两标人马起义,在贵州杀掉了这位清朝大员。

再说回成都。四川大乱后,清廷任端方为钦差入川救火。端方首先电令赵尔丰放人。赵尔丰不干,上奏说一旦把蒲殿俊、罗纶等人释放,这些人肯定会"纠合徒党,与群匪联为一气",并参劾端方激起更大的祸乱。

清廷很生气,下旨撤掉了赵尔丰的署理川督一职,改由端方接位。

这时节,赵尔丰进退尴尬,由于端方还未来得及赶来成都,他只得在城内四调巡防军,把几百万库银收集起来。

兵钱在手,赵尔丰想伺机自保。

1911 年 11 月 15 日,现了红脸又扮白脸,他亲自入狱放人,大设酒宴,在督府款待蒲、罗等人。酒席间,他摊出一堆电报、公文,为自己先前的杀人行为开解,说都是盛宣怀、端方那些人撺掇朝廷逼自己干事。

果然,蒲、罗等士绅真是"良民"。眼见成都以外的四川大地已势若沸釜,他们心中着慌,立刻宣发《哀告全川叔伯兄弟》一文,恳求大家放下武器,解甲归田,继续当好百姓。

到了此时,任谁出来说话也白搭。

弦上之箭一经发,再也没有回头路。

辛亥革命爆发后,独立浪潮风起,全国响应。

久经宦场的赵尔丰见势不妙,很知进退,就与立宪代表私下磋商,想来场不留血的权力交接。11 月 22 日,他们共同签署《四川独立条约》。

赵尔丰把行政权交给蒲殿俊,军权交与他的心腹、陆军十七镇统制朱庆澜,他本人依旧保有个"川滇边务大臣的衔头",在城内掌握先前选拔的边军精锐,藉以自保。

11 月 27 日,典礼隆重举行。赵尔丰把四川总督的大印,毕恭毕敬交予四川省咨议局议长蒲殿俊,宣告四川独立。

一时之间,成都城内,遍树白旗,中间各绣斗大一个"汉"字。

典礼后,参加人员一律剪辫,表示脱离清朝统治。

心中打鼓的赵尔丰所不知道的是,白天他在成都"独立",晚上,他的老同事端方就在资州被新军杀了头。

乍看上去,成都是一场不流血的革命。

可惜的是,仅仅 12 天,大汉成都军政府就破产了。成都城陷于血雨腥风之中。

在烟火与杀戮中,不仅平民百姓纷纷被杀,赵尔丰本人也稀里糊涂掉了脑袋。

两个"能臣"的悲剧——赵尔丰与端方

由四川保护运动而起,酿发为"同志军"大起义;由"同志军大起义",而引致清廷四处抽军去四川镇压;由湖北新军被调拥端方去四川"剿匪",而导致

"辛亥革命"的爆发;由"辛亥革命"的爆发,最终导致端方、赵尔丰两个人的被杀。

辛亥革命间,清朝封疆大吏级别的官员,仅有三个人死于非命,竟然有两个人栽在四川(另一个是山西巡抚陆钟琦),不由不使人想起"入西川二士争功"的钟会、邓艾的"老悲剧"。

可惜白首悬朱门——赵尔丰

赵尔丰、端方二人,倒不是在川地"争功"被杀,乃是不折不扣的革命"牺牲品"。

先讲赵尔丰(1845—1911)。他字季和,汉军正蓝旗人,祖籍山东蓬莱。这位爷,踏踏实实从基层干起,作过几任县太爷(山西)。光绪二十九年(1903)年,他受川督锡良赏识而入川,任官永宁道台。

"赵屠户"之名,并非是赵尔丰在"成都血案"时所得。1904年封溪(今古蔺县)哥老会暴乱,他捕杀当地匪人3000多,时人称之为"赵屠户"。那时的"赵屠户"称谓,不一定全是贬义。乱世用重典,不能杀人,不会杀人,肯定当不得好官。但杀人过多,乱杀人,最终自己也要被杀。

被后人骂了近一百年的"赵屠户",其实拥有一段无比光荣的个人英雄历史,世易时移,所有那些光荣几乎被全然泯除了。

抹掉历史厚厚的尘埃,我们发现,这位赵尔丰,是一位有大功于国的、不折不扣的民族英雄。

自1905年至1910年数年间,赵尔丰在川滇边地实行改土归流,废除土司制度和寺庙特权。1908年,他率兵入藏,屡屡击败由英帝国主义者操纵的西藏叛匪,大行改土归流,极大促进了川藏边区的社会与经济发展,使得我国西南边防大为巩固,维护了国家统一。

1905年,赵尔丰率兵平定西康土司叛乱后,清廷设立了一个建制相当于省级的"川滇边特别行政区"。赵尔丰被任命为边务大臣,专门经营西藏以及川滇地区。这个特别区,东起打箭炉,西到丹达山,北抵青海玉树,南至云南中旬,地盘不可谓不大。

经过1888年和1904年英国两次武装入侵西藏,清廷对藏区政治极为敏感。在清廷屡出不鲜的臭棋当中,在藏地的臭棋,就是召回了主战的驻藏大臣文硕,派去了怯懦无能的"老好人"升泰。升泰这个人,根本不懂边区政治,他一直压制当地抗英的僧侣。幸好有大臣张荫棠及时入藏,把升泰等一帮庸官查撤。

1904年,英国派出一支武装,从哲孟雄(今锡金)出发,在江孜大败藏军,入侵拉萨,迫使班禅签约。在条约中,西藏的外贸等特权,尽归英国。由于当时的驻藏大臣凤全处理喇嘛势力不当,达赖集团转向英国人的怀抱,凤全本人也被藏军围攻,在巴塘被杀。

正是如此危难之际,赵尔丰被委任为边务大臣。

到任之后,赵尔丰令行禁止,汲取当年左宗棠收复新疆的经验,在当地加快推行改土归流。他取消一切土司"自治区",兴办各种文教事业,改革赋役,极大削弱当地土司的特权,维护了中央政府的威权。

1908年,赵尔丰因政绩突出,被清廷加上"驻藏大臣"一个衔头。

听说在川藏川滇边区大行"改土归流"的赵尔丰要入藏,西藏地方势力大恐。他们一面上奏说赵尔丰"仇视黄教",一面加紧调兵遣将,想武力拒绝赵尔丰入藏。

西藏的喇嘛政权在上奏说赵尔丰坏话的同时,狂妄提出新要求,要求清廷按照先前吐蕃在唐朝的疆址,给他们划出个"大西藏"来。

这种俨然自居敌国的猖獗,让赵尔丰抓住了把柄。于是,1909年,赵尔丰亲率战斗力很强的巡防军开向查木多(今昌都)。

清军一路连捷,活捉了长期以来一直在后藏搞独立的波密王白马寿翁。历数罪恶后,白马寿翁被清军砍下人头。这位古吐蕃后裔的王爷,其实大可以留着,因为他一直不服当时西藏喇嘛政权,往往率兵进袭,打得藏兵败遁。清军杀了此人,倒替西藏政权剔除了一个"隐患"。

最远向南,赵尔丰的巡防军一直打到了查隅,并在那里设县。

如今,提起赵尔丰,在海外的藏独分子无不咬牙切齿,忙不停地"控诉"他当年的改土归流政策对当地人多么残忍。所有"控诉",完全是造谣诬蔑。

赵尔丰一代雄才,在川藏边地恩威并施,当时广受康巴人(又称嘉戎藏族或白马藏族)欢迎。康巴人长期受西藏地方政权的沉重盘剥,盼清政府军如久旱之人盼甘霖,坚决拥护中央政府的改土归流政策。

1910年,巡防军进入拉萨,十三世达赖逃往印度。清廷对这个卖国不争气的家伙也不客气,下谕剥夺他的十三世达赖名号。

赵尔丰进军藏区,不仅使得东西三千余里、南北四千余里的边地改土归流三十余区,且使得英国人对西藏的渗透严重受阻。

由于赵尔丰粗立独立西康建省规模,以至于学者尚秉和如此评价他:
"自清以来,治边者无有著功若此者。"

赵尔丰为人,诚为一代治才。他勇于任事,为官清廉,善于知人善任。这辈子倒大霉的是,其兄赵尔巽从川督位子上离任后,为弟弟谋求此职。据说,赵大哥上下打点花了不少银子,方换来兄弟赵尔丰署理川督一职。

时今命今,赵尔丰这下子倒好,正趟上四川保路运动的"浑水"。他掉了脑袋不说,还因妄杀平民而毁了自己一世英名。

那么,既然在辛亥革命后的各省独立运动中,他以退为进,已经交出了权力,赵尔丰又是如何被杀的呢?

遍览1949年以后的辛亥历史评述,对于赵尔丰之死的描述,百分之九十九大致如下——1911年11月27日赵尔丰被迫交出政权,仍贼心不死,拥兵督署,煽动兵变,妄图恢复清朝反动统治。12月22日,新任的革命派都督尹昌衡派人把他当众斩首,以平民愤……

这是历史事实吗?当然不是!

"大汉四川军政府"成立后,蒲殿俊书生,朱庆澜武夫,二人都是浅视之人,互相争权夺利,根本不能控制当地时局。

散布在城内的巡防军、陆军、同志军,在"革命"胜利后,皆以功臣自居。这些兵哥、地痞,不少人花天酒地,在城内为争妓女大打出手,整日持枪拥械,招摇过市。哥老会的"袍哥"们,头戴珠花,拎刀持枪,嚣然往来,赌博嫖妓,争风吃醋,抢占地盘,无所不为。他们相互打杀,互有死伤。

对此,蒲、朱两个正副都督皆束手而无能为。

特别可笑的是,面对如此乱局,蒲、朱二人想搞一次公开的大规模阅兵。他们的意愿很"善良"——阅兵,可以整顿部队缺额,增加军队凝聚力。

为此,罗伦力谏,认为局势很乱,新军、巡防军人怀异心,不能匆忙阅兵。此外,宣布独立时,蒲殿俊曾许诺发给官兵三个月"恩饷",一直未发,士兵心怀怨恨。

蒲、朱二人不听。1911年12月8日上午,他们率一行人在成都东校场演武厅阅兵。

开始还好,训话之后,蒲殿俊提及要发给士兵一个月的"恩饷",登时引起士兵大哗——不是答应发三个月"恩饷"吗!

大吵大喧间,后列的巡防军士兵有人趁机发枪。一时间,校场内子弹横飞,士兵开始哗变,高呼呐喊,大闹校场。

见势不妙,蒲、朱二人及随员四下奔逃躲避。

哗变军士呼啸而出,成群结队在成都城内的藩库、银行、商店,以及居民家中进行抢掠,称之为"打启发"。

当晚,新军的口令本来是"启发"。巡防军哗变后,蒲、朱二人调城外新军来弹压,但这些人入城后也加入抢掠队伍。结队劫掠之际,士兵们互相见面互问口令,于是街道上充满了"启发"一词。

这些"打启发"的兵痞,迎面相遇,心照不宣,皆呼"不照,不照",即各抢各的,互不干涉,各自去打各自的"启发"。从那以后,"打启发"成为成都的"新方言"。

市内无赖之徒,乘机混水摸鱼,四处抢劫放火。锦官城,顿时成为一大劫场,浓烟四起,喧噪满城。

枪声、炮声、哭声、喊嗓声,不绝于耳。

仅藩库银一项,乱兵们就抢走800多万两。

这个时候,罗伦、尹昌衡出场了。

罗伦在川地,身后是强大的哥老会势力。本来他以为军政府都督是自己手中物,岂料被书生蒲殿俊取走,忿忿不平。而尹昌衡呢,身为原清军十七镇的川籍军官,自然与罗伦一拍即合。他在赵尔丰交权的时候就以军力要挟,在军政府谋得一个"军政部长"的职位。

赵尔丰本人,在四川独立后,听闻北京的清政府并没有立即倒台,大有后悔之心。他确实一直在暗中鼓动从前的部下伺机而动,但没想到却让罗伦、尹昌衡二人抢了个先手。他的主要心腹朱庆澜,反而在兵变中仓皇逃走。

哗变的巡防军中,不少人是鄂籍、湘籍士兵,而川籍的尹昌衡等人立刻去凤凰山军营,召集川籍军官准备趁乱收权。罗伦也不闲着,忙遣从人去城外招呼,哥老会、同志军纷纷入场,最终"安定"了成都的局势。

先前在兵士们捡拾余财抢劫以后的哥老会"自卫团",摇身一变,开始四处劫杀那些抢掠已饱的变兵,加入维持秩序的行列。

时在成都的郭沫若本人,曾亲眼目睹一幕:有个人身穿灰鼠皮马褂,下身穿狐皮袍子,在街上匆匆行走,准备赶往城外。路中,那个人忽遇本地哥老会的"自卫团",喝令他停住。几个人扭在一起,其中有个哥老会成员手快,一梭标就把那位爷捅个透心凉——这位兵爷抢劫后"化妆"不严谨,上身军装虽脱,却忘了换那条有红竖纹线的军裤,故而被认出。几个人翻剥尸体,从这位兵士尸体上又剥上好几层狐皮好衣服,贴身的,竟然是一件女式皮袄……

在军人的拥戴下,尹昌衡终于得到了四川都督一职。上轿扎耳朵眼,为了与同盟会结盟,一直瞧不上"党人"的尹昌衡火线入党,连夜加入同盟会,为自己增加政治筹码。

在兵变的当晚,赵尔丰以为机会再来,认定要"变天",就手谕旧属归队。在辕门外,他重新以川督名义发示文告抚军。落款处,还恢复了宣统年月日。

让他没想到的是,尹昌衡、罗伦等人已经掌握了大局。

至此,赵尔丰立时成为尹、罗二人的眼中钉、肉中刺,必欲拔之而后快。

成都城内,谣言四起,传说赵尔丰府内暗藏数百兵士,机枪数挺……

由于赵尔丰手中还有兵,来硬的不行,只能捅软刀子。

于是,尹昌衡连夜"拜访"赵尔丰,与老赵倾诉"衷情",大谈乱世相互保全之道。

其目的,只有一个,就是说服赵尔丰交出手下三千人马。

赵尔丰被感动,果然写手令,让手下官兵听从尹昌衡统辖。

当时,赵尔丰也是心有余而力不足,正身患大病,熬药卧床。

事情出乎意料的顺利,使得尹昌衡喜出望外。

于是,在做了周密的军事部署之后,尹昌衡在12月22日凌晨,派手下管带陶泽锟去督府衙门去捉拿赵尔丰。

陶泽锟率一标人马,从督府后墙闯入。岂料,刚闯到卧室门口,迎面就从里面射出一梭子子弹。

打枪的不是别人,乃赵尔丰手下一位"女侠"婢女。

陶泽锟火起,闪身上前,一刀剁死了这位"蛮女子"(这个姑娘是个美貌实心眼的少数民族女子),把躺在床上正养病的,头发因身心交瘁而早白的赵尔丰拖出屋子。

尹昌衡出现，仍微笑对赵尔丰示意，要老赵随他到皇城内的军政府。

但是，老赵此去，再没有受款待，迎接他的，是大清早就布置好的"公审大会"。

面对两面三刀的尹昌衡，被五花大绑的赵尔丰破口大骂。

当着明远楼下黑压压的军民大众，尹昌衡高声问："大家说说，该怎样处理这个'赵屠户'啊？"

三声齐吼，回响四周："杀！杀！杀！"

赵尔丰在成都日前杀了几十个人，如今凭白交出手中枪把子，此刻无奈，只得任宰任杀。

陶泽锟亲自持刀，上前一挥，将赵尔丰人头砍下。

然后，陶泽锟手持人头，飞身上马，在成都闹市显摆一大圈。中途，陶管带本人差点被人冷枪射杀……

笔者手中，有两张赵尔丰照片。一张，是他当巡边大臣时所摄，面孔周正，容貌宽厚，目光弘毅；另一张，上面标有"逆贼赵尔丰即赵屠户之尸首"，显然是四川军政府印发的宣传品。这张照片上面的赵尔丰，已经身首分离，脑袋被置放在他自己的右肘处，眼睛微微张开，显然是死不瞑目……

观今"藏独"嚣然起，仍思平边赵将军！

至于尹昌衡，这位心计多端而极其好色的军头，1912 年 4 月 17 日成渝两个军政府合并后，被推举为"四川都督府"的都督。1912 年底，被袁世凯任命为西征总司令打败藏军后，他被袁世凯骗入北京。没多久，他就被袁世凯投入监狱。人精遇上大人精，只能自叹命苦。苦命人，命并不苦。袁世凯病死，黎元洪上台后就特赦了尹昌衡。大折腾后，这位军爷竟完全退出政坛，专心著述，直到 1953 年才病死于重庆，享年 70 岁。也就是说，当他杀赵尔丰时，正值 27 岁英飒之年。

（另：有关赵尔丰被杀细节，可参看郭沫若 1936 年至 1937 年在《宇宙风》上连载的回忆录。）

万古同悲蜀道难——端方

早在 1911 年 5 月清廷宣布"铁路国有"后不久，就重新启用端方，委任他为督力粤汉、川汉铁路大臣。

四川保路运动进入高潮后，为了配合赵尔丰在四川的镇压活动，清廷授予端方有权调遣四川新旧各军的权力，并给他加一顶"钦差查办大臣"的帽子。

清廷之所以让已被免职的端方去督办铁路，在于他先前有过"路事"经验——1905年他任湘抚时，曾与张之洞一起处理过废约赎路之事。所以，当时端方这一级别的清廷"大吏"，只有他懂得这个行当。

被迫上任的端方本人，绝非是简单历史描述中为清廷保驾护航的"反动派"。他本人的主观意愿，不仅反对"铁路国有"，而且更反对"主权洋有"。观其先前在江苏巡抚、两江总督任上所为，他一直支持商办铁路（或绅办铁路），并着力维护国家主权。

随他而行的亲弟端锦，一直在各国留学。他在国外所攻专业，就是铁路专业，并著有《日本铁道纪要》一书。这个人，也是清廷"铁路国有"的反对者。

兄弟两人，相携而出，很有劝谕四方之志。他们的目的，无非是想替朝廷平息骚动。

可惜的是，哥俩命苦，从此踏上不归路。

"铁路国有"最大的推手、邮传部大臣盛宣怀高卧京中，却把端方推出来顶缸，冒天下悠悠之口，踏鄂川魑魅之途。

临行前，端方上奏折，希望朝廷收回"铁路国有"的成命。

但是，被盛宣怀所迷惑、把持的的枢臣会议，否决了他的建议，严催端方上路。

见事已至此，端方只得附和上旨，电告涉路有关省份的督抚，让他们协商会办。

经行路上，端方一直在湖北拖延。他反复上折，坚决反对盛宣怀那种更进一步刺激川地士绅的"洋商包工"作法，以图迁就民意。

京城邮传部由盛宣怀作主，内阁也不干，还拒绝了端方提出的国家另辟新线开筑新路的要求，不给川地士绅一点回转的余地。

赵尔丰制造"成都血案"后，端方意识到川地已是待炸的大锅，更不想前去。

朝廷发出一道又一道"催命符"，逼他"即刻"入川查办。

被逼无奈，端方只得携湖北新军第八镇部分士兵离开武汉，乘"楚同"舰，经水路往四川走。

到了宜昌后，他电报上奏，与朝廷、盛宣怀反复理论，甚至一度想辞职不干。就这样，他在宜昌拖了十来天。

清廷不许，电谕他火速入川。

11月11日武昌起义爆发后，他在夔州（今奉节）滞留了两日。朝命严催，不得已，他在11月13日那一天到达资州。7天前，清廷已下令任命他为署理四川总督。

端方携兵入川，一路上对民对兵竭尽赤诚，每饭只有白饭咸菜，沿途所住房屋无非是"养猪堆粪"之屋，着实难为了这个素有洁癖的大学问家。

艰辛如此，他不辞劳苦，每到一处即鸣锣聚众，宣示朝廷"德意"，劝说川民，以语言化解地方的动乱。

鉴于四川各地"同志军"蜂起的现实,端方不敢再走,只能愁守资州孤城,观察形势。

他知道,乱世之时,驯顺听调的军爷们,很可能一夕变脸。为此,端方不惜屈尊俯就,与那些连排级的军官们拈香结拜。途中有士兵抱怨脚痛不能行军,他竟能雇人抬轿扛着这些士兵上路。每有兵士患病,端方的弟弟端锦本人亲入营中,端汤伺药。

形势不饶人。鄂军中,有革命党人田智亮受蜀军政府命令,要他发动新军党人,杀端方起义。

11月26日夜间,鄂军中的党人士兵们在城郊开会,推举三十标第一营队官陈镇藩为"大汉国民革命军统领",行动步骤分为三部:

第一,杀端方;第二,剪辫;第三,回军援武汉。

得到城内军变消息,端方、端锦兄弟知道大祸临头,相拥痛哭。

笔者认为,当时端方的眼泪,更多是为他无辜的弟弟而洒。

端方被杀情形,由于写"回忆录"的人太多,掺杂的水份和误传因素太多。大致整理过后,可勾勒出如下史实轮廓:

端方、端锦兄弟二人,正愁坐屋中,新军士兵涌至,持枪怒目,叱令兄弟二人出门。

无奈,只得依从。端方、端锦兄弟,被士兵挟至资州城内的天上宫。

坐在条凳之上,端方为救自己兄弟性命,心存侥幸,对士兵说:"我原本陶姓汉人(这是说谎,他是正宗满洲正白旗人托忒克氏),现在想改从原先的汉姓,可以吗?"

士兵们摇头:"晚了!"

"我在湖北治军,一路入川,待弟兄们不薄,能否刀下留情?"

有一下级军官应声:"这是大人待我们的私恩,今日之事,原本为报国仇!"

未等端方再言,有士兵叫喊:"端方不要巧言!武昌起义,天下汉儿,必当响应。今日不杀你,我辈就是附逆之人!"

一个名叫卢保清的士兵,率先持菜刀冲上,兜头猛砍端方。

端锦趋前护兄,被士兵任永生抡起指挥刀,一挥头落。

端方在血泊中挣扎,欲揽弟弟的头颅于怀,随之被乱兵砍落了脑袋。

这些入川鄂军,之所以如此急切地想杀死端方,无非是想自明心迹,急求摆脱先前入川镇压保路军民的干系。

他们砍落端方、端锦兄弟二人的头颅后,为了"防腐",把首级浸于两个煤油桶内,在送回湖北的一路上一路"展示",最后交呈黎元洪邀功。

清末大吏达官,手染革命党人血债的人多矣。似乎天道无知,绝大多数人安危无恙,富贵始终。反而开明如端方者,却惨遭野蛮残杀。

这位爷,曾创办湖北第一座图书馆,创办中国历史上第一座幼儿园,创建江苏第一座无线电通讯台,首先引用西方电影放映机,最早派女子公费出洋留学，主持了江苏第一次民意选举代表，创办南京最早的官办外语学校，他还是第一个从伯希和手中搜购敦煌文书的清廷学者官吏……端方，拿了这么多中国近代史上"第一"的开明官员，最后落得如此下场，让后人叹息不已。

更可恨的是，在他死后，其洋人"把兄弟"福开森（传教士），盗卖了他平生蓄藏的许多古玩，很是发了一大笔横财。而他本人在资州被杀时，身无余财，士兵只从他枕匣中搜出一本旧抄本《红楼梦》。

端方死后，中外友人，甚至是革命党人，同情他的人甚多。其间，以其门人左全孝的祭文和好友张謇的挽联最为哀痛、中肯。

左全孝祭文中称："……瑞澂以压制亡国，赵尔丰以嗜杀毒川，公（指端方）力反二竖之所为，而福寿大不及瑞澂，受祸且烈于（赵）尔丰……依古今之常理，终有信于碧空。公暂屈于一隅，终必伸于大同……"

作为一直深受端方提携的光绪状元张謇，所写挽联，更极陈惋惜之情：

物聚于好，力又能强，世所称者，燕邸收藏，三吴已编《陶斋录》；

守或匪亲，化而为患，魂其归半，夔云惨淡，万古同悲《蜀道难》！

一夫鸣枪　三军皆反

——辛亥首义之精彩华章

"日本以'太阳'得名,中国人以'天汉'立称。信哉! 星球世界,非我汉人不能抚而有也!"(章太炎《汉帜》发刊序)

"扫除数千年种种之专制政体,脱去数千年种种之奴隶性质,诛绝五百万有奇之满洲种,洗尽二百六十年残惨虐酷之大耻辱,使中国大陆成干净土,黄帝子孙皆华盛顿,则有起死回生,迷魂返魄,出十八层地狱,升三十三天堂。郁郁勃勃、莽莽苍苍、至极极高、独一无二、伟大绝伦之一目的,曰革命! 巍巍哉,革命也! 皇皇哉,革命也!"(邹容《革命军》)

"清朝觉罗之入关也,屠洗我人民,淫掠我妇女,食践我毛土,断送我江山,变易我服色,驻防我行动,监督我文字,括削我财产,干涉我言权,惨杀我志士,谬定我宪法,二百六十年如一日。我国民虽包容彼族,其如日日防我家贼何! 我四万万之民族日益削,彼五百万之膻种日益横……夫中国者,中国之中国,非满洲之中国也……革命哉! 革命哉! 真今日我族存亡之一大关键哉!"(铁郎《论各省宜速响应革命军》)

"诸君诸君,认定宗旨,整刷精神,除暴君,驱异族,破坏逆胡专制的政府,建设皇汉共和国的国家……民权主义万岁! 民族主义万岁! 中国万岁!"(柳亚子《民权主义! 民族主义》)

"欲思排外,则不得不先排满。欲先排满,则不得不出以革命。革命! 革命! 我同胞今日之事业,孰有大于此乎!"《吴樾《暗杀时代》》

"大地沉沦几百秋,烽烟滚滚血横流。伤心细数当时事,同种何人雪耻仇!"(陈天华《猛回头》)

随手拈出辛亥革命前数则语录,阅之读之,立刻令人血液沸腾,慷慨思愤。

飒飒风中,让人恍然间思云腾绕,回到了那个铁血华年。

正是当时那些风华正茂的革命志士振聋发聩的呼喊,方才唤醒起迷滞已久的国人。

在心跳加速中,在咬牙切齿中,他们目眦尽裂,拍案而起!

于是,1911 年 10 月 10 日,湖北新军工程营中的一声枪响,划破了武昌的夜空。

这一枪,绝非普通的一枪,它是中国民主主义革命的发令枪,是埋葬清朝267 年统治的夺命枪,也是结束中国长达两千余年封建帝制的宣示性的一枪。

在并不遥远的、近一个世纪前发生的事情,如今回望过去,却如雾里观花,那样模糊不清,那样扑朔迷离,甚至,那样不可思议。

10 月 10 日,在那样一个杀机四伏、危险重重、激动人心、令人屏息的夜晚,到底,发生了哪些事情呢?

🌱 为什么是武汉?为什么是新军?

在讲"第一枪"的故事之前,笔者先简短分析一下武汉乃至湖北在辛亥革命前的状况,再讲讲清朝的"新军"到底是什么样的军队。

武昌起义前,《湖北学生界》这份刊物的第一期,曾经有过这样的一段话:

"危哉中国,其为各国竞争之中心点也,呜呼!夫孰知以中国竞争之局卜之,吾楚(湖北)尤为中心点之中心矣乎。"

可以见出,在武汉打响辛亥革命第一枪,绝非偶然。

湖北,处于中国之中部;武汉,号称九省通衢。这里,不仅仅是清廷一直着重控制的重地,也是西方列强争夺的地盘之一。

狂流激荡下,各种思潮在此江集交积,也就不足为奇。

最早把魔爪伸入湖北的,当属老牌帝国主义英国。而后,众狗齐竞,纷纷在此建租界,开银行,把持海关。

由于河道畅顺,洋人们的军舰也往往游弋往来,不可一世。

仅仅二十年左右,列强们逐渐控制了湖北的工商、金融、矿业、交通等命脉。

以武汉为例,辛亥革命爆发时,外国企业近 200 家,英国 53 家,日本 43家,德国 35 家,法、俄、美等十余家。大多数洋人的企业,皆在 1900 年之后进入。

特别在 1902 年之后,作为对外贸易大埠的汉口,交易额激增,一年平均保持在一亿三千万两白银之巨，远超天津、广州，仅次于上海，享有"东方芝加哥"的美号。

在疯狂掠夺桐油、茶叶等原料的同时，列强们向中国进行棉纱等日用工业品的疯狂倾销。

由于封建官府买办化的加剧，清朝的一切"新政"，皆为迎合洋人而生，而中国原有的封建自然经济，在西风中迅速解体。

当时，湖北表面的繁荣，是完全畸型的繁荣。一方面是少数几个大城市"超繁华"，一方面是广大农村地区哀残不堪。

作为税款大户，清廷对湖北的"解款"要求，日益增加。每年辛丑赔款负担一百多万两不说，还有"补镑"六十万两，"辽东偿费"五十万两，练兵处调解五十三万两，而且，膏捐权也归中央。

不用说，这些钱，当然富商大官不会出，肯定要全部转嫁到广大民众的头上。

湖北的大地主们，也很"时髦"。他们一方面大量聚敛土地，一方面进入城市，兼营商业与银钱业，建立起庞大的商业高利贷网络。

由于20世纪初的十年内，天灾人祸不断，农业纷纷解体。在湖北，特别是武汉，聚集了大批流民、灾民。

在这种环境中，哥老会、天地会的新鲜血液就会源源不断，动乱的因子，越聚越多。

由于武汉一带在先前的太平天国战争中，曾几次陷于太平军手中，"革命"的影响，远远大于其他地区。

江湖风波，一浪高似一浪。

破产农民、散兵游勇、城市贫民、手工业者、产业工人，这些人杂集在一起，波蔓交融，形成了特别适合暴发革命的土壤。

鄂、湘、粤、川等地的保路运动，更直接促起了大批中小商人的激烈行动。

放眼一望，纵观湖北社会各阶层，在那个危险的时刻，都对清廷蕴攒了相当大的毒怨之气。

从"人才"角度方面讲，湖北革命党还应该"感谢"当年张之洞的各种教育举措。老张本来想为自己和清廷制造出一大批驯顺的"奴才"，殊不料，反而为朝廷培养了一批广具知识的"掘墓人"。

从1900年开始，张之洞在武汉及其他不少地区开设了许多学堂，科目关涉广博，且大量向东、西洋派遣留学生，人数远远超出其他各省。

张之洞为了提高新军"素质"，招纳了不少识字青年入军，使得军队的人员组成结构也远远不同于从前。

科举制废除后，知识分子竭力寻找出路，不仅本省青年"秀才"们纷纷到学校报考，外省（特别是湖南）也有许多人到湖北寻找机会。

所有这些人，思想上属于活跃，敏感的一类。他们政治上特别敏锐，很容易接受进步思想。民族危亡的大背景和生计艰难的小困难，更造成了青年人对"革命"的向往。

在种种社会、经济、思想的合力下，才造成日后的奇景：武昌的清朝新军，汉阳兵工厂的枪炮，皆一齐掉转反向，清廷顿时欲坠摇摇。

湖北的革命势态，一直呈独立发展势头。但是，由于孙中山以及其"同盟会"在革命中"辈分"最高，所以，绝大部分团体，还是把"三民主义"很当作一块大招牌来使用。

不过，湖北主要党人，出身富户比较多，特别是共进会成员，他们都不大赞成同盟会主张，很多人排斥"平均地权"这一条。所以，三民主义在湖北，基本变成了"二民主义"。

当然，湖北革命党人最重要的四字纲领，是"革命排满"。因此，他们的当务之急，必然是要"驱除鞑虏"。

鄂籍党人不是很"排洋"，这主要因为他们多年与洋人打交道，深晓对方的"厉害"。

即便如此，这些人把"反清复明"提升到"革命排满"的层次，不能不说是一种思想上巨大的进步。

那么，革命为什么会在新军中发生呢？新军是怎么一回事呢？

清朝兵制，大致讲经过三个阶段的变化：第一阶段，早期的八旗劲旅和汉人为主的绿营兵；第二阶段，嘉庆、道光年间产生出来的团练，后经太平天国、捻军之乱而衍变成的湘军、淮军；第三阶段，甲午之战败于日本后，光绪、宣统年间出现的新军。

早在1862年，李鸿章的淮军已开始学习"洋操"。1874年，曾国藩正式提出以新式枪械练兵。1883年，李鸿章在天津设水师学堂，1885年设北洋武备学堂。1886年，张之洞选拔甲级防营一千多人改习洋操，开设水师和陆军学堂。

可见，在洋务运动时期，新军雏形已露。

甲午败于日本后，清廷正式下令训练新军。1895年3月，洋务派官僚胡燏棻最早在天津小站练"新建军"。没过几个月，他被清廷派去督办芦汉铁路，小站练兵转由当时的政坛"新秀"袁世凯接手。

袁世凯有脑子，胆子大，改当时的"定武军"为"新建陆军"，使得原先的十营四千多人，一下子扩展到七千多人。

与北洋训练新建陆军的同时，1895年7月左右，张之洞在南洋成立了"自强新军"，人数两千多人，统领是德国人来春石泰（当时译法），营哨以上各官，皆以洋人充任。

见北洋、南洋训练新军卓有成效，清廷便下令各省将防军进行改编，或在原基础上训练新军。

清朝朝廷在各大城市设立武备和陆军学堂，分派青年出洋学习军事，以储备将校人才。其目的，在于逐步以尖锐的新军替换无能的旧式军队。

新军之所以"新"，因为在建制和训练手段方面，都大异于清朝的旧式军队。这支军队，在训练方面学习德国，编制上募仿日本。

清朝的新军，不仅仅武器上全用洋械，招选兵员也采纳严格的标准，并规定军官要由学堂出身的人担任。

义和团事件后，清廷更加迫切地在各省尽快推行新军训练。

1901 年，清廷下令废止那种打把式卖艺表演式的"武举会试"，命令各省派将校到北洋和湖北观习新军训练。1903 年，清廷设练兵处，全统国内新军事务，并在各省设"督练处"（也称"督练公所"）。转年，清廷正式划定军制，规定新练的军队分为常备军、续备军以及后备军三军。

1905 年，清廷计划在全国编练新军三十六镇，逐年编训完成。在北方，北洋六镇（近畿四镇和直隶两镇）全部完成编训。在湖北，一镇一协完成编练。至清朝灭亡前，全国实际完成了二十六镇的编练。

新军编制，是分为军、镇、协、标、营、队、排、棚，分别相当于后来的军、师、旅、团、营、连、排、班。军一级的长官称"总统"（其实没有实际设立成为真正定制的"军"），镇称"统制"，协称"协统"，标称"标统"，营称"管带"，队称"队官"，排成"排长"，棚有"正目"、"副目"。

一般讲，两镇可编为一军。按全额算，一镇的官兵总数，为 12512 人。遇实战，依据战势地情而定，或三镇为一军，或把数军合成一大军，或仅派出一镇。

此外，还有一种"混成协"，这种部队除有二标步兵外，还配有工程、马、炮、辎重等兵种，近乎镇的编制，但又隶属于镇，类似后来的"独立师"、"独立旅"。黎元洪此人，就是这种混成协的协统。

清朝开始建新军时，北有袁世凯"新建陆军"，南有湖北张之洞"自强军"。但是，后来只有北洋一系蔚然大观，南洋一系却基本消泯。

造成这种结果的原因是，清廷看重隶属中央的北洋军建设，想把它作为拱卫国都北京的劲旅，所以一直任其扩充发展。而湖北的新军，属于地方军，清廷当然不想地方坐大，一直抑制它的发展。南洋系的主脑张之洞，文臣出身，后又被调入京城当"大学士"。南洋系另一大腕刘坤一（两江总督）早死（1902 年），其间不少兵马又被并入当时袁世凯在山东的军队，所以，南洋军最终不能成气候。

反观北洋，袁世凯步步高升，他在直隶总督、北洋大臣、练兵大臣任上，不断刻意经营北洋新军，其手下将领，多出于天津武备学堂，基本全是他的羽翼。因此，日后的北洋军，顺理成章就成为袁世凯的"私军"。

清廷建新军，本想消弊振衰。但除北洋六镇外，大部分新军，在后来都成为革命党人活跃的渊薮。

这种结果，显然大出朝廷当初的意料。

即使是思想相对保守的北洋军，军人们也是大多效忠袁世凯个人军，成为袁世凯纵横捭阖、颠覆清廷的手中王牌。

可笑的是，一直要被清廷视为累赘废物、想竭力加以抛弃的巡防营，倒成为基本上自始至终效忠朝廷的队伍。

清廷此种改革新军的努力,恰似把绞索系在了自己的脖子上。

这种苦涩的结果,最根本原因在于,清廷缺乏驾驭强大西化军队的能力,它也没有真正的理念去支撑军人对清朝国家的效忠。

所以,清廷搞了数年的新军改革,极意笼络军人,换来的却是军人的怨毒与狂躁。

特别是1910年,在新军内兴起的"割辫"运动以及新军对保路运动的同情与加入,更显出了大变前的先兆——发辫是清朝统治的象征物,这一"纽带"被剪,清廷还有什么控制军队的绝对正当性和自信心?

在政治的离心作用下,激进而深入的新军改革,暴露了清廷致命的弱点——军人逸轨,已经无法避免。

各种心怀异志的人,皆在军营中蠢蠢欲动。

这种情况,均因为在大变革时代,清廷本身僵化守旧,根本缺乏有效调控激进改革的政治能力。此外,它也没有能力合理地整合、配置已有的社会资源。

新军中的中下级官员,多为科举废后无出路的知识分子,秀才与兵混而为一,容易接受新思想,特别是反清的新思想。

新军的士兵阶层,多为破产农民子弟或城镇小资产阶级子弟,他们自小耳闻目睹社会不平,容易产生反抗情绪,更容易接受饱含鼓动性的宣传,特别倾向"革命"。

新军中的不少中级的军官,不少是日本士官生出身。他们在日本学习时,深受西方革命那套理论影响,深怀民族忧患意识,自然也具有倾向革命的强烈意识。即使是身享高官厚禄的高级军官,大多数也很"识时务",随波逐流。

由此,清朝新式军队中真正坚决的"反革命",不是很多。

最重要的是,革命党人,特别是武汉的文学社、共进会,特别注重深入军队做工作。

不入虎穴,焉得虎子!他们不少人为了颠覆清朝同志,投营入伍,着装当兵。借敌之械,强己之枪。

同盟会早期,在日本的东京,就选拔了李烈钧、程潜、唐继尧、阎锡山等28人编成"铁血丈夫团",派他们回国后进入各省的新军内,伺机宣传、鼓动,发展革命力量。

这些人,把《革命军》、《猛回头》、《警世钟》等反清反帝小册子偷偷遍发于士兵手中,兴办秘密报刊,使星星之火,散布于军队每个角落。

不仅如此,党人还在新军中成立了不少公开、半公开的组织。以湖北新军为例,就有"群治学社"、"文学社"、"军队同盟会"、"共进会"等。这些社团,吸收广大官兵加入,培养了大批革命力量。

策反军队的"抬营主义",是革命党杀向清廷的一根撒手锏。辛亥革命能由内而外,由下而上,成功必不偶然。

正是湖北新军中革命党人卓有成效的工作(特别是"文学社"),以至于在武昌起义前,新军基本上已经"革命化"。

湖北新军,当时的二十八镇和二十一混成协,共有官兵一万六千人左右。事发前,除被端方带往四川和瑞澂派往各地的以外,剩下八千多人。

这八千人中,纯粹的革命党人,有两千多;同情革命的,四千多;坚决"反革命"的,只有一千余人;其余,基本属于摇摆分子。

所以,枪声打响后,武昌城内外,很快就有四千多人立刻加入暴动。真正与革命军交战的清兵,仅不到两千多人(不包括巡防营和警察部队),剩下的都逃散而去。

武昌起义后,云南、浙江、山西、新疆、湖南、陕西等大多起义省份,均是新军为骨干(也有会党参加)。只有江西、广西两省(省会),属于立宪派的"不流血革命"。

非常可惜的是,武昌革命后,新军内的革命党人未能掌握大权。这是因为,此前此后,他们都是未被主流政治认可的"非正式组织"。

因此,辛亥革命后造成这样的尴尬局面:革命军起,革命党消。

弄清了湖北的背景与新军的情况,可能就更容易理解和解析武昌起义。

❀ 作为革命的催化剂的政治团体——"文学社"与"共进会"

早在 1903 年初夏,由日本官费留学归国的湖北云梦人吴禄贞,就在武昌花园山,常常聚集一些军官,密谋议事。

这个人是兴中会员,最早曾参与唐才常的"自立军",显然"革命"资历不浅。

吴禄贞以文娱为形式的"花园山聚会",吸引了军队中不少青年人。聚会期间,他放映幻灯片,散发《革命军》、《猛回头》一类书籍,且在军队中安插眼线,把不少"革命"青年输入军中。同时,他积极联络会党,密谋举事。

老奸巨滑的张之洞很敏感,他很快对花园山聚会有所察觉。毕竟是自己眼皮底下的事情,不好太声张。于是,他暗中拆台,将常出入花园山的骨干分子,分批分遣到国外"读书"。

不久,吴禄贞本人,也被调往北京。

主心骨走了,但花园山革命聚会的火种并没有熄灭。很快,"科学补习所"和"日知会"接而继燃。

1904 年 7 月,吕大森等人在多宝寺街开设"科学补习所"。他们对外声称是文化补习学校,实际上以"革命排满"为目的,在青年学生中宣传革命,把一批又一批党人输入军队。

仅仅过了 4 个多月，张之洞得知"科学补习所"同湖南起义有关联后，立刻下令查封。

此后，"日知会"继之而出。日知会，原本是美国基督教圣公会在武昌的一个阅报室。既信基督又信革命的党人刘静庵，凭借他在"日知会"司理的身份，以"日知会"为掩护，一步步地把这个阅报室变成了革命组织。

通过演讲、办报、教课等方式，日知会吸引了近万人成为"会员"。大量《革命军》《猛回头》等革命书籍，经"日知会"翻印，传入新军之中。

1907 年，为响应湖南萍澧浏等地起义，"日知会"抓紧筹措起事。由于有人告密，清政府非常警觉，立刻派兵摧毁了这个组织，把刘静庵等多人抓捕入狱，严刑拷打。

可叹的是，刘静庵被关于狱中长达五年，竟于辛亥革命前三月病死。最终，他没能看到铁血十八星旗飘扬的那一天。"敢是达才须磨炼，故教洪炉泣精金"。

"日知会"虽被清廷破解，其影响非常巨大。日后，武昌起义的主要干将——孙武、蔡济民、熊秉坤，甚至"首义三忠"中的两位——彭楚藩与刘复基，都是当年"日知会"会员。

湖北革命小团体，在清末那个风雨飘摇的年代，雨后春笋，遍地生根。大概有群学社、铁血军、无锡会、辅仁会、忠汉团、德育会、黄汉光复党、共和会等等，或与日知会同时，或后于日知会而兴。其中的团体成员，有的分别并入文学社和共进会，都在当时发挥了一定的作用。

武昌起义前，在新军中影响最大的两个团体，一个是共进会，另一个是文学社。

共进会，是在同盟会成立两年后的 1907 年，由一些同盟会员"另起炉灶"而立的一个组织。发起人为刘公、居正、孙武、焦达峰、喻培伦等人。其中，刘公、居正、孙武是湖北人，焦达峰湖南人，喻培伦四川人。可以见出，发起诸人中，湖北人居多。

言及共进会，一般历史书中均讲，它是"孙中山领导下的一个革命组织"，其实大谬。

共进会的成立，从组织及行动方面观察，明显有与同盟会分道扬镳的迹象。

当初成立这个组织，就是兴起诸人，深感同盟会不能成事，才决定另创组织。他们在联系国内会党的同时，决定深入清军内部起事。

对此"另立山头"之举，黄兴曾面诘焦达峰，后者一句话就搪塞回去：

"殊途同归，有何不可！"

在东京，新发的共进会与同盟会完全是不相统属的组织。他们分门别户，各自争抢新人。共进会招兵买马之盛，在有一段时间内，甚至大大超过了同盟会。

当时的同盟会，恰值《民报》被封，孙中山因为"私吞"款项，被章太炎四处臭骂,四处游走不定。因此,同盟会总部事务无人统一打理,凡事涣散。

趁此机会,共进会以新起之锐,与同盟会分庭抗礼。

共进会的会长(总理)为张伯祥,下设九部,还安设了九省都督的人选(类似同盟会各省分会的负责人)。

刘公等人创设共进会,本来是因对孙中山及同盟会的不满而发。他们认为,同盟会只知埋头在国内四处搞暴动,联系会党的基本工作根本没有任何新的进展。

特别是对于新军,同盟会一向因循守旧,认定那里是革命死角,基本从未顾及过。再者,同盟会选择的起义地点,只重华南,没有想过在长江流域经营革命活动。

特别是在屡战屡北的情况下,孙中山一直在海外穿梭游说弄银子,"从不过问"同盟会总部事情,使得许多人深感不满。

共进会所采用的旗帜,是红黑两色的九角十八星旗,代表十八省铁血共义,即日后所称的"铁血十八星旗"。

武昌起义后,城内高高飘扬的,正是共进会首创的"锥角交错"的十八星旗,而非同盟会的"青天白日满地红"会旗。

号召会党,运动军队,是共进会活动的基本宗旨。在1908年左右,东京的共进会湖北籍、湖南籍人士纷纷回国。稍后,各省会员也大多回国,投入革命实践。

1910年,刘公携十八星旗归鄂。这样,在东京的共进会组织,实际上就消散于无形。

在武汉,共进会主要的组织者是孙武。

与同盟会的空泛与仓促不同,共进会行事一向缜密。

从实际情况出发,孙武认为,在清朝新军中搞宣传,最为上策。如果能把军队中一营一营,一标一标,一队一队,逐步连锅端地争取到革命的一方,肯定最终有所成功。此举,即共进会著名的"抬营主义"。

根据清军编制,共进会在队、营、标内各设代表,分层次负责宣传和鼓动工作,二十人为一支队,三个支人为一正队。入会的军中同志,总编为六个军,每军设总指挥(真正的编军计划未得详细实施)。

由于切实有效、踏踏实实的基层工作,共进会在会党、学界、新军中进展颇为不俗。

在武昌,仅在新军中,共进会就有一千五百人左右的会员。

在国内,与共进会关系最近的同盟会分支机构,是上海中部同盟会。但这二者间,并无上下级领导关系。中部同盟会一直关切长江下游,对武昌的共进会活动不甚了了。

武昌起义后,孙武等人之所以把同盟会的黄兴请来"主持"大局,并非是把共进会拱手让同盟会来领导,真实目的,是为了化解共进会、文学社两个组织双方争权的僵持,利用黄兴的声望来号召全省。所以,他才把黄兴拉来搞

"平衡"。

综上所述,共进会虽然是同盟会的一个"分裂"团体,它的历史作用却完全是正面的、积极的,起到了同盟会做梦也达不到的鼓动效应。

当然,相比于文学社在湖北新军中的作用,共进会依然略显逊色。

文学社又是怎么回事呢?

听上去,这好像是个"文学青年"发起的组织。

"文学社",其实完全是个士兵为主体的军中组织。它的发展,三易其名,历经军队同盟会、群治学社、振武学社三个阶段。

这个组织,屡蹶屡起,坚忍不拔。

与别的组织由上而下发展不同,文学社先扎根基层,逐步建立标、营代表制,最后在成熟时才创设总机关部(武昌小朝街85号)。

文学社一直重视宣传作用,先后办有《商务报》、《大江报》,宣传鼓动革命。

文学社的人员,扎根在士兵中间,埋头苦干,一个人一个人地争取。他们在新军中长期忍耐,不断积蓄力量。

到1911年初夏,武汉新军中的文学社会员,已经有三千多人。与此相比,共进会深入新军内部,要晚得多。

在武昌起义的筹备过程中,文学社起到了主导作用。辛亥七月二十二日的文学社、共进会联席会议,战时临时总指挥、副总指挥,分由蒋翊武、王宪章担任——二人皆是文学社成员。临时总指挥部,也是设于文学社在武昌小朝街85号的总机关部所在地。

而共进会成员,主要承担草拟文告、制定旗帜、配制炸弹等与"政治"相关的事务。据考,在总指挥部与军事筹备处关键性的43个职务,总共由33人分担。这33人中,文学社成员占20人,共进会仅8人,拥有双重会籍者5人。

1911年10月9日(辛亥年八月十八日),文学社的蒋翊武从岳州赶回武昌,亲自安排起义。他与文学社骨干刘复基一起,颁布命令,准备当夜12点起事。由于邓玉麟未及时送命令到炮队,机关部被清廷破获,当夜发难未成。

但是,相隔仅一天的武昌各标营"自行举义",仍旧该归功于文学社诸人事前的详密运筹。

辛亥首义中,文学社成员在革命中贡献最大,牺牲最惨,阵亡大半。文学社的主要骨干,基本清一色是湖南人(詹大悲除外)。而共进会呢,主要干部湖北籍居多。

熟知中国政治生态的人,马上就会想到,这种乡土分野的省籍意识,肯定会有日后两个组织的嫌隙与不和。

文学社的蒋翊武等人出身贫寒,共进会孙武等人皆留日学生出身。"穿长褂的人",自然心中看不起"泥腿子"士兵。所以,"富贵之后",双方大打出手。

武昌起义成功后,占得政治先机的共进会成员就开始打压、排挤文学社成员。后来的内斗中,他们甚至不惜采用下三滥手段暗杀了文学社骨干张廷辅、祝制六等人。

首义成功后,共进会的孙武等人热衷高官厚禄。他在南京向孙中山跑官不成,怒从心起,就到上海拉拢一些失意政客和军人,创立"民社"(口号是"反孙倒黄,捧黎拥袁"),完全与同盟会撕破脸。

为人转变最令人侧目的,当属共进会会员蔡汉卿(蔡希圣)。这个人,在辛亥首义中舍生忘死,不避枪林弹雨,誓死灭敌。但当成为黎元洪的"戒严司令"后,他摇身一变,杀昔日同一战壕的革命党人同志无数,竟得"屠户"之名……

所以,观察共进会、文学社两个团体成员在"胜利"后的行为,可以发现,知识分子气息浓厚的共进会会员,个人主义和宗派主义恶性膨胀,转向和蜕化的人居多。这种"历史"的表现,暴露出他们许多"长衫"下露出的"小"来。

❸ "八月十五杀鞑子"

上面讲到的活跃在武汉的两个主要团体,共进会与文学社,目的虽然都是为了排满革命,但毕竟存有门户私见。开始的时候,双方互挖墙角。

值得庆幸的是,两个团体的上层人物,还算有大局观。危急关头,他们开始商量联合共事。直到1911年5月,共进会和文学社才真正展开正式的合并谈判。

刚开始,双方各不相服。蒋翊武认为,文学社的人数居多,在新军内的基础也好,两个组织合并后应该以文学社为主;孙武当然不同意,他认为共进会是同盟会系统,在全国影响大,经费又多(靠刘公所捐的五千两白银)。所以,联合后自然是共进会掌权。

讲到此,可能有读者会好奇:新军中的革命党人,不少人出身富户,又有不少会员的入会费用,难道缺钱吗?

革命党,他们不仅仅是缺钱,而且是非常缺钱!

在如火如荼闹革命的辛亥年,六月间,为了找钱,共进会的湖北人居正,带着湖南同志焦达峰,潜回自己的老家广济县踩点。他们此行目的,就是县内达城庙的一尊纯金菩萨。不久,居正、焦达峰召来同志数人,乘月黑风高雨大之夜,穿寺墙而入,把金佛从莲座上凿下,盗之而去。可惜,半路上,他们遇见几个办公差往还的蕲州捕快,误以为盗佛之事败露,慌忙把金佛扔在当地,拔脚狂逃。

湖南革命同志邹永成,为了给革命筹钱,绞尽脑汁,很"热情"地去探望家在武昌的婶母。得知她确实家境殷实后,邹永成订购迷药,准备药翻她。岂料,当时就有卖假药的。姆母恰似母大虫,饮酒一壶,笑吟吟无任何玉山将颓的迹象。无奈何,邹永成临走捎带脚,把年幼的堂弟拐走,然后谎称是土匪绑驾。最终,他从姆母处"勒索"了八百银元,奉献给革命组织。

最大的一票,当属刘公的五千银元。这倒不是同志抢同志,基本属于同志抢自己家。

刘公家乃襄阳巨富,他知道老父一心要自己作大官发大财,就写信给家里,说自己想花钱捐个道台。老头子本来正忧虑膝下这个忤逆子有"革命"的意头,忽见他有意献身朝廷,大喜过望,当下就许诺给儿子银元两万以作捐官用。

说到做到,刘老头立马就往汉口银行汇了五千元,要刘公把这笔钱当作买官的铺垫。

孙武得知此事后,脑里一轰,眼前一亮,忙找到彭楚藩商量,千方百计要把这笔巨款搞到手。

怕刘公舍不得那笔钱,时为新军宪兵排长的彭楚藩立刻拍胸表示:"刘公任共进会头领时,印制过一份名为《革命方略》的地下刊物。我去吓唬他,如果他不交出这笔巨款,我就威胁他,说要把他押送到官府,让他捐官捐不成……"

果真,彭楚藩到刘公家"作客",没说几句话,他就掏出一本《革命方略》,瞪着眼睛吓唬对方。

此举,惹得刘公怫然不悦:"我本来就是从家里骗钱干革命的,干吗你又来吓唬我!"

结果吗,自然皆大欢喜……

盗金佛,拐人质,欺家人……为了革命找钱,革命同志绞尽脑汁,无所不为。

三次谈判过后,文学社、共进会求同存异,最终一起接受了老好人邓玉麟(共进会)的提议——双方一起组成指挥部,共同分享领导权力。

直到1911年9月23(辛亥八月初二),共进会、文学社这两个团体才正式开会宣布合并。会议地点,是武汉雄楚楼十号的刘公住宅。

在合并大会上,大家接受了刘复基的提议,决定日后不再分彼此,一律不再用文学社和共进会的名称,统称为"武昌革命党人"。

权力分享方面,与会者推举蒋翊武为军事总指挥,孙武为军政部长,刘公为总理。

这种安排,非常微妙。

看似文学社的蒋翊武当"一把手",但孙、刘二人皆为共进会出身。而共进会方面,刘公原为内定的湖北大都督,此时只能屈居于蒋、孙之后,负责民政这一块。

表面上合理、平衡的人事安排,其实为日后双方的争权夺利埋下了伏笔,也为武昌起义后指挥权的归属纠结留下了隐患。

雄楚楼合并会议召开后的第二天，起义指挥部在武昌胭脂巷 11 号胡祖禹家召开干部会议，共一百多人参加。会议决定，将于 1911 年 10 月 6 日起义。那一天，是农历八月十五，暗合元末历史上"八月十五杀鞑子"的传说。（元末陈友谅在沔阳起事，就是在中秋节以月饼传信，奋起杀元兵）

　　此前，由于四川保护同志军的起义，清廷抓紧在全国范围内抽调部队去四川镇压，其中，就包括武汉的湖北新军第三十一标全标以及第三十二标的一个营。这些部队，皆划归钦差大臣端方，已经先行入川。而蒋翊武所在的第四十一标，也被调往岳州驻防。

　　这样一来，革命党人原本在新军中各个层级的人事安排，基本被打乱，不少党人士兵纷纷被调往外地。

　　如此再延搁下去，可能就会失去起义的大好时机。

　　审慎考虑后，胭脂巷会议决定，一定要尽快起义。八月十五一到，全军革命同志响应，一举推翻清廷在湖北的统治。

　　入川部队中，革命党人也留下通讯方式——湖北起义，如果成功，即发电报以"母亲故"加以表示；起义失败，暗号为"母病愈"；起义成功有胜算，电文暗号是"母病危"。一俟武昌发动起义，入川鄂军将全力回来支援。

　　未料到，千端万绪开头难。就在胭脂巷会议召开的当天，驻扎于武昌城外南湖的第 8 标三营的炮队出了娄子。

　　南湖炮队的"出事"，不是什么真正的"造反"，而是属于类似"哗乱"的小小意外军变。

　　当天下午，一队士兵喝酒，为即将退役的正目汪锡九和士兵梅青福饯行。由于排长刘步云（记住这个名字，后来还会提他）干涉士兵喝酒，双方发生争执，大打出手。

　　炮营管带偏袒那位刘排长，派宪兵抓人打人，为此大大激怒了士兵。

　　几十上百的士兵乘酒劲发威，抢了几十把指挥刀，四处跳嚷，大叫"同志快起"。

　　革命党在第三营的革命代表赵楚屏等人想借机起事，与几十个士兵一起冲入弹药库，拖出几门大炮要放。

　　摆弄半天，他们忽然发现，大炮都没有引线，几个人才悻悻而去。

　　时为武汉最高军事长官的清军第八镇统制张彪，闻讯大惊，立刻派出马队前往南湖炮队弹压。

　　待骑兵赶到时，哗变的兵士早已逃散一空。

　　如此小事，打草惊蛇。

　　不久，"八月十五杀鞑子"一语在军营传开来。

　　武汉的清朝军政要员闻之更惧，立刻提高了警备程度。他们屡屡派出密探，到处侦探消息，搜集情报。

　　湖广总督瑞澂宣布，八月十五（10 月 6 日）当天，全城戒严，官兵皆不能离营外出。军中除值勤士兵可允携带少量子弹以外，所有弹药一律集中收

铁血华年

缴，统一保管。更严格的，他还下令，即便是军营的中秋联欢会，也要提前一天举行。八月十五那天，严禁以各种名义"会餐"。

当时，与会的清朝文武官员很多，有人建议把守卫楚望台军械库的工程营士兵调离，遭到混成协协统黎元洪表示反对。他认为，此举会更加激起士兵反感而引发军变。由此，提议未获瑞澂支持。

如果在楚望台调开了工程营，武昌起义的结局，可能是另外一番景象。

起义总指挥部鉴于当时的情况，只得把起义时间往后推，约定在阴历八月十八那一天起义，即阳历的 10 月 11 日。

改期通知刚发出不久，乱中生乱，凭空生枝节。

10 月 9 日那天，共进会领导人孙武所居的宝善里 14 号，轰然一声，出了大事。

忙中添乱的烟灰

孙武（1879—1939），原名葆仁，原本是很"传统"一个中国名字。由于他坚定反清，就把表字改为"尧卿"（摇清），号梦飞、遥仙（孙文是逸仙）。

孙武是武汉柏泉孙湾人，据说祖父曾为太平天国战将（应该是他编造出来的故事）。从青年时代起，他就具有特别强烈的反清精神。18 岁时，孙武考入湖北武备学堂，得遇"革命"同学吴禄贞。他们每每激谈天下事，意志昂扬。

1900 年唐才常自立军起义，孙武曾被封为"岳州司令"，但未及过瘾，就因为起义失败而被迫化名潜逃。

后来，孙武去过日本，加入了同盟会，在东京一度非常活跃。共进会成立后，孙武作为骨干归鄂，策划起义。

在东京时，孙武身边好友个个后来都大名鼎鼎——宋教仁、秋瑾、胡瑛……

回湖北后，孙武原本住在汉口的荣昌照相馆，天天忙乎制宣传单张，刻制印章，制造土炸弹。

10 月 4 日（农历辛亥八月十三）那天，他因怀疑有清廷暗探来查，就决定搬家。

有同志李自贞作铺保，孙武等人搬到了汉口俄租界的宝善里 14 号，并以此地为临时指挥总部。

而身为起义领导层的刘公，很快带着妻子李淑卿与弟弟刘同，搬入此处居住。

10 月 9 日（辛历八月十八日）下午，孙武在屋子里全神贯注，忙不停地制作炸弹。他面前的案子上，摆满了黑铅、铁片、罐头盒、盐酸、硫磺等物。

孙武本人受过"专业"训练,加上起义时间紧迫,所以他专门负责制作土炸弹。

他效率不低,一日可作大概50枚。

刘公的弟弟刘同,是个16岁的少年。他本性好动,又有抽烟的习惯。这一天,他倚着大木案,边看孙武忙乎,边喷云吐雾。

烟头火忽明忽暗,阵阵香雾飘摇,孙武竟然想不到阻止这位小老弟抽烟。

其间,刘同站久乏累,潇洒一弹烟灰,转身欲离去。

他刚转身,桌案上的炸药蓬地一声腾起一团大火球,立时引燃了其他杂物。

浓烟升起,孙武的双手和脸被严重灼烧。值得庆幸的是,他双目依旧能视物。

手脸火辣辣地疼,孙武很坚强,他一边命令刘同赶紧离开,一面让当时在另外一间房子印制伪钞的李春萱向房子泼煤油。此举目的,是想在救火队来之前,把所有"证据"都销毁。

俄国老毛子巡捕脚丫子快,蹬着大皮靴,很快朝着火地点赶来。

听警哨声凄厉,孙武等人只得逃走。

治病要紧,孙武被同志送往日本人开立的同仁医院。

别的同志,纷纷走避于设在汉口的另外一处秘密地点——汉口法租界内的长清里18号。

宝善里14号爆炸起火的原因,事后诸多人回忆,有的说是孙武自己制弹不小心,有的讲是赵楚屏装药失误,有的说是刘同抽烟烟灰落下引爆,说法不一。

在场的十个人中,刘同本人被杀,孙武和别的人,日后回忆中又从未谈及细节。

经过分析和对比,笔者比较认同"刘同烟灰引爆炸弹"一说。

刘公的弟弟刘同这个少爷,确实算得上是革命的"丧门星"。

宝善里爆炸时,刘公本人并不在场。从辛亥起义诸人的回忆中,似乎对他当时在何地没有提及。笔者所能设想的,刘公巨富出身,只把宝善里14号当落脚地之一,他肯定在汉口、武昌还有其他住所,所以,才形成当时他弟弟刘同一会儿在宝善里一会儿在别处的情形。

事情发生后,大家在长清里18号集合。刘公随后赶到。没说几句话,他忽然脸色大变——包括革命党人的花名册在内,共进会、文学社诸多的重要文件,均在宝善里14号!

内疚加愧疚,刘公捶胸自责,他派弟弟刘同和妻子李淑卿往回踅返,试图取回花名册和文件。

出于侥幸心理,刘公希望俄租界巡捕粗疏,未及发现那些东西。

事实恰恰相反,"火眼金睛"的老毛子加二狗子们,视觉明,嗅觉灵,早已把文件、名册等物搜集齐全,转交给了清政府。

不仅如此，他们还在宝善里 14 号埋伏暗探，就等着有人上钩。

结果自不必言。李淑卿和她的小叔子"丧门星"刘同二人，刚拿出钥匙想开门，就被潜伏已久的探子们围上，乖乖束手就擒。

被逮以后，李淑卿风尘女子出身，见多识广，革命意志坚定。她咬紧牙关不松口，没透露任何消息。

刘同呢，一十六岁少年，捱不过苦刑，把他能知道的一切尽数招供。

于是，在汉口的革命党人，包括刘公、孙武等，内心惶急无限。

在如此情势下，别无选择，只得提前起义。

他们便派出邓玉麟，让他火速赶往武昌，向小朝街 85 号总指挥部报告发生的一切，立即组织起义。

由于刘同的招供，原为文学社总部的小朝街 85 号，已经暴露在清廷视野之中，恐怕也在劫难逃了。

🍂 黎明前最黑暗的时刻

位于武昌城南的小朝街 85 号，是文学社与共进会合并前的文学社机关所在地。其户主，乃陆军第八镇三十标排长张廷辅夫妇。与他们同住的，还有驻机关办公的刘复基。

刘复基（1883—1911），字尧澄，湖南武陵（常德）人。他 20 岁时，就积极参与宋教仁等人策动的华兴会长沙起义。败走日本后，他加入了同盟会。归国后，他一直猛劲从事革命活动，并在 1910 年投湖北新军第二十混成协当兵。

从振武学社到文学社，都有刘复基坚实的身影。后来，他被选为文学社的评议部长，从军队请长假，专门负责社务工作。

文学社与共进会的成功合并，刘复基在其中努力最多。他一直以反清革命大局为重，调和双方矛盾，苦口婆心，最终说服蒋翊武与共进会合作，一致对外，反抗清廷。

当邓玉麟急匆匆从汉口奔至武昌小朝街 85 号的时候，蒋翊武、刘复基、彭楚藩几个人都在场。

仔细听取了邓玉麟的汇报，他们得知了孙武、刘公立即起义的要求。

在刘复基的催动下，大家一致同意提前起义。

由于刘公、孙武都不在场，总指挥部里面，只有蒋翊武职位最高，自然他就充当"临时总司令"。这个决定倒是歪打正着，因为他本人就是先前两个组织联合推举的"总指挥"。

最后，蒋翊武签署了起义命令，决定提前起义——当夜 12 点，以南湖炮队中的革命党人鸣炮为号，各军同志一齐起义。

如此匆匆，也是出于万般无奈——党人名册已落入清廷手中，如果不动手，只能坐以待毙。

于是，南湖炮队的炮声响不响，就成为当晚起义的关键。

几个人商量后，就派邓玉麟去南湖炮队宣布命令。杨洪胜、陈磊等人分头出发，通知各标营的同志，准备当天夜里动手。

为稳妥起见，他们还给邓玉麟配备了两个助手：徐万年和艾良臣。

众人想，三个人前去南湖炮队去作通知起义的工作，总该万无一失吧。

邓、徐、艾二人离开小朝街时，时为下午 4 点左右。他们在城内转了大圈，把该通知的同志都通知到。直到晚上 10 点，他们才准备从文昌门出城去通知南湖炮队。

由于天色已晚，城门搜查甚严。三个人只得把身上携带的炸弹扔掉，空手出城。

当他们最后到达南湖炮队时，已经到了深夜时分。邓、徐、艾三个人翻墙而入，差点被在营内值勤的卫兵开枪打死。幸亏卫兵发现是自己同志，才帮助他们入得炮营。

于是，几个人找来炮队的革命同志，到马棚商议起义计划。

那个时候，实际上当夜起义的计划已经流产——时间已经过了 12 点！

本身就是南湖炮队的营代表徐万年感到很为难。他认为，马上起义，时间太仓促，且兵营内的同志们均已熟睡，临时摸黑举事，混乱中成功的可能性极微。

仔细研究后，徐万年和几个炮队同志都认定当夜再不能起义，就决定待到转天天亮，重新回到武昌小朝街总部，找蒋翊武等人仔细商议，重新议定起义时间。

这几个人，暂时呆在炮队不动，紧张得一夜阖不上眼。

他们生怕武昌方面会出什么事情。

凡事，似乎总会往最坏的方面发展。

当炮队中几个人忧急如焚时，小朝街 85 号，确实出事了。

邓玉麟等人走后，刘复基、蒋翊武、陈宏诰等人深感不妙。

傍晚时分，彭楚藩再度返回，带来令人紧张的消息——连宪兵营内都开始出现紧张气氛：上面有命令，严禁任何人离营。

此情此景，似乎有风声走漏。

他们不知道的是，不仅仅是走漏风声那么简单——刘同已经捱不住酷刑，把他所知道的几处共进会、文学社的机关和活动地点，全部和盘供出。

清政府按图索骥，瑞澂等人派出大批军警，已经分别端掉了几个革命"窝点"。大批军警人马，正悄悄向小朝街方向开进。

几个人默不作声，他们都在默默企盼南湖炮队的炮声。

只要炮声一响，同志们四下响应，一切都会明朗起来。

过了午夜 12 点，外面没有任何动静。

铁血华年

为了打破令人窒息的死寂,蒋翊武把留声机打开。这样,好歹有些声音,能给人以精神上的一种安慰。

时间一分一秒过去,仿佛过了一万年……

惶恐忧急间,门外忽然响起拍门声。

刘复基、蒋翊武迅速起身,摸黑到二楼,向窗外望去。

外面黑漆漆的,什么也看不见,只听见雨点敲门窗棂的声响。

"什么人"蒋翊武问。

"我啊……"

"干什么?……"

"我来找人……"

"你是谁?"

"……我来找你们当家的,先开门再说……"

至此,屋中几个人知道事情泄露,纷纷持枪找炸弹。

依照当时的情形,他们也只能乘黑一拼。

刘复基率先冲下楼,几个人紧随其后。

还没跑到院子里,军警们猛然砸开大门,直朝屋内扑来。

刘复基立刻扔出一颗炸弹。

军警们慌了,向后一齐闪避。

可惜,臭弹一颗,连火星都没冒。

军警认为是假弹,忽喇喇又往前涌。

刘复基站在楼梯中间,掏出另一颗炸弹,扔在自己脚下,准备与敌人同归于尽。

炸弹仍旧没爆——忙中出乱,这颗炸弹竟然没装上栓钉。

未容刘复基再反抗,军警们扑上,几个大汉把他按在当地。

刘复基看着周围清一色的大盖帽压大辫子,大声骂道:"你们这群清狗子,很快就要灭亡!汉人兄弟们,大家想仔细,不要为清狗子卖命!革命党遍布国中,清朝完蛋的日子不远了!"……

正因为刘复基的英勇抵抗,为他身后的同志赢得了时间。

蒋翊武几个人趁乱,立即退回二楼。

他们关死房门后,从窗户攀至屋顶,跳入邻居院内,各自散去逃走。

军警们四下鸣枪,吹哨,叫嚷,周围乱成一锅粥。

中国人爱看热闹,不少人家开门提灯,走到街上看热闹。

陈宏诰运气最好,有个警察认识他,和他亲热打招呼:"哟,这不是陈科长的公子吗,您来这干吗? 也是抓人办案吗?"

"是啊,办案,办案。"陈宏诰一边打哈哈,一边从容脱身。

随他而出军警包围圈的,是彭楚藩。他身穿宪兵队的排长制服,气宇轩昂,背手昂胸,没人敢拦他。

蒋翊武运气也不错。他刚从岳州回武昌不久,穿着身破旧的棉袍,看上去很像个乡下人。警察把他拦住后,他结结巴巴,解释说自己上街来看热闹。看他那傻乎乎的样子,军警不疑有诈,抬手给他一棍,一脚猛踢他屁股,让他快滚。

军警作梦也想不到,刚刚滚走的"乡巴佬",正是湖北革命军的"总指挥"。

鬼使神差,已经安然脱险的彭楚藩自恃有宪兵队军装在身,不久又兜转回来,想趁机把刘复基或别的被捕同志救走。

这次再无好运气,他被一个军官拦住,问他到此何干。

"办案,我来这里办案。"彭楚藩大大咧咧。

如果他说路过,兴许军官就把他放过去。他说来办案,反而引起了那位警官的怀疑:"你宪兵营的人,办什么案呢?没人让你来参加今天的行动……"

不听彭楚藩解释,他一挥手,立刻过来几个持枪的士兵,把彭楚藩缴械,押他回了警察厅。

当夜,除了彭楚藩、刘复基以外,还有出外送信的杨洪胜,也被清政府逮捕。

杨洪胜(1875—1911),湖北谷城人,是个参加文学社仅半年的普通士兵。为了更积极介入革命工作,他请假离营,以开杂货店为掩护,整日忙碌不停,把革命党人赶制的炸弹分批偷运入军营内。这种活儿,又琐碎又危险,还引起了他所租房房主的注意(其房主是反动军官手下的勤务兵)。

恰恰在10月9日当天上午,反动房主把杨洪胜的事情报告给警察局。

小朝街刘复基、蒋翊武等人决定起义后,杨洪胜作为送信人,及时把起义计划通知到了熊秉坤所在的工程第八营和驻扎在塘角的辎重营。然后,他没有任何停歇,开始了紧张的运送炸弹工作。

由于工程营中反动军官有所戒备,他没能把一拎篮的炸弹送到那里,只能急忙跑回杂货店。

恰好,军警接到举报后,认定杨洪胜是党人,正派人赶去逮捕他。

候了快一天,终于把杨洪胜候个正着。

手中有满满一篮炸弹,杨洪胜心不虚。

他一边掉头跑,一边信手拈出一颗炸弹扔向追他的军警——栓钉未及装上,铁疙瘩着地后,没响。

吓得趴了一地的军警气急败坏,再起身追赶。

杨洪胜装上一个栓钉,又一甩手,响了。

毕竟土制炸弹,估计还赶上一颗装药不够的。砰然一声后,大爆竹一样,周围的军警只被吓个大激灵,根毛未损。

倒霉的是,杨洪胜本人却被炸弹的一块弹片击中腿部,仆倒在地。

军警们来了精神,个个奋勇争先,直朝杨洪胜扑来……最终,寡不敌众,杨洪胜被生擒。

10月9日的大搜捕,折腾了大半宿,终于以刘复基、彭楚藩、杨洪胜三个

以来,由于革命迫在眉睫,他最后看望了一次母亲,跪地洒泪道:"母亲大人,儿为国事奔忙,恐怕日后会有好长时间不能探望您,望您原谅孩儿的不孝!"英雄母亲,心中虽忧,口中励劝:"我儿但去无妨,国家事大,勿忧我。"

母子一别,阴阳永隔,思之令人鼻酸。

最后,庭下只剩下了一个看上去极其质朴憨厚的杨洪胜。

望着腿肚子上一个大血窟窿往外冒血的囚犯,铁忠很想留他一命,以示"大清"的仁德,给围观市民留个好印象。

"看你这样子,当过兵吧,肯定是个大老粗。你受那些读书人蛊惑,是上当受骗吧?"铁忠言声放缓。

"呸! 老子是自愿当革命党!"

铁忠闻此言,牙关紧咬:"你扔炸弹拒捕,炸弹从何处来?"

"当然是造的!"

"谁造的,从何人处获取?"

"不知道!"

"只要你能供出制弹人和藏匿地点,本官保证,饶你一死!"

"老子不怕死! 杀便杀,死就死。除了旗人,天下皆是革命党!"

铁忠怒不可遏,愤然起身,大喝一声:"斩!"

刽子手们上来,拥搡杨洪胜而去。一路之上,仍留下英雄不绝的骂声。

三位大英雄,铁舌钢牙,无人透露出任何丝毫提前起义的消息。

杀掉彭、刘、杨三个人后,在统制张彪等人建议下,瑞澂从后堂发话,派人把已经被打得半死的16岁少年刘同提出监狱,拉去辕门砍了头。

一直以来,由于刘同的"叛变",凡是关涉辛亥革命的书,均对他众口一词,骂声一片。

凭心而论,一个年仅十六岁的少年人,我们以成年人的标准要求他,是否过于苛刻?

一腔少年血,尽为革命抛。

杀掉几个人之后,湖广总督瑞澂心中稍安,他觉得自己已经立下大功一件,便顾不得休息,与师爷详议,电奏朝廷,洋洋洒洒,大讲自己如何"诸葛亮!",如何不动声色擒斩"贼党"……

邀功之后,他疲乏已极,倒卧床上,昏然睡去。

❀ 被谣言激促的革命

瑞澂杀了革命党几个人,给读者的印象,似乎他就是个杀人狂,凶恶屠夫。其实,不大尽然。

瑞澂,满洲正黄旗人,字莘儒。从中央到地方,他做官如芝麻开花,节节高,并不属于那种全凭关系往上爬的满洲权贵。这位爷,肚子里很有些才学和本事。当然,完全说他凭本事在官场混,也是谬赞——他爷爷是大学士琦善(挤兑林则徐那位),爸爸是将军恭镗。

权贵出身的瑞澂,官场作风比较好,清廉不贪。如遇承平盛世,他很可能是个百姓翘大拇指的好官。乱离季世,这样的人,处于浪口风尖,就如小草,任凭疾风狂吹。

军警们从宝善里搜得一整套革命党人名册,瑞澂的师爷张梅生,就劝他下狠手——立刻召集军将,按册抓人,大开杀戒,如此可防患于未然。

瑞澂缺乏果决的魅力,他本人又信佛,总觉杀人太多有损阴德。就连铁忠勾决彭、刘、杨等人,他也在后堂犹豫许久,最终在张梅生等人催促下才最后拍板执行。

有人可能会问,张梅生一鼠须师爷,有那么大能耐吗?当然有。这些官府的高级幕僚,熟读中国古代历史,深谙权谋治乱之道,学问见识往往大大高于他们的雇主。书生没运气中举,他们只能把大好才华窝起来,去当幕宾。赫赫大名左宗棠,就是刀笔幕吏出身。

奴才发起狠来,往往凶过主子。

事实证明,瑞澂的犹豫,完全是妇人之仁。如果他果决,就马上按照名单抓人;如果他有大慈悲,大智慧,完全可以在搜获名册后召集新军中小级军官,当众宣布此事,然后把名册公开销毁,表示既往不究。这样做,定可大大削弱新军内革命党人即时起义的危险。

关键时刻的懦弱迟疑,换来的,无非是窝心一剑。

10月10日早晨,工程营的革命军代表熊秉坤,被清脆嘹亮的起床号惊醒。连夜的策划、操劳,他刚眯了眯眼睡了一小觉。

当时,他并不知道——他本人,在那一天,即将成为中国数千年历史上一个石破天惊的大角色。

就在昨天,三棚的革命军士兵任正亮臂上捆着一块白绷带,混入排长室,想要偷子弹,被排长陶启胜发现。陶排长发现异样,马上喝问道:"你臂上捆绷带,要干什么?"

"我胳膊受伤,以此扎缚。"任正亮回答。

"受伤?为什么把绷带捆在胳膊外面?"

任正亮无语,敷衍而去。

其实,胳膊上捆扎战斗绷带,是熊秉坤为了起事后让同志分清敌我的一种标志。当时约定,枪响后,为避免误伤同志,革命军左臂缠白绷带一条。(选择左臂,也有当年汉朝军队"左袒"复大汉的意思)

这个情况,陶启胜和队官们都商量过。但是没有确实证据,所以他们没有马上采取行动。

10月10日吃早餐的时候,从外面买菜回营的司务长面色凝重,说督府半夜刚刚杀了几个人,其中一个,还是常来工程营送东西的杨洪胜。

据司务长讲，那几个人被杀后，血淋淋首级的搭在两块砖头上，还被拍成照片，均贴在墙上示众。

不仅仅是杨洪胜，另外的刘复基、彭楚藩二人，均是自己好友。得知此噩耗，熊秉坤悲从中来。

没时间咀嚼悲痛。熊秉坤作为革命军代表，他立刻召集营中同志，商讨对策。

消息越来越明朗，军警昨晚和今天凌晨，破坏了革命党数个机关办事地点，抓走数十人。革命军名册，已经落入清廷之手，危险迫在眉睫。

彭刘杨三人被杀后砍头的照片被发送至每个军营中，越来越多的人，看到了布告和照片。面对如此白色恐怖，革命军士兵人人自危，皆默然无声。

好在有个名叫徐兆宾的革命士兵有胆识，他站出队，高声说："我们不怕死，朝廷奈何以死吓唬我们！"

趁此，熊秉坤激劝道："早晚是个死字！我们的名单已经在瑞澂之手，与其等着他们按册点名杀头，不如今天拼死一搏，或能侥幸得生！革命而死，死得其所！大家听说过近日安徽徐锡麟和广州黄花岗的烈士吧？他们死后，报馆刊登他们的事迹，坊间流传他们的照片，多么荣耀的事情啊！如果我们合力进取，或许起事成功。即使失败，也对民国作大贡献，使后世铁血男儿以吾等为榜样，为革命蹈死不顾！何况，我们今夕举事，还不一定非死不可！"

针对当前严峻形势，熊秉坤对各队代表说出了立刻起义的想法。

当时他倒不是在用"激将法"，他没那么多心计和脑筋。

他所想，正是大家所想。

"大丈夫能死个惊天动地，明明白白，虽死犹荣……"

众人纷纷附和，没有一个人犹豫。

箭在弦上，不得不发。

大家认为，如果不动手，彭、刘、杨的下场，定会等待着他们。

工程营的同志取得一致意见。接着，熊秉坤亲自去邻近的二十九标，找到了驻营的革命代表蔡济民。

进屋时，他发现蔡济民躺在床上，蒙被大哭——他正在为牺牲的三位烈士而哭泣。听熊秉坤说要今天起义，处于悲愤中的蔡济民顿时擦干眼泪，精神抖擞，马上唤来二十九标附近的三十标同志，共同约定起义计划。

本来，众人约定下午吹晚操号的时候起义。当天，清军统制张彪为了安全起见，取消了晚操。于是，熊秉坤等人把起义推迟到晚上七点，即点头道名和二道名中间的空隙。

工程营中，不缺枪，只缺子弹。

由于近日清廷戒备日急，所有士兵手中的子弹皆要上缴。幸好，昨日杨洪胜送来50发子弹，加上10月10日当天一个士兵从长官那里偷来两盒，约有100发子弹。

好歹，工程营有150发子弹可用。

世上没有不透风的墙。新军内部要暴动的消息，早已在中下级军官中风传。

10月10日一天军营中异样的气氛，让几个小头目们也焦虑不安。

天刚擦黑，卫兵长方定国首先来见熊秉坤。他开门见山就说："兄弟，我知道你们今晚要干大事，我决不阻拦，也不上告。只求你们别对我下手。我从前有对不住兄弟的地方，多多包涵。"

熊秉坤以直报直："我们都是汉人，绝不自相残杀。"

方定国刚走，队官罗子清后脚进门，很惶恐地问：

"今晚起事，是不是排满杀官？"

"排满是一定的，杀官为了夺权，管带以上，估计都要被干掉！"熊秉坤语气坚定。"先前安徽、湖南军队起事失败，是因为有我们湖北第八镇在。我们八镇起事，各省一定会当作榜样，肯定成功！只要有人敢反对，必死无疑！"

罗子清半响默不作声。最后，他清清嗓子，说，"好吧，今晚我外出，有事你们多多担待。"

从新军内部的官职上看，熊秉坤只是棚的"正目"，如此小小班长，刚才来和他讲话的方定国、罗子清，都是他的上司。他们如此屈尊俯就过来"唠嗑"，无非是慑于军营中的革命势力。

在新军各标各营中，类似这二人心态的中、低军官非常多。以致于事起之后，这些人大多临场逃散，没多少人出来主持局面与革命军对抗。

晚七点，头道名点毕，工程八营的革命士兵开始摩拳擦掌。

各个拿出枪枝，拭擦调校。

行动前，熊秉坤出于好心，找到他在军内的一个拜把兄弟陶启元，对他说：

"你哥哥陶启胜，一向性格孤癖不合群，得罪人不少。他又是个排长，大事一起，很可能被杀掉。你我兄弟一场，同为革命党人，我不忍见你家庭内兄弟离散。不如这样，你先去劝劝你哥哥，让他起事之际万勿出头。"

陶启元感动，马上找到哥哥，说明原由。

岂料，身为新军排长，陶启胜真是死催，他不仅不听弟弟的劝告，反而大叫而起，立刻叫上两个护兵，直奔他所辖的排，深入各棚去查验，准备核实后到上司那里告变。

好心当成驴肝肺，熊秉坤一番善意，差点酿成大祸。

眼见哥哥猪癫疯一样跑出门，陶启元暗暗叫苦，飞速回转去找熊秉坤。

陶启胜上了楼。进入一排三棚宿舍，他果然发现士兵金兆龙正在仔细地用油布擦枪。

在场的其余几个人，也全副武装，十分异常。

"今晚又不是你值班，为什么擦枪？"陶启胜问。

"没什么别的意思，防备万一嘛。"金兆龙漫应道。

平时排长看上去挺牛，现在马上要革命了，金兆龙不怎么拿他当回事。

"防备个屁！我看你是想造反！"说着话，陶启胜对身后两个跟自己一起来的护兵说，"缴他械！"

"老子就要造反，关你屁事！"金兆龙横眉竖目。

两个护兵没敢动。宿舍内的士兵人数不少，情形大异。

谁都不傻，眼前亏吃不得。

陶启胜恼羞成怒，自己扑上前，扭住金兆龙手中枪，亲自抢夺。

二人扭打在一处。

甭说，陶启胜排长不是白当的，身体又魁梧，没几下，他就把金兆龙摔压在身下。

事起仓促，屋内的士兵面面相觑。

"弟兄们，愣着干啥，动手啊！"

一句话，提醒了革命士兵，使他们从懵懂状态下清醒过来。

首先，是程正瀛高举枪托，朝着陶启胜脑袋猛砸。

力大枪沉，陶启胜脑袋登时被砸开了瓢，血花飞溅。他身边两个护兵见势不妙，先扭身往屋外跑。

陶启胜这时候才忽然知道害怕。他想起了那句"好汉不吃眼前亏"的古语，捂着自己血乎乎的脑袋，大叫着跑出宿舍。

三步并成一步，陶启胜往楼梯下面窜。

情急之下，程正瀛急了。正好他枪里有子弹，一抬手，就给了陶启胜一枪，正中其腰肋。

知道上面的士兵想要自己性命，陶排长忍住巨痛，一手捂头，一把把腰，趔趔趄趄地接着跑……

程正瀛的这一枪，正是武昌首义第一枪。

程正瀛(1885—1916)，鄂州人，字定国，属于共进会组织。他在新军中，只是个普通士兵，但同时也是私下任命的工程营革命军第二队第五支队队长。

现在大多谈论辛亥革命，皆把首义第一枪归功为熊秉坤，其实是一种误解。因为，熊秉坤本人的回忆录，也讲是程正瀛开枪打中陶启胜腰部，"此即首义第一声也！"

后人之所以纷纷把"第一枪"之功归于熊秉坤，实是受了"大人物"的误导。1914年，孙中山与熊秉坤一起在日本，孙中山当众夸赞介绍说："这位就是武昌首义第一枪的熊同志。"1919年，孙中山写国庆社论的时候，又把"第一枪"之功给了熊秉坤。国父如此说，大家自然跟风。

当然，从政治领导意义上的"第一枪"讲，非熊秉坤莫属。但要说真正放的辛亥第一枪，确是程正瀛所为。

这一枪，真是发令枪。

枪声过后，工程八营内的革命士兵，登时大噪，大多数人抓起武器，从宿舍中冲出。

混乱中为了壮胆，士兵们纷纷向天放枪。

工程营管带阮荣发听见枪声响成一片，心内大惊，立即带着右队队官黄坤荣、司务长张之涛，急匆匆赶往士兵宿舍。

他们各提手枪，准备前去弹压。

恰巧，三个人迎面碰上一队士兵，大概几十人，黑压压正朝这面飞奔。

为首一人，扭腰摆首，似乎正带队前来攻打的样子。

阮荣发有神枪手之号。他确定带头奔向自己的，就是造反首犯。于是，他想都不想，抬手就是一枪，正中来人的前胸。

中枪的不是别人，正是陶启胜。

他本人被程正瀛击中后，带伤往外狂逃，后面一堆士兵猛追。这种场景，给阮荣发造成了他是领头人的错误印象。

结果，陶启胜挨上了最致命的一颗子弹，终于不支，摔倒在地，边啃泥土边抽筋……

见陶启胜当庭被射倒，管带阮荣发凶神恶煞状，众革命士兵出于平时服从的惯性，都站住脚步，愣愣地看着阮管带下一步举措。

阮荣发自以为一枪已经收取了杀一儆百之效，胆量陡增，他大声喊道：

"弟兄们，首恶已被我击毙，大家不要乱，造反是灭九族的大罪，你们赶紧放下武器，各回各棚待命……"

这时候，熊秉坤等人正在二楼。望见士兵们与阮荣发三个人僵持，知道这样拖下去会坏事。于是，他便带头操起一个花盆，猛往楼下砸。

旁边士兵见状，纷纷操家伙，手边有什么是什么，脸盆、痰盆、桌椅板凳，一顿乱砸。

阮荣发自以为是工程营"一把手"，刚刚又杀了一个带头"造反"的，气势汹汹，手中枪挥个不停，口沫乱溅，企图镇赫士兵。

楼上一位名叫吕中秋的革命士兵，恰好枪里有颗子弹，他手一抬，朝着阮荣发就开了一枪，擦着他肚皮飞过。

三个官长一见士兵真开枪，立刻着慌。他们边开枪还击，边往后跑。

混乱中，阮荣发射杀了离他最近的一名革命士兵。

士兵徐少斌步子快，追上了阮荣发，顶着他后脑就开了一枪。

顿时红白飞贱，这位营长（管带）被击毙在当地。

连管带都干掉了，士兵的胆气益壮。随同阮荣发一起前来弹压的黄坤荣和张文涛也没走远，程正瀛枪法好，两枪撂倒了二人。

革命士兵们纷沓而至，乱枪齐发，把两个人打得浑身血窟窿。

熊秉坤带领大家冲出营门，士兵们边跑边大叫：

"暴动者生！留营者死！"

他们下一个目标，就是屯积军械弹药的楚望台。

那个可恨又可怜的陶启胜，中了数枪，还在喘气，被革命军士兵交给其弟陶启元看护。倒霉蛋呻吟一夜，转天早晨才咽气。

被"敌人"和自己人正反面当靶子打，陶启胜霉到极点。

在工程第八营枪声的呼唤下,隔邻的二十九标、三十标新军革命军士兵纷起响应,呐喊冲锋,冒着小雨冲向楚望台。

与此同时,陆军测绘学堂的全部学生,皆冲出教室。他们推开拦阻的教官,撕烂窗帘和被单,在臂上捆扎白布条为标记,赤手空拳,奔向楚望台。

行文至此,笔者要旁开枝节加以释疑的就是,如果单从时间上算,武昌首义真正最早发难的,其实不是工程第八营,而是位于城外的塘角辎重队。

亲军第二十一混成协所辖的第十一营,其下有工程队、辎重队,他们驻扎在武胜门外的塘角旧恺字营。本来,革命军士兵相约晚上放火为号发难。但当晚6点左右,恰值队官以上的军官都被召集开会,辎重队的革命同志认为机会大好,就决定提前起义。

一名叫蔡鹏升的士兵进入马棚,点燃了马草库。

大火一起,李鹏升等人即率辎重队同志起义。

炮营管带张正基听见人声嘈杂,枪声不断,心里发虚。他不敢贸然率人镇压,就带着开会的军官们,逃往青山躲避,在山上观察形势。

辎重队发难后,相临的炮营工程队,大约在不到一个小时的时间内,也把营房点燃,乘乱起义。其中有一部分人加入辎重队行列,有一部分人从武胜门进入武昌,攻占了凤凰山炮台。

李鹏升等革命军士兵途经彭杨公祠时,遇到一伙警察武装在那里发枪阻截。

士兵们猛攻,毕竟战斗力远远超出那些未受正规军事训练的狗子们,很快就把那伙警察打散,最终与赶来的炮队起义士兵在中和门(今起义门)会合,往楚望台方向杀去。

所以,如果从时间上看,炮营辎重队的发难时间,确实早于熊秉坤、程正瀛等人,大约提前一个小时。而且,他们不是"第一枪",是"第一把火"。

辛亥革命胜利后,瑞澂给清廷的奏折中,首称是工程第八营率先造反,但黎元洪本人曾亲自说过,他当时接到的电话,首先是炮营管带张正基告知辎重队有乱,而后才得到张彪的电话,讲工程营暴动。黎元洪死后,章太炎为其所作墓志铭初稿中,也写明武昌首义最早由塘角驻军发动。这位章爷是大学问家,辛亥革命老人,跟当事人谁都不陌生,想必写之有据。

但是,从真正的"第一枪"意义上讲,塘角辎重队虽然起事较早,毕竟在城外,他们放火、整队、绕路,最终到武昌时,城内已经大势得成。

所以,如推首功,非工程营革命士兵莫属。

❀ 摧枯拉朽树大旗

各部起义士兵,争先恐后,不约而同,目标只有一个——楚望台。

不为别的，就是为了去那里取枪抢弹药。

革命军士兵手上枪枝不是很缺，却极缺弹药。

没有子弹，长枪还不如烧火棍。

作为武昌一带最重要的军械库，楚望台有日本六米厘五步枪一万五千枝，德国七米厘九毛瑟双筒枪一万多枝，汉阳造单筒六米厘五长枪数万枝，子弹不计其数。

在总指挥部早先制定的作战计划中，收取楚望台是营中起义实施后最重要的一步。各标各队的革命代表，均十分清楚这一点。

革命军士兵知道楚望台的重要性，瑞澂等人当然也知道。

自从得知新军要起事的消息后，瑞澂、张彪一直陆陆续续地撤换驻督署、藩属等重要部门的新军，换上他们自己认为最可靠的部队和军官。

本来，铁忠就认为把守楚望台的工程营不可靠。但九镇统制张彪认为工程营是自己嫡系部队，坚决反对撤换工程营。

即便如此，张彪还是听取了铁忠的某些建议，在军械库前重筑一道新的防御工事（10月10日那天，工程仍在建构中），并派铁忠的副手、督练公所的课长李克果担当楚望台监督官。

李克果本人当过工程营管带，按理讲熟知军情。如此人事安排，不能说不稳妥。

出于对军械库的高度重视，李克果本人一直吃住在那里。

负责楚望台守卫任务的，是工程八营左队。在这里，革命党人的正队长叫罗炳顺，副队长马荣。事前，熊秉坤已经通知他们，枪声响后，立刻抢占楚望台。

自不必言，工程营熊秉坤等人的枪声一响，就惊动了正在楚望台值班的李克果。他立刻率领身边亲随数人，跑到制高点处瞭望，让人火速把左队队官（连长）吴兆麟找来，命令道：

"你立刻集会队伍，严加保护军械库，不得有失！有接近楚望台者，格杀勿论！"

吴兆麟很听话，马上集结左队全体士兵，并由李克果战前训话。

当时，这位监督官话并不多，只要求大家不要惊慌，仔细安排布防，保持高度警戒。

他有所不知的是，把守军械库的左队士兵，十之六七都是党人。

罗炳顺、马荣等人听到枪响后十分激动，表面上却强装镇静。

听李克果训话后，马荣首先发问：

"我们士兵手里一粒子弹也没有，乱党有枪弹，冲杀过来，我们怎么挡得住？"

原来，为了防备新军士兵暴动，瑞澂一直特别警惕，曾下令收缴所有实弹，就连把守军械库的官兵子弹，也在收缴之列。

"监督官，总不能让弟兄们以血肉之躯去挡子弹吧。"听着逐渐频密、越来越近的枪声,吴兆麟对李克果说。

"当然要发子弹! 去把仓库主任找来,开库,发子弹!"李克果命令道。

"没有总督命令,我不能发子弹,担不起这个责任。"仓库主任是个轴头。

"都他妈什么时候了,我负责,马上发,耽误事我毙了你!"李克果掏出手枪。

仓库主任没办法,只能拿钥匙开门。

士兵们挺有秩序,排队去弹药库领子弹,行动迅速。

见最后一名士兵也领到了子弹,革命党人马荣马上举枪,朝空中发了一弹。

"弟兄们,反了! 反了!"

毕竟已经听见外面起事的动静,左队士兵抑制不住心内的兴奋,纷纷朝天放枪。

站在高台的李克果惊呆了。

愣怔片刻,他本想充英雄想以口舌说服起义士兵,但现场大乱。

士兵四下奔跑,砰砰放枪,李克果根本没有说话的机会。

吴兆麟见势不妙,小声说:"趁这些人还没朝您开枪,还是躲躲吧。"

"躲躲吧。"身边人都劝。

"躲吧……"

李克果长吁一口气,在随从掩护下跑了。

吴兆麟也消失在暗影之中。

如此守卫森然、弹药无数的军械库,不费吹灰之力,已经落入革命军士兵之手。

历史,有时候显得那么富有故事性,近乎荒谬。

待熊秉坤等人来到后,工程营二十九标、三十标等其余党人陆续到来,最终大家合计人数,总共才四百多人。而先前率本部往楚望台方向行进的熊秉坤,当时手下仅四五十人。

一个班长(棚的正目)领导了震惊世界的革命,真真不可思议!

作为工程营革命士兵总代表,熊秉坤不敢怠慢,立刻站在刚才李克果训话的地方,宣布以下命令:

1.本军冠革命军三字,称"湖北革命军"。

2.本军今晚作战以破坏湖北行政机关,以完成武昌独立为原则。

3.作战目标为督署,敌于大小都司巷,吴家巷,望山门,水陆街,豹头堤布防。

4.敌兵力为教练2队,辎8营,机关枪1队,水机关4挺,警卫1队,宪兵1营,消防救火1百人,约1500人。

5.本军以楚望台、蛇山为炮兵阵地,自阅马厂,大朝巷向南至保安门正街为步兵防守线,暂以楚望台为临时大本营。

6.金兆龙率工8营后队2排及右队1、2排出中和门经十字街往南湖,威胁炮 8 标响应,并掩护进城。

7.徐少斌率工 8 营前队 3 排占领楚望台,中和门高地,沿津水闸布防。

8.林振邦率工 8 营左队 3 排占领千家街,向 15 协、铁佛寺、伏龙寺方面警戒。

9.余作总预备队。

10.今晚口号:"同心协力"。

忖度仔细,计划缜密,富有军事远见。可见,熊秉坤确实是个人才。

但是,他高声讲话的时候,下面的士兵大多数人都没在听,根本没有刚才李克果训话时的立正肃立倾听之态。

工程营的革命士兵虽然不少,但平时分属共进会、文学社两个系统。此时,平素熟络的士兵三五相聚,纷纷形成了两派。

当然,当时他们没有火并的念头,只是凭平时的亲近感觉扎堆儿。

不仅好多人不听熊秉坤讲话,有些人还不服气,低声嘀咕:"这个熊秉坤不过是个后队三棚的正目,他凭啥指挥我们,别听他瞎咋乎……"

望着嘈杂混乱的士兵们,熊秉坤、马荣等人心内焦急——仅仅取得第一步胜利,督府内的瑞澂还在,统制张彪还未发威。

如此延搁下去,天一大亮,余部清军聚结,胜负难判。

束手无策间,有巡哨士兵押来一人。

熊秉坤一见,如获至宝。

天上掉下来一个吴哥哥!

被士兵用枪押来的愁眉苦脸的这个人,正是负责把守楚望台的左队队官吴兆麟。

吴兆麟(1882—1942),湖北鄂城人,出身贫寒,16 岁就伍当兵,学习操练刻苦,先后考入军内讲习所及湖北参谋学堂,编著过军事作战小册子。1909年,他以参谋学堂最优等生的身份,回到工程八营担任左队队官。其实,他本人也有"革命"经历,曾在 1905 年加入过"日知会"。这个组织被清政府查抄后,他就逐渐脱离了军中革命组织。

不知是故意还是有意,李克果逃走后,吴兆麟并没有立刻跟着跑,一直在军械库附近转悠。

他之所有没有立刻出现,主要是心中有顾虑,怕首先当了被宰之鸡,为"排满杀官"的革命军杀掉。

在军队,最重官衔、资望,毕竟熊秉坤一个小小正目,革命发起后,他还真没有足够的号召力统领越来越多的士兵。

如果任凭军心涣散下去,革命不成,失败的可能极大。

看到了灰头灰脑的吴兆麟,熊秉坤眼前一亮。他和蔡济民等人商量后,达成了共识,推举这位队官当临时总指挥。

"吴队官,你刚才去了哪里?"熊秉坤问。

"我躲起来了……怕遭到弟兄们的杀害。"

"大家都是汉人，不会为难你。现在，我们准备拥你为临时总指挥。"

"不，不。"吴兆麟赶忙摆手，"弟兄们不杀我，吴某已经感恩不尽，哪敢担任总指挥。"

"我们都读过你写的教材，你又是日知会的成员，道德文章，素为我等所仰，今日之事，非你不可！"

不仅熊秉坤、蔡济民、马荣等人如此说，过来围观的士兵，也大多赞同、附合。

吴兆麟仍旧推辞、谦让。

最早与陶启胜在宿舍中扭打引发"第一枪"的金兆龙见状着急，他挺着刺刀上去，苦劝道："现在不要婆婆妈妈了，让你干，你就干。等清狗子们组织好了来杀我们，我们一群人哪个也甭想活！"

其余士兵闻此言，纷纷感动，异口同声苦求，甚至有的人掉下了眼泪。

机会总是给有准备的人准备的。

吴兆麟读过书，有治军之法，先前又有日知会的经历。最终，他下定决心，答应了这个可能会招致诛九族的挑头差事。

他抖擞精神，站在高台上，高声问众人：

"你们推举我为总指挥，都愿意吗？"

"愿意！"几百人同声。

"既如此，大家一定要统一服从指挥。"

"同意！"

"违军令者，斩！"

"同意！"

三言两语，已经明白无误地显露出吴兆麟的指挥能力和组织能力。

站在一旁的熊秉坤等人，见此大感欣慰。

时势造英雄，讲的就是这个。

当时，共进会、文学社的所有重要领导人，没一个在起义现场。刘复基死，孙武伤，刘公"病"，蒋翊武在逃。

千百士兵的自觉革命，促成了熊秉坤、吴兆麟这种小人物大英雄的产生。

看看表，已是晚上10点半。吴兆麟思虑片刻，下令士兵皆往楚望台西南处集合，整械后，立刻进攻瑞澂所在的总督府。

进攻部队，分为三路：第一路邝杰指挥，从紫阳桥向王府口前行，经长街直攻督府正面。第二路由马荣指挥，经水陆街攻击督署后面的第八镇司令部，包抄督府后门。第三路由熊秉坤率领，从津水闸向保安街挺进，直杀督署大门。

武昌老城，周长3430丈，东西五里，南北六里。瑞澂所在的督署，在城西南角。

首义开始后，新军将士约四千人参与其中。顽固反抗者，以单位为准，大概只有都督署卫队、教练队、宪兵营、辎重八营、三十标的旗兵营以及城内外的千余名警察和巡防军，加起来，大概也有五千左右的人数。

枪声响起后，瑞澂文人总督，不晓战事。在军事方面，他肯定要依赖清廷在湖北的最高指挥官、湖北提督兼第八旗统制张彪。

张彪此人，山西大汉，膀大腰圆，外表看上去威风凛凛——但是此人智商情商都低，是个不折不扣的草包。他母亲是张之洞家里的上床奶妈，他老婆是张之洞的上床婢女。依靠张之洞张大人和两个女人，他才一步一步窜升，最后作到坐镇一方的军中大吏。

倒霉的是，赶上清廷末运乱世，这么一个纸糊金刚丫姑爷（张之洞丫环的老公），肯定要坏大事。

如果张彪为人厚道，还不致于导致大乱。没有大将的才，他却有大将的谱儿，更有大将的杀人胆。这个心粗胆大，粗暴治军，虐兵骂将，很招人嫌。而他手下两个得力协统王得胜和刘温玉，和他一样是凶恶骄虐、大字不识的草包。

这种草包二百五组合，可以想见他们的指挥能力。

瑞澂一直担心新军造反，张彪却夸下海口，说他所辖的第八镇士兵大多心忠朝廷，结果，就他属下造反的士兵多。

无论怎么说，虽然大草包一个，张彪并不是那种听到枪声就尿裤子的军将，还是下令死扛。

革命军首攻不利，第一路邝杰部先败下阵来。急恼之下，吴兆麟差点把他杀头示众。幸亏蔡济民苦劝，邝杰才有机会重整部伍，戴罪立功。

警署一带，清军重兵云集。纵然革命士兵前赴后继，仍旧在密集的枪炮声中倒地，牺牲惨重。

关键时刻，南湖炮队的革命士兵，从天而降。

南湖炮队，即炮队第八标，革命军总代表是徐万年。他得到邓玉麟送来的起义通知后，马上抓紧准备。

据赵楚屏回忆，当时炮营起义，先是被这样的流言所激：

"瑞澂已经下令，旧历八月二十日前，要把炮八标的士兵全部装船，以调往湖南'打匪'为名，走到洞庭湖时，点炸药，把人全部炸死沉尸。"

这一谣言，激使炮营革命士兵不得不奋死一搏。

南湖炮队，晚上吹号点过头道名，操场上应号的士兵非常少，情况大异。管带姜明经召集营内军官开会，表示说可能有事发生。于是，军官多领实弹，回队后把炮内教练撞针拆下，换为正规的簧件，准备应付可能发生的事变。

到了9点钟，听到城内枪声越来越密，炮队革命士兵忍耐不住。

三营的孟华臣，首先冲入哨棚，一枪干掉了正值班的排长刘步云。这个刘排长，正是先前干涉士兵们喝酒送别战友的那位。

在军中，官长和士兵有矛盾，往往有事就得死人。

枪声一响，登时炸营。

早就枕戈难耐的革命士兵从营房中跑出来，备马，拖炮，装弹。

人在炮营的送信人邓玉麟也来了精神，他拔刀大喊："炮队同志，今日之举，有进死，无退生！希望我们团结一心，尽力进攻！"

士兵举枪呐喊助威。这些人不仅放枪，而且还实弹发射大炮。

三声巨响，天摇地动。

炮是兵之胆。

大炮一响，士兵们热血沸腾。

炮队内的军官，大多乘乱逃走，保命要紧。

大家集合后，在臂上扎白布条，杀了一只鸡，饮血酒进行集体宣誓：

"痛饮黄龙酒，今朝起义师。推倒清朝廷，灭绝满胡夷！"

于是，四门大炮以及十几门其他类型的炮，被兵士们推出营房，奔往武昌城内的督署方向。

途经巡司河的长虹桥，炮队忽然遭到张彪派来的三十二标一支人马阻击，一时难以通过。

相持之间，早先由熊秉坤派出的金兆龙一支三个排的部队，从清军背后杀来。

清军溃败，炮队终于顺利入城。

吴兆麟见到大炮，大喜过望，马上让孟华臣等人携二门炮占领保安门，徐万年携炮四门占据楚望台，剩下的大炮，均由张文鼎负责，尽数运往蛇山制高点。

督署附近，统制张彪豁出命，亲自督战。清兵排枪齐发，与将要攻入大门的革命军士兵展开激烈战斗，双方均死伤不少，呈胶着状态。

由于当时天黑，炮队看不清具体方位，一时间帮不上忙。

他们白白占据几个制高点，干着急。

蔡济民急中智生，派人先在王府口乾记衣庄放了把火，然后下令革命军在与敌人相斗最激烈的地方皆放火，以为炮队作照明之用。

新军炮队不是吃素的，个个经历过专业训练。

他们利用大火的火光，把督署旗杆作为标准点，发炮猛轰。

排炮声声，震动大地。

一轮过后，督署的大堂、签押房以及第八镇司令部马房，皆被夷成平地。

封疆死封地。革命军刚进攻督署，瑞澂的师爷张梅生建议死守。张彪人草包，胆子不小，也表示拼死一战。

瑞澂和楚豫轮管带陈德龙却不这么想。尤其是陈德龙，紧劝瑞澂"留得青山在"，劝他一起遁往停泊在江上的铁甲兵轮上，并说去到那里，仍可坐镇指挥。

瑞澂文人，自然惜命，而且家眷尽在，肯定不能让一大家子人被革命军连锅宰。

于是，趁着天黑，他让手下戈什哈把后墙捣出个大窟窿，与陈德龙等人携家眷逃上了兵轮。

他逃跑的那个时候，革命军第一轮进攻其实刚刚受阻，清军战斗力仍强。

瑞澂一逃，清军失去心理依恃，只能越打越气弱。

最后，革命军组织十人敢死队火烧督署，冒死冲入，在付出高昂代价后，占领了这一象征性建筑物。

张彪见势不妙，忙跑回自己在文昌门附近的住宅。

刚喘口气，就听说有马队士兵和辎重第八营的一些人来找他。老哥们遍体发凉，以为来人是来要他的命。不料想，这些人却是前来保护他的。

张彪本人此前曾在会议上说："新军中最可靠的是工程营，最不可靠的是辎重营。"

实际结果，恰恰相反。

到了辎重营在平湖门外的营盘内，张彪仍旧心惊，赶忙拉着残部，退往刘家庙一带。

在此地，张彪从前延请的日本顾问寺西秀武赶到，给张彪出主意，要他亲自率领残军，渡江到青山，潜行至大东门，佯称是要向革命军投降。然后，可以借机把咨议局以及党人高层骗入杀掉，一举消灭起义的指挥中心。如果得胜，自可奏皇上，将功抵过，并把失职之罪推到黎元洪一人身上。即便失败，不过一死而已。将军死战场，死得其所矣！

张彪张大胆，此时已变成张没胆，他当然不同意这个"武士道"矬子的准自杀谋划，摇头不从。

凡在武昌的清军官员、武将，逃的逃，散的散。

武昌完全落入革命军手中。

这时候，距程正瀛第一声枪响，仅仅过去了 12 个小时。

铁血十八星旗，高高飘扬在督署的大旗杆上。

仅隔两天，与武昌隔江相望的汉阳、汉口，在当地驻军起义下，也相继光复。

特别是汉阳，是当时中国最大的兵工厂所在地。汉阳一得，枪炮子弹无数，仅过山炮，就有近 60 尊，钢炮 100 多尊，炮弹数万发，快枪 10 多万枝，子弹 200 多万发。这些装备，不仅加强了武汉死守的力量，又可供应日后邻近各省起义军的军火。稍后的阳夏之战及供应赣、湘、川地义军的军需，无不取自于此。

精彩绝伦 12 个小时过后，在继续下笔描绘辛亥革命大画卷前，笔者先简述一下武昌辛亥革命参与诸人的下场和结局：

程正瀛，民国成立后，授一等功。其后，他归心于北洋政府。在第二次北伐战争中，他被北伐军抓住，五花大绑，抛入江中淹死。直到 2006 年，有关部门才在鄂州重建其故居，为其塑像。由于他有一段为袁世凯卖命的"不光彩"经历，解放后，他的"第一枪"功勋几乎被遗忘。

熊秉坤，民国后曾被授予陆军少将衔，后参加反袁斗争，失败后远避日本。1930 年，他作过武昌市长（以湖北省政府委员会的身份兼任）。1931 年，

铁血华年

被升为南京国民政府军事参议院中将参议。他退役很是时候,时为 1946 年。所以,解放后,熊秉坤一直参与政协工作,是全国政协委员,参与辛亥革命的研究和撰写。他白话文的回忆文章,遗漏了(应该是故意)好多史实,特别是有关"第一枪"和他通知陶启元告诉他哥哥躲祸的事实。他于 1969 年病逝。

金兆龙,正是他一句话引发程正瀛发威。他民国后受勋,甘心投附北洋政权,得授"湖北税务缉私队长"的肥缺。北伐军攻克武昌后,被免职,日后一直默默无闻,1933 年病死。

蔡济民,湖北黄陂人,民国后得授中将衔。在讨袁战争,被靖国联军授鄂第一路第一纵队司令,后被四川军官方化南谋害。

吴兆麟,民国成立后被授予陆军上将衔,曾任北京将军府将军。后见世事纷纭,他退出政坛,一直致力于社会慈善事业。晚年信佛,皈依佛门。武汉沦陷于日本人之手后,拒绝出任伪职,遭日军软禁。1942 年,含恨而死。

邓玉麟,作为武昌起义重要的通信人,没有他的四处辛苦辗转,南湖炮队不可能顺利起义入城助战。民国成立后,他被授陆军中将衔,后参加讨袁、护法战争,还参加过 1926 年的北伐战争。此后,他寓居上海。抗战爆发后,他坚拒日本人的收买,回到老家湖北巴东,兴学办实业。蒋介石临去台湾,派人招他去,被他拒绝。他在 1951 年的镇反运动中被捕,很快遭受枪决,罪名是"反革命罪"。1982 年,湖北高等法院宣布为他平反,他又变为"辛亥革命人士"。

再讲讲清方的人物。

瑞澂,疆臣弃城,依清朝律法应该斩首。但他与皇室贵胄载泽是儿女亲家。加上摄政王载沣的回护,仅被撤职而已,清廷要他"戴罪立功"。他所乘的楚豫舰,后来转移到德租界的码头,想傍洋人图安全,仍遭民军炮击,仓惶逃往九江。没喘几口气,九江起义,他又跑到上海。对他这种"偷生丧耻"的怯懦,隆裕太后以小皇帝名义发谕严斥,表示极其痛恨。清廷派人逮捕他,他躲入租界不出。北京不少清朝少壮派,对他更是恨得咬牙切齿,拟组织暗杀团到上海去砍下他的人头。未几,清王朝灭亡,暗杀未遂。辛亥革命后,民国没收了他许多家财。1912 年 7 月,在上海当寓公的瑞澂病死。在《清史稿》中,他与有"误国首恶"的盛宣怀并列一传,是清末革命封疆大吏带头逃跑第一人。

张彪,此人要多费些笔墨。武昌起义成功后,冯国璋率军而来,让他任"后路总粮台",实际上把他削了军权去搞后勤。见势不妙,张彪辞职,以养病为由,在日本长崎躲了八个多月。1912 年,他到天津日租界当起了寓公,在鞍山道 59 号(当时名为"宫岛街")起了一座"露香园",时人称之为"张园"。张彪打仗不在行,作生意很有头脑。他参与天津各项实业投资,就连张园的部分场所,也出租当游乐场获利。1924 年孙中山到天津,张彪租出此园,任这位清朝"大寇"下榻。在这里,孙中山大约住了近一个月。1925 年,被冯玉祥赶出宫的溥仪来天津后,也租住张园。张彪本人大献殷勤,亲自收拾花园,对昔日帝君竭尽热情,可见,这位旧头脑的武人还是有些心肝。虽是旧道德,却可发赞叹。在张园,溥仪一直住了四年多,直到 1929 年夏天才迁至"乾园"(今鞍山道 70 号,前住日本公使陆宗舆私宅)。1927 年初,张彪得了癌症,溥仪闻讯,不仅派出"御医"来诊治,更亲自看望这位老臣。张彪死后,得谥"忠恪"。虽得癌症恶疾,张彪算得上善终,时年 67 岁。至于他的葬礼,更是风光一时——当时无数名流来吊,24 座 32 人抬明黄彩亭出殡。而且,前清皇帝溥仪、民国前大总统黎元洪,均亲临致奠。如此奇观,在数千年中国历史中,罕有其匹。

多米诺骨牌这样倒塌
——辛亥革命长镜头

武昌，已经在革命党人手中。

熊秉坤、蔡济民、吴兆麟，一个接一个，圆满完成了各自的"历史"任务。

热情和勇气稍一冷却，无论是党人代表还是普通士兵，都在短暂的怔忡中，忽然于内心中发问：

下一步，该怎么办？

吴兆麟非常有自知之明——一个队官（连长），该干的已经干了。自己在楚望台上能指挥人马攻克总督府，已经超出了本身的实际指挥能力。

下一步的进伐，绝非他个人所能镇威得住。

文学社、共进会的领导人，死的死，亡的亡，病的病，没有一个能在关键时刻出现在他们应该的位置上。名头更大的黄兴、居正、谭人凤、宋教仁，均远在香港或上海，鞭长莫及。

驾驭"革命"这条船乘风破浪，如果没有一个主心骨镇得住，随时可能倾覆。

那样的话，大家一块玩完。

所以，对于大家拥戴自己作"大都督"，吴兆麟死命推却。

他不是虚伪地"半推半就"，而是十二万分认真地摆手说不行。

在这些士兵阶层的革命者当中，蔡济民是最有政治远见的一个人。

他简单分析当前形势后，说："起义初告捷，应该马上组织一个像样的领导机构。否则，群龙无首，革命军可能很快就陷入内乱。当务之急，我们要马上通告全国，希望各地响应武昌起义。所以，现在推出一个带头人，是非常极其关键的事情。如果不能找到令人信服的人来挑头作领导,任凭我们这些无名之辈折腾,其他省份可能均会把我们的起义想像成普通士兵的'兵变',那样的话,我们在道义上就站不住脚。"

大家想来想去,真能符合"深孚众望"四字的,武昌只有两个人,武有黎元洪,文有汤化龙。

大乱甫定,大家很怕士兵们杀人过了头,把这二位也给随手办了。

大家好一阵紧张,赶忙分头派人去找。

纸人傀儡高高挂——作为"幌子"的黎元洪

革命党人集合开会的地点,就在蛇山下的咨议局。不久,咨议局局长汤化龙熟门熟路,首先被"请来"。陆陆续续,又来了不少议员。

相比多数老态龙钟、白髯大腹的议员士绅,年仅 37 岁的汤化龙,给人的印象非常好。他干练、老到,身着西服,文雅中透出股精明之气。

汤化龙(1874—1918),湖北浠水人,出身富商家庭。这个人不仅聪明,运气又好,在清朝科举顺利,由举人而进士,再去日本进入政法大学研习法律,是个典型洋派新人物。

1909 年,汤化龙回国,恰好赶上清廷在各地举办咨议局。以他的学问和背景,很快就被推为议长。1910 年,他入京参加各省咨议局联合会议,被推拥为会议主席。此后,他数次参加立宪派的请愿活动,强烈抵制"皇族内阁",组织"宪友会",对清廷进行正当抗争。

这样一个人物,显然是革命党人要争取的人选。

看着咨议局大铁栅栏两边高高悬挂的铁血十八星旗,以及来去匆匆、面孔严肃的军人,汤化龙等人表面镇静,心内暗中打鼓。

乱世之中,兵爷最不好惹。他们的手中枪都是真家伙,刚刚经历过厮杀战阵,血腥气往往使人冲动,极易失去理智。

入得会场后,见到蔡济民、熊秉坤等人言语温和,彬彬有礼,汤化龙总算稍稍放下一颗心。

大家团团就座,开始商讨都督的人选。

汤化龙本人到来,自然有人表示要推他做都督。

汤化龙立刻起立,摇手表示不同意。"对革命事业,兄弟一向真心拥护。但瑞澂逃走,肯定会电告朝廷,派大军来攻打我们。兄弟一介书生,不晓军事,哪里能打得仗。都督一职,万万不可。"

他这一表态,当然是反复权衡风险系数后的托辞。造反革命,不仅本人要掉脑袋,家族都要玩完。时势如此不明,咨议局、立宪派先前再对清廷有怨恨,现在动真格地要革皇帝的命,首先还真要想想自己的命。

不过,汤化龙的话确实有道理。秀才去领兵,一定拎不清。

党人们议论纷纷,有的推刘公,有的推蒋翊武。

可是,刘公这个人,给人印象总是幕后推手那种人,无法服众;蒋翊武呢,关键时刻找不到人,很有临阵脱逃的嫌疑。

二人都不是合适人选。

最后,还是吴兆麟一句话定了调子:"军队起来革命,汤议长不好领导。如果在军中寻找有声望的人,我觉得,黎元洪最合适。"

听这话一说,咨议局议员刘赓藻马上附合:"很合适,很合适。黎协统现在还在武昌城中。如果大家同意推他作都督,我可以带人去找他。"

在座几个议员纷纷点头。

看见"民意代表"如此,蔡济民首先表态,同意迎拥黎元洪。

大家对此很快达成一致意见,以咨议局名义,派出刘赓藻、蔡济民前往黎元洪家中,催熟那个要出炉的"大都督"。

缘何刘、蔡二人这么热心呢?中国人的乡籍意识,每每萦绕不去。他们两个人,与黎元洪均是黄陂老乡,自然感情上倾向于他。

其实,早在辛亥三月间(1911年4—5月),蒋翊武在文学社一次会议上,已经讲明起义后要相拥黎元洪为都督。当时的想法,不仅仅是造反要拉一个官大的顶锅,最主要还是怕起义后其余各省不明真相,以为武昌是乱兵哗变或土匪搞事。如果起事后各地不支持,武昌肯定孤掌难鸣。当然,彼时的"推举",也仅仅是文学社、共进会上层的少数领导人知道,大部分革命士兵对此并不知情。黎元洪本人,当时自然更不知道他自己已经被人"委任"为"未来"的革命大都督。

蒋翊武当时此议的一个理由,还有一点很重要——湖北都督,应该由湖北人作,特别要找一位压得住阵脚的"大人物"来作。

看似公允,其实也蕴含某些私心:文学社与共进会一直明争暗斗,双方谁出来当头,另一方都不会心服口服。所以,不如找个"第三方",谁的嘴都不好再争辩。

中国人的折衷"调和"政治,向来如此。

所以,天上如此大的一块馅饼,最终竟然会砸在从来没有想到要革命的黎元洪的胖脸上。

1911年10月10日夜至10月11日上午这个时间段内,黎元洪在干啥呢?

依据几十年"辛亥革命"历史对这位"篡夺"了革命胜利果实的"坏人"的描述,似乎黎元洪是这样一种形象:

粗蛮的光头胖子,胆子怯懦躲在床底下的愚夫,革命后翻脸不认人、杀人不眨眼的变脸恶魔。

果真如此吗?

不尽然。

仔细观察黎元洪的照片,笔者发现,除了他一双下耷的三角眼略显"阴险"以外,整体看上去还是很憨厚的一个人。

黎元洪(1864—1928),字守卿,湖北黄陂人(原籍是安徽巢湖)。1883年,他考入天津北洋水师学堂。毕业后,被派往广东水师服役,充当"二管轮"。甲午战争爆发,他本人随舰队北援参战,充当广甲舰主驾驶。

大东沟一役,日军偷袭,管带吴敬荣贪生怕死,下令船只脱离战场。此船逃到大连湾三山岛附近,因沙多搁浅。发觉有日舰追来,管带吴敬荣率先再逃。黎元洪等人也与其余十多名官兵坐一小艇,跟着管带往岸上逃。其间,大浪击翻小艇,淹毙数人。黎元洪本人不谙水性,幸亏他身上有件救生衣,捡得一命。

挣扎游上岸后,他被当地渔民救起。休息一宿,即跑往旅顺归队。后来,他赶往天津待查。北洋水师被连锅端,黎元洪丧家犬一样,也被清廷追实责任,最终还被拘押数月。

无奈何,英雄路短,黎元洪只得投往两江总督张之洞处。这一来,他永远告别了海军生涯。老张当时正兴办自强军(南洋军),急缺人手。

黎元洪本人军事能力强,科班出身,精通外语(史料未详载他精通哪一国外语),很快被张之洞看中,并保送他去日本深造。

回国后,黎元洪步步稳升。当湖北武备军被改编为两镇时,他任第二镇统制官(即陆军第十一镇)。后来十一镇缩编,改番号为第二十一混成式(独立旅),他得任协统。

所以,在湖北军界,张彪第一,黎元洪第二。

黎元洪这个人,不仅仅是军中"知识分子",人缘也很好。别的军官中饱私囊,克扣军饷,黎元洪从来不干这种事,且常常与士兵共苦乐,很会带兵。这种小恩小惠、与兵同乐,看似简单,关键时刻却能救人一命。

给人印象更深的是,还是黎元洪的"开明"态度。革命前,四十一标有位名叫李佐清的学生兵自己剪辫,为军法官所告。如此"大逆不道"之举,当着一帮军官的面,黎元洪打个哈哈,一笑了事:"剪辫之举,大可免受猪尾之讪笑,倡文明之先机。"

本来能杀头的罪过,黎元洪轻轻带过。

1906年,他奉命督师,率兵前往镇压萍浏醴起义。进入战区前,他召集属下军官们,说:"我们打仗,一定要预先辩明暴徒的性质。如果对方是具有政治意味的党人武装,不要与他们死战,应该设方劝说他们,让党人自动解除武装,遣散人众。如果对方是抢掠杀戮为目的的土匪,就一定要坚决予以消灭,以绝根株!"

可见,黎元洪确实具有比较有开明的政治眼光。

保路运动高潮时,他加入立宪派阵营,作为军界代表加入铁路协会,给时人印象极佳。

陈夔龙任署理湖北总督时,由于他老婆是庆亲王奕劻的干女儿,湖北大小官员皆曲意奉承。陈夔龙的小女儿病死，办丧事敛财，张彪等人追悼金一送就是十万银元，巴结孝敬，无所不为。反观黎元洪，仅送数元作吊仪，很显"吝啬"。不久，汉口慈善机构筹善款，他反而出手就是三千大元。为此，时人对黎元洪交口赞誉。

陈夔龙经张彪阴激，深恨黎元洪，很想找借口罢掉他。无奈黎元洪在军中人缘、口碑太好，投鼠忌器，陈夔龙最终奈何不了他。

由于本人出身贫寒，黎元洪生活节俭，与结发妻始终关爱。他对下属对士卒，无论生活还是学习，皆关慰有加。连小兵家里有丧事，他都会亲自慰问并送奠仪。

所有一切，使得他在士兵中的口碑非常不错，广得军心。

这么一渲染，似乎黎元洪是个同情革命的"进步"武人。

当然不是！

日后渲染黎元洪多么多么"反革命"，都举他在武昌起义当夜手刃革命士兵的例子。10月10日晚上9点，黎元洪本人在黄陂司令部。他接到督府方面的电话，告知他所统二十一混成协的工程营二十队、辎重二十一标发生兵变。

当时，他十分着急，马上指示邻近的炮队第二十一营去镇压。但是，炮营很快反正。过了仅仅半个小时，消息传来，隶属第八镇的南湖炮队已经入城，在楚望台上架设大炮，猛轰督署。当晚十点刚过，瑞澂本人逃往楚豫舰。

大概在11点半的时候，有一士兵突然在营墙上出现，高声大呼："革命成功，汉人同胞速来支援，一起攻打督署！"

司令部卫兵一涌而上，立刻把那个人擒入司令部。

惶急失措的黎元洪拔出佩剑，当场就把被擒之人一下捅穿。

那个人意志勃勃，未能即死，仍大呼革命不已。

护兵乱刃交下，把革命士兵剁成数段。

事后得知，爬墙高呼士兵起义的被杀者，乃革命临时总指挥部所派出联系各营的周荣棠。

这位英雄冤甚！他是安徽宣城人，时为工程营的喂马士兵。事后，黎元洪成为革命"大都督"，他这个革命"小士兵"，自然无人愿意再提起。

这段经历，是1913年黎元洪本人对居正亲自道出，想必没有遮掩。

不过，他当时"手刃"革命士兵的行为，也不能说明他多么凶残，多么"反革命"——无他，杀人之举，乃一清朝高级军官在大乱之时的本能反应。

大局未明朗之时，当时的黎元洪，不可能容忍一个小兵突入司令部一声高呼，激使得周围的人要了自己的性命。

手刃杀人，只说明他是不革命，不能说他是反革命。

武昌城内驻军，分为右旗和左旗两大块。左旗为第三十一标和第四十一标，右旗是第二十九标和第三十标。左旗的第三十一标归张彪第八镇管辖，而第四十一标都归黎元洪的第二十一协。

如此"混乱"的安排，最终造成了清军指挥混乱，不相统属，临阵号令不一。

其实，这种"混乱"的军事布置，一直是清朝入关以来的精心设计。看似犬牙交错，实乃有条不紊，以汉制汉，以满制汉。当初的主要目的，就是满洲贵族对汉军不放心，原意是让这些军队彼此互相牵制。但是，如此巧妙的"设置"，到了末世运尽之时，反而成为混乱的渊薮。

午夜时，革命军已经在蛇山架炮，猛轰黎元洪所在的司令部。

城外军队已经起义，城内除已经被调往外地的部队外，真正他能调动的军队，只有第四十一标第三营五六百人。

参谋副官诸人，见大势已去，纷纷想逃命，都力劝黎元洪"暂避"一下。

无奈何，黎元洪点头同意。他先到参谋刘文吉家换了身便衣，然后去附近的四十一标第三营管带谢国超家躲避。

他与军官们逃走后，四十标的革命士兵王世龙等人在操场集结大兵，整队起义，参加了进攻督署的战斗。

所以，由于黎元洪的"阻挠"，这一标人马的起义时间比别人晚了许多。

天亮时，工程营的程正瀛、马荣带一排革命军士兵，终于在谢国超家找到了一脸倒霉相的黎元洪。

至于他的行踪如何被查到，说法多多。熊秉坤回忆是讲黎元洪派伙夫回家抢救细软被抓，从而得知他藏身所在。而《辛壬见闻录》（作者逸民）又记述另外一种情况：黎元洪私养一美姜，被他老乡刘赓藻知道地址，就引人去找……到底哪条可信，细析之后，笔者认为黎元洪在美姜家隐藏应属桃色传闻。

黎元洪藏身之地，应该就是管带谢国超家。至于后来革命党人津津乐道的黎元洪钻入床下躲避革命军抓捕的"情节"，几近小说。以他如此肥大身坯，躲入清末那种老床底下，几乎不可能。

辛亥革命亲历场景的当事诸人，当时没有人提及如此可笑的"细节"，应该是大家日后翻脸后出于仇恨而编排、丑化的"文学加工"，使得他"床下都督"浑号，越传越神。（1912年《震旦日报》首登这一"诬蔑"之说，后来《湖北志·人物志》中的《马荣传》，也有黎元洪躲入床下的描写。）

见一排的兵士手端长枪，刺刀明晃晃，黎元洪心慌："我平时待兄弟们不薄，奈何杀我？"

马荣说："不是杀你，是要你出来主持大局。"

黎元洪："革命党人有德有才之人甚多，我算什么？"

马荣："吴兆麟总指挥在楚望台，他要见你。"

"哦，吴兆麟是老军官，他自可作主，我就不去了。"

程正瀛见黎元洪磨磨蹭蹭，一时火起。他把刺刀往黎元洪肚子上一比划："如果不去，现在就死！"

好汉不吃眼前亏。黎元洪只得跟着走。

到了楚望台，革命士兵整整齐齐地横排一字队，忽然鸣号举枪，向黎元洪

铁血华年

行礼。

黎元洪吓了一大跳，还以为是专门为他准备的高规格的行刑队。

吴兆麟闪出，握手寒暄。

看见这位老部下，黎元洪心中稍安，埋怨说："你学问好，资格深，为什么要革命？一旦失败，九族诛夷！"

马荣在一旁闻言暴怒，拔刀作欲砍状，大骂："你不要不识抬举！先前你杀掉我们报信的同志，此账未算。如今敬酒不吃吃罚酒，不革命即汉奸，杀你有名了。"

吴兆麟赶忙阻挠，喝退马荣。充当"白脸"后，他耐心劝说黎元洪："协统大人不要生气，士兵皆粗人，昨夜厮杀戾气重，弄不好就要杀人。现在武昌群龙无首，主持大计，非您莫属！"

黎元洪低头，思之良久，叹息一声："此乃天意，劫数难逃……事已至此，下一步如何？"

见黎元洪有所松动，吴兆麟立刻回答："一切由协统您作主！"

"武昌一孤城，朝廷很快大军四集，如何抵抗？"

"协统不必忧虑。孙文携带亿万军饷，黄兴率大批军舰，一时来赴，武昌一切皆在掌握之中。"反正吹牛不上税，任吴兆麟随便说。

细问了武昌藩银、粮食、兵马等详情后，黎元洪很实际。"张彪等人就在附近，一旦率军反攻，事有不虞，该当如何？"

"可以退守湖南。"吴兆麟自己也没了底气。"据说湖南方面很快要响应武昌，进行起义。"

发昏当不了死。被裹挟至此，万事不由己。黎元洪长叹一声，骑上士兵牵过的一匹马，十二万不情愿地前往咨议局。

边走，他边对旁边的吴兆麟叹言："我这条性命，被你们玩弄于股掌之间了。"

到了咨议局，会场已经坐满了人，议长汤化龙、秘书长石山俨以及许多重要议员皆在场，围坐团团。

作为"主席"的汤化龙，待黎元洪坐定后，抱拳拱手，起立寒暄。他首先表示自己全心赞成革命，然后话锋一转，"兄弟我不是军人，不懂用兵。其余诸事，兄弟尽全力帮忙。"

皮球一踢，在场之人均心领神会，纷纷把目光落在黎元洪身上。众口一词，都推他当都督。

据当时见过黎元洪的刘苹园回忆（时为陆军第三中学学生），当时的黎元洪，模样衰到极点，头戴一顶南瓜小帽，脑袋后面拖根辫子，两眼污浊无神，连唇上两撇日本式的胡子也无精打采往下耷拉，愁眉苦脸坐在那里。

听说推拥自己当大都督，黎元洪把头摇得赛过拨浪鼓："别害我，别害我……"

大家你一言我一语，再三劝说，黎元洪始终不从。

蔡济民生气了。他拔枪在手,厉声道:"事已至此,如箭离弦。黎公再不应允,我只有当场自杀,以谢武昌同志及殉难先烈!"

后来的不少电视剧、电影以及小说,均把蔡济民要自杀写成拔枪逼黎元洪,其实是不能尽然理解当时的情景。

以蔡济民当时的身份,他不可能拔枪对着黎元洪吓唬。否则,苦肉计就当成霸王硬上弓了。

见黎元洪推三阻四很坚决,在场人士无不呈激愤之态。特别是大厅外数位聆听的士兵,好几个操枪在手,嚷嚷要进去杀掉黎元洪(不排除党人提前布置"演出"的可能性)。

乱哄哄之际,吴兆麟一脸关切状,低声附在黎元洪耳边说:"如果你再推辞,士兵生乱,我们也无法保证您的安全。"

这句话管用,黎元洪脑袋一耷拉,不再言语。

无声就是默许。

大家一致推举黎元洪为湖北军政府临时大都督,汤化龙为民政总长。

最后,革命学人摊开临时拟好的军政府布告,让黎元洪签署。

黎元洪开始猛摇其头。

革命党人李翊东(李西屏)一拍桌案,拔出手枪:"黎元洪,你如此难缠,再与我们作对,就让你吃子弹!"

马上有人上前假意阻拦。

李翊东本人,时为军事测绘学堂学生,共进会会员。那张布告,就是由他起草的。

见到黎元洪推推搡搡,他自己捻笔在手,在文告上替黎元洪"代签"了事。

"哼,木已成舟,你还抵赖不成!"

在座的人纷纷打哈哈,当天的事情,基本圆满解决。

也就是说,虽然被逼封为"大都督",黎元洪仍旧留着后手。如果哪天朝廷军队重入武昌,他可以有喊冤叫屈的借口——布告上的字不是我写的,大都督也是被迫干的。

连他自己都想不到的是,上面署有"都督黎"字样的文告,在武昌起义成功后,起到了非同一般的作用。

特别是在武昌街头,万头攒动。老百姓们听说黎协统都革命了,顿感心中释然,一下子对胜利充满了信心。

有"都督黎"大字的一纸公告,极大地镇抚了大混乱过后的武昌城内的军心、民心,稳住了革命军的阵脚,为武昌起义后的革命之火大燎原,赢得了宝贵的时间。

虽然是个幌子,黎元洪的历史作用,确实不比寻常!

这张贴满全城的《中华民国军政府鄂军都督黎布告》,全文皆用俗俚体,六字一句,琅琅上口,言简意深,大义凛然:

今奉军政府命　告我国民知之　凡我义军到处　尔等勿用猜疑
我为救民而起　并非贪功自私　救尔等于水火　拯尔等之疮夷
尔等前受此虐　甚于苦海沉迷　只因异族专制　故此弃尔如遗
须知今满政府　并非我汉家儿　纵有冲天义愤　报复竟无所施
我今为此不忍　赫然首举义旗　第一为民除害　与众戮力驱驰
所有汉奸民贼　不许残息久支　贼昔食我之肉　我今寝贼之皮
有人急于大义　宜速执鞭来兹　共图光复事业　汉家中人立期
建立中华民国　同胞无所差池　上民工商尔众　定必同逐胡儿
军行素有纪律　公平相待不欺　愿我亲爱同胞　一例敬听我词

针对武昌起义后城内少数士兵出于民族义愤杀害扎、宝、铁、卜四大旗人家族的事情（中和门一带旗人聚居区死人最多，详见周武彝回忆录），军政府极其重视，马上颁布刑赏令16条，严禁滥杀旗人，约束纪律。

武昌一城，旗人被杀800多。这个数字，相比清初满兵屠杀汉人的数目，几万分之一不到。

❦ 班子虽草亦搭台——湖北军政府的新气象

傀儡主角选定，蔡济民等人商议，派人把黎元洪送到咨议局二楼的一个小房间内，严加"保护"起来，并为他专设了"警卫司令"一职，专门负责对他的软禁监视工作。

庙里的菩萨，呆在座上就行，乱说乱动不行。

然后，与会人员集中商议了几个重大议题。第一，成立由蔡济民、邓玉麟、吴兆麟等十六人组成的"谋略处"，负责军事指挥、参谋、政务、外交；第二，推汤化龙为"总参议"，确认这次起义要成为全国性活动，以同盟会为号召；第三，废清朝宣统年号，定当年为黄帝纪年4609年；第四，凡一地起义成功，立刻成立中华民国军政府某省都督府；第五，以共进会的旗帜为标志性旗帜，红地黑星，星间连以虚线，代表十八省联合。

会议开了好久，至晚才散去。

晚上10点多，忽然咨议局附近枪声大起。原来，武昌城内未被缴械的数百旗兵忽然叛乱，想趁机劫走黎元洪。事起仓促，咨议局内并无多少士兵护卫，就临时调来80多测绘学堂的学生兵，扛枪阻击。

惊慌之余，吴兆麟、张振武二人匆忙换上了清军服装（清军是黄色军服，革命党人在起义第二天全部易为青色军服），准备趁乱逃命。此景，正好为起草文告的学生军士兵李翊东撞见，他举枪怒喝："怎么换上了满狗的服装？想跑吗？敢跑，我就打死你们！"

二人脸红，悻悻返身。

还好，旗兵劫人未果。而后，陆军中学数百学生兵赶来，旗兵被击退。

经此一吓，革命军内部有人觉得黎元洪是个累赘，张振武更是建议把他斩首了事。但吴兆麟、蔡济民坚执不可，认为既然已经打了黎元洪的旗号，就应该留他一命。

稀里糊涂之间，黎元洪自己不知道，他已经"死"过好几次。

10月12日，为了使黎元洪"造反"成为不可改易的"事实"，蔡济民、蒋翊武（此时返回武昌）一起"劝"他剪辫。

事已至此，再惜不得这脑后散茎细毛。黎元洪只得撅屁股乖乖坐着，老老实实挨"剪"。

剪辫之后，黎元洪索性要求给自己剃了个光头。

望着乖乖坐的黎元洪，蔡济民觉得滑稽，他摸着黎元洪的大圆脑袋，哈哈笑着说："都督这脑袋，真似罗汉一般。"

黎元洪照镜，忍不住自己笑出声来："我看像弥勒佛。"

革命士兵们都觉高兴，在咨议局劈里叭啦放了一大挂鞭炮。

当天，汉口、汉阳光复，武汉三镇皆落入革命军手中。

特别令人高兴的是，10月13日，朝廷派来剿平武昌起义的湖南、河南两只巡防营部队，皆被革命军气势所压，竟然集体缴械投降。

就这样，一直到10月14日，黎元洪本人基本处于严密的软禁状态中。他一举一动皆被监视，连上厕所都有士兵"保护"。

其间，汤化龙等人暗中偏向他，悉心搞出一个《武昌军政府组织条例》，其中主要的内容，就是把谋略处职权——归于都督。在汤化龙等咨议局议员内心深处，他们根本不放心革命军士兵。保不住革命党哪天兵败，势必引起兵变。稍有乱起，士绅们的脑袋就可能从脖子上搬家。所以，黎元洪才是汤化龙等人心目中最佳的都督府领导人选。

都督府谋略处的革命党人，也不是吃素的，他们对这个《条例》，处置很简单——抛入废纸篓了事。

10月14日这天，继跑到新沟的蒋翊武回到武昌后，在汉口藏身的刘公也来到武昌。

众人商议后，让蒋翊武主持军务部，刘公主持谋略处。但蒋翊武本人由于在武昌起义中没啥份儿，意不在此，他总想插手汉口军政分府的事情和改编汉川和京山的义军，故只担任顾问一职。刘公本来就无真正的谋略，很快就转任监察处总监察的虚职。

坐困穷愁之际，一生总撞大运的黎元洪又迎来了一个"贵人"——同盟会的居正。此时，他来到了武昌。

居正与汤化龙派去起草《条例》的咨议局人员黄中垲是日本的老相识。二人见面十分高兴，就一起去江汉书院进行长谈。

居正（1876—1951），字觉生，湖北广济人。1905年，他在友人资助下留学日本。后加入同盟会。1909年,他曾在武汉活动,为武昌起义最早的策划人之一。1911年,中部同盟会在上海成立,他成为湖北分会负责人。听闻武昌起义成功,居正与谭人凤两人赶忙乘船自上海抵达武昌。

经黄中垲一谈,居正对汤化龙授意搞的《武昌军政府组织条例》很认同。他逐条过目后,赞赏不已。于是,他召集武昌的党人开会。

以居正在同盟会的位份,大家都非常尊崇他。居正扯虎皮作大旗,手拿那份黄中垲起草的条例,上来就讲条例是孙中山制定的。"先生在海外,一直致力革命研究,万事皆有预谋,早就写好条例。今闻武昌同志起义,派我持此条例相送,希望大家遵守。"

与会的人一听,心服口服,再无一人表示反对。

其实,这些人当时也犯糊涂,中山先生屡战屡北,军事方略本非所长。即使真是他制订的条例,都不一定有可行性,何况是居正送来的"赝品"。

看见大家手掌拍红,居正自己心中也感诧异:"中山先生这块牌子咋这好使呢?"于是,趁热打铁,他详细宣读了条例内容,与会者均无异议,由此条例得以顺利通过。

这份《武昌军政府组织条例》的通过,终使黎元洪逐渐由纸幌子而变为肉傀儡,再由肉傀儡变成真"大王"。

很快,黎元洪大权独揽,起义各省竟相仿效,为日后军人专政埋下伏笔,为祸不可谓不大。

现在细读文件,我们还可发现,《条例》冠以"中华民国军政府",即把湖北军政府升格成中央政府,暴露出汤化龙等人的勃勃野心。

根据这个《条例》,除军事归大都督一人独揽外,政事完全独立,尽归汤化龙。如此军民分治,大饼一人一半,汤议长可谓费尽心机。(10月25日,孙武到位。大家合议后,党人们发觉上当,另拟了一个《中华民国鄂军政府改订暂行条例》,从中扩大了党人事权,但已经不能动摇黎元洪的地位。)

截止到11月16日,湖北军政府以鄂督黎元洪的名义发出的电文不少:《传檄全国电》、《致海内士电》、《檄各督抚电》、《宣布满洲罪状檄》、《致清朝政府电》、《告汉族同胞之为满洲将士者电》……同时,都督府派人持照会遍送武汉各外国领馆,表示不会损害各国在华利益。

以黎元洪名义发布的这些通电,起到了极大的宣传作用。

特别是《告汉族同胞之为满洲将士者电》,揭露了满清一直以来以汉杀汉的阴险伎俩,揭示汉人兵将在清军中的低贱地位,"以满人为统御,以汉人供驱役。一旦有事,则披坚执锐,冒矢石,当前敌,断头流血者,皆汉人;而受殊勋、受上赏者,则满人也!"对那些误以为为清朝效力等同于报效祖国的汉人将士,给与了鲜明的告诫。

《致满清政府电》,则更旗帜鲜明,畅快淋漓地正告满清政府,应该认清大势,"急以保种为心,毋贪中原富厚之利",敦促北京的小皇帝为避免招致灭族之惨祸,应该"消号归藩,称臣纳币",极大宣泄了二百多年来汉民族的抑郁之气。

为了从内容和形式两方面把《武昌军政府条例》变为现实,在汤化龙等立宪派紧锣密鼓的活动下,他们导演了"祭天大典",以昭示"光复大义"。

中国人特别喜欢形式上的东西,在那个暮气沉沉的时代,这出大戏是必要的,可以给人们一种这样一种印象:黎元洪本人的就位以及军政府的成立,乃"应天顺人"的结果。

1911年10月17日,祭天誓师大典在军政府前的阅马场举行。筑坛,设燎火,具太牢无酒之仪,坛上摆轩辕皇帝牌位,香案供玄酒,祭旗迎风,钟鼓齐鸣,可谓全套仪礼具足矣。

黎元洪一身蓝呢戎装,汤化龙为导,谭人凤授旗剑,居正宣讲革命初衷,最后,由大戏主角黎元洪跪谈祝文:

"……义声一动,万众同心,兵不血刃,克复武昌,我天地、山川、河海、祖宗之灵,实凭临之!(我)元洪投袂而起,以承天麻,以数十年群策群力呼号流血所不得者,得于一旦,此岂人力所能及哉!日来搜集整备,即当传檄四方,长驱漠北,吊我汉族,歼彼满夷,以我五洲各国立于同等,用顺天心,建设共和大业!凡我汉族,一德一心,今当誓师命众……"

视文内容慷慨激昂,文采飞扬,显然不再是李翊东那种学生兵能为,而是咨议局士绅们的手笔。

特别是黎元洪读到"元洪投袂而起,以承天麻"的那一句时,小眼睛灼灼放光,大胖脸红光顿现,已经完全入戏,大有"一代伟人"的风采。

而后,礼官朗读誓师辞,三军举枪鸣放,三呼万岁。

临观军民,无不意志昂扬,热泪盈眶。

黎元洪的这一次正式的登坛亮相,也表示出他本人是王八吃秤砣铁下一条心。到这份上,他也只能死心踏地"革命"了。其间,汤化龙等立宪派人士三番五次地"婉劝",对他起到了非常重要的作用。

黎元洪本人原本就不是一个草包。主演祭天"大戏"后,湖北军政府的实权,渐渐为黎元洪所掌握。

锦上添花。祭天大典的第二天,11月19日,革命军三路劲旅直杀刘家庙,把盘踞在那里的清军打得大败而逃。当地百姓纷纷手持农具参战,军民情绪高昂无限。

当时的对阵形势,一直是革命军占上风。革命军的前身,皆是湖北新军,枪械粮食,子弹充足,特别是拥有一批德国克虏伯公司所造的新式大炮。而且,炮兵们皆为学堂科班出身,专业炮手持最新大炮,打得往往有炮无弹的清军哭爹喊娘,弃械而遁。

大胜之后,革命军凯旋。武汉三镇布店中的红布红绸,被购买一空,全被制成大花英雄结。官兵们胸前一人挂一个,列队游行,军民同庆。

此情此景,大部分党人和军民,皆相信清军不堪一击。但是,身为大都督的黎元洪,沙场宿将,反而心中保有难得的冷静和清醒。

他知道,张彪残部和各地巡防营不可怕,陆续南下的没有领头羊的清军也不算太强。而真正要人命的近畿陆军(袁世凯北洋系军队)一直没大动静,那才是最可怕的敌手。

"诸位同志,大家不要只顾着庆祝,还要防止敌人的大举反攻啊……"

军政府内喜气洋洋,上下欢天喜地,没什么人拿他的话当真。

黎元洪起义以来一直被党人当作"摆设",但他本人实际是一位在军界经验丰富的将领,知兵善驭,专业知识极强。

黎元洪水师学堂科班出身,参加过实战,平素手不释卷,基本功扎实。1899年,法国军官罗勃尔利到湖北参观,张彪摆宴款待。席间,法国佬问张彪几个军事问题,老张一个都答不出,倒是一旁陪坐的黎元洪娓娓道来,语惊四座。为此,罗勃尔利离鄂前,向张之洞盛赞黎元洪知兵晓战。

在清廷1905、1906年举办的两次秋季军事演习(秋操)中,黎元洪更是大出风头。特别是1906年在河南彰德的演习,清廷组成假想的"南军"、"北军"演习。黎元洪任"南军"统制官,不仅在对抗演习中数战数胜,在射击、军容、战法等操演科目中,均拔得头筹。为此,他受清廷嘉奖,获赏顶带花翎。(秋操的"总统官"段祺瑞,后来在民国时反而"屈居"黎元洪大总统之下,作他的"总理"。)

也正是在秋操中,黎元洪见识过北洋军健锐的士气和强大的武装能力。所以,他才对未来的战事大感忧虑。

辛亥革命长镜头——风起云涌独立潮

武昌首义,枪响过后,立传回音——仅仅12天后,湖南、陕西就发生了起义,宣布脱离清朝独立。一个多月的时间内,江西、山西、云南、贵州、浙江、江苏、安徽、广西、福建、广东、四川、上海、新疆,皆宣布独立。

特别是湖南省的革命将士,独立后立刻派军队前往湖北,真枪实弹地支持革命主战场的革命军弟兄,表现卓越。

而后,在武汉战局恶化的不利情势下,江浙革命党人纵观横枪,一举攻克南京,使得岌岌可危的湖北革命局势大为改观,带来了崭新的转机。

从某种意义上说,武昌起义绝对不是地域性的、局部的革命,而是影响深远的、在历史中引发核爆的一种全国性革命运动。

数千年的封建专制,随着武昌革命的枪声而落下帷幕。共和民主的新观念,飓风一样,吹进古老的中国。

自此而后,凡想以独夫皇帝面目出现的人,无不以失败而告终。

在此,笔者稍蘸笔墨,简单叙述一下几个重要省份独立的经过。

它们分别是湖南、陕西、江西(九江)、山西、云南。

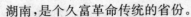

湖南，是个久富革命传统的省份。

自 1894 年孙中山成立兴中会后，黄兴作为继起者，在 1903 年创建华兴会，并成为后来同盟会中第二号人物。湖南、湖北两省毗邻，在革命家眼中，两省一直是一个区域整体。

戊戌变法，自立军起义，湖南人谭嗣同、唐才常都是担纲人物。他们的流血牺牲，激使了黄兴等人的革命兴志。

1903 年黄兴组织成立华兴会，曾策划过长沙起义。虽然此次起义事泄失败，时人多壮之，影响很大。1905 年 7 月 30 日，兴中会、华兴会携手，在日本成立了同盟会。负责章程起草的 8 个人中，3 人是湖南人——黄兴、陈天华、宋教仁。而同盟会最初两年的近一千人会员中，湖南籍人士约占 20%，人数仅次于广东省籍。

1905 年，陈天华为抗议日本政府《取缔清朝学生规则》，于东京大森湾跳海自杀。1906 年，姚洪兴因在上海入学受阻，愤而自沉黄浦江。这两位湖南籍同盟会骨干的死，唤起了无数湘籍青年的革命热情。万人会葬，全城缟素，形成了空前的政治大示威，影响深远。

1906 年秋，萍浏醴大起义，坚持近一个月，近万人被杀。起义义士，在中国第一次高举"中华民国"旗帜。而后，长沙抢米风潮、争路权运动，皆使湖南一直处于革命前的亢奋状态之中。

1911 年夏，宋教仁、陈其美、谭人凤等三十多人，在上海成立同盟会中部总会，策划长江流域起义，曾计划以两湖为发难地，鄂起湘应，湘起鄂应。

在湖南起义中，焦达峰、陈作新贡献最大。

焦达峰（1887—1911），浏阳人，在日本入同盟会，又是共进会创始人；陈作新（？—1911），安徽青阳人，出生于浏阳，在湖南弁目学堂读书时加入同盟会，后入新军四十九标任排长。

10 月 21 日，焦达峰发布十六道"特别命令"，宣布 10 月 22 日起义。按照命令，革命党人彭友胜等人率 49 标、50 标党人士兵在 22 日上午 8 点开始进攻，到下午 3 点已经攻占军装局、咨议局，直杀抚署。由于清朝巡抚余诚格识时务，在大堂高悬"汉"字白旗，抚署顺利拿下。（余诚格本人后乘乱潜逃。）

10 月 23 日，中华民国湖南都督府成立，焦达峰为都督，陈作新为副都督。

湖南光复后，出于大义，焦、陈马上派出军队支援武汉主战场，总兵力达 16 个营以上。后来在中日战争中丢弃南京而逃的千古罪人唐生智，当时也在那一批新募军人中。

由于首义部队主力皆派往长沙，焦、陈二人身边空虚。在立宪派人士谭延闿等人的策划下，以梅馨（清军管带）为首的留日士官生小圈子军官发动政变,先设计诱杀了陈作新,再冲入督府,杀害了焦达峰。(是谭延闿指使梅馨杀人,还是梅馨杀人后拥举谭延闿,也是一笔历史糊涂账)

焦、陈二都督,仅仅任职 8 天,就同日殉难。

特别是陈作新,相貌清秀,极富艺术天才,诗文俱佳。这个人还擅丹青篆刻,喜酒大言,很有大诗人风采。

陈作新单人独骑进入叛兵埋伏圈后,一魁梧大汉忽然对他劈头一刀,削去他左额上一块皮肉。剧痛之下,陈作新飞身下马,由于拔枪不及,他跑入街旁一成衣房。而后,他忍住剧痛,操起一条板凳,把紧追他而入的大汉用凳砸趴在地,接着,他猛力挥凳,把刺客的脑袋砸个稀烂。叛兵在店外齐齐开枪,陈作新不支倒地……

这位自号"梦天"的大才子军人,确是个狂人,曾作过这样的狂诗:

平生何事最关情,只此区区色与名。

若就两端分缓急,肯将铜象易倾城。

可惜,他最后不是死在"色"上,而是死于"名"。

谭延闿任湖南都督后,军权在握,不再出兵援鄂,而是在当地坐观湖北成败。

五千旗卒尽被戕——西安起义

武昌起义爆发,仅仅 12 天后,1911 年 10 月 22 日,陕西革命党人与哥老会联手,发动西安起义。

陕西一动,势连甘、豫、鲁,波延新、青、宁,影响甚巨。

当初八国联军入侵,慈禧、光绪"西狩"到陕西,延途搜刮,横征暴敛。为了填饱"老佛爷"的肚子,陕西地方官只得拼命压榨陕西人民,千捐万税,巧取豪夺。彼时,洋人们也不消停,在抢夺西潼铁路路权的同时,垂涎石油等矿产,加紧经济入侵和宗教渗透。

局势危急之下,以朱光照(佛兴)为首的知识分子首萌民族意识,又有于右任等革命士子慷慨激昂,鼓吹革命。哥老会等民间会党组织,不断在各地掀起抗捐抗税活动乃至武装起义。

1908 年,同盟会陕西分会成立后,深入新军、会党、刀客组织内部,扩大联合阵线。特别在新军中,党人不仅打入基层,而且从日本大官学校毕业的同盟会员也进入新军充任中级官校。

在革命气氛影响下,西安街上民谣四传:"不用掐,不用算,宣统不过二年半。"

与武昌起义前的态势一样,在西安,"八月十五杀鞑子"的流言,遍布坊间。

为此，清政府惊惶异常，一边四处调旗兵增强西安城内满城的军力，一边抓紧加固防御工事。

10月22日，同盟会、新军、会党首领30多人，聚合于西安城南的林家坟，决定武装起义。

上午10点，战斗正式打响。由于当天是星期天，驻防军军官放假，清朝护理巡抚、各司道官员以及一些参议官均在咨议局开会，来不及反应。起义军很快占领了军装局，缴获大批武器和弹药。在占领鼓楼制高点后，相继攻占了巡抚衙门和藩库。

文瑞，钮祜禄氏，满洲镶红旗，世袭男爵。这个人，在满洲贵州中，算条汉子，能文能武，驭下有方。在绥远、青州等地任上，他特别考虑旗人的生计民生，很有忧患感。到西安后，他兴学劝工，为旗民开设工厂，欲图满人自振。可惜，历史不给他机会，辛亥革命到来。他先是率旗兵进攻，被新军击败，回守满城顽抗。

10月23日晨，打着"秦陇复汉军"大旗的基军在张凤翙指挥下进攻满城，文瑞与旗兵左翼副都统承燕、克蒙额等人悉心谋划，准备一决死战。

两军合战，守城旗军约五千人，枪械精良，作战勇敢。新军气势更锐，兵不畏死，冒着枪林弹雨，奋勇冲杀。

满城东城楼，旗兵一百多人全部战死。未几，北城楼上的火药库被炮弹击中，爆炸之下，数百旗兵化为肉泥。

文瑞在交战之间，多次派人持函与革命军讲和，均遭拒绝。

血战近一日，满城告陷。旗兵终夕巷战，近三千人死于战斗。其余旗兵，无一不为革命军刀枪下鬼。旗人妇孺，知道此前太平军的厉害，自忖难免于难，或投井，或上吊，或集体自焚，死者数千。满城余下旗人，皆被那些冲入街巷的、为民族义愤所激的新军士兵所杀。

西安驻防八旗士兵，连同家属，共死亡两万多人。

西安之役，也是辛亥革命在全国范围内旗人被杀最多的一次。

观此，倒是应了那一句：血债血偿！

10月24日，又有千余旗兵从躲藏的地窖中冲出，想要复夺军装局，皆被革命军歼之无遗。

文瑞见满城陷落，知己命难保，投井自杀。其副手承燕、克蒙额二人也拔枪自尽。

西安的满族爷们，尽数战死，真让我们为这些有血性的汉子竖一竖大拇指。

清朝之灭，旗人文武官员能壮烈死事者，寥寥数人而已，惟西安文瑞、杭州朴寿（杭州将军）死状最烈，余皆怯懦小丑。反观汉官，殉清者甚众。无他，孔孟之书，教人以忠。虽属迂腐，诚可哀矜。

除西安外，辛亥革命中，所在地驻防八旗兵属死伤较为惨重的，还有福州、南京两地，其余地区旗兵，大多经谈判投降。那些人，日后在袁世凯"优

待"条件下,生活平静,几与汉人无异(皇室更受优待),没有遭受任何大规模
屠戮。

由此,可见我们汉民族胸怀之宽广博大。

西安光复后,秦陇底定。

清廷大惊。武昌起义后,清廷原本想以陕甘为基地,准备大举重振锐气。
岂料陕西义旗一竖,西北震动。惊惶过后,清廷立刻从东西两路派河南、甘肃
的清军进攻陕西,最终皆大败而退。

兵不血刃定九江——江西(九江)起义及清朝海军起义

1906 年爆发的萍浏醴大起义,"萍"就是指江西萍乡。此次起义虽然失
败,但已经极大激奋了江西乃至全国的人心。

武昌起义 13 天后,10 月 23 日上午 6 点,三声炮响后,江西九江新军起
义。起义士兵均臂缠白布,上印"同心协力"四字,有条不紊,分据要隘,直攻
道署。清朝九江道恒保早有"准备",闻乱即逃入洋人租界,然后乘船逃往
上海。

九江知府璞良有血性,对革命军士兵说:"汝等排满,我为满人,当无生
理。我世受君恩,义当死节。"革命军嘉其忠义,本想饶他一命。璞良坚持要
殉"大清",革命军索性成全他,赏他当胸一枪,算是全尸。

九江独立后,南昌尚未兴复。

那么,九江起义如何又与清廷海军扯上干系呢?

原来,革命军排长何燮桂在起义后,率一哨人马,迅速占领了九江上游的
田家镇炮台。长江隘口,落入革命军之手。由此,远在汉口的清朝军舰,就失
掉了接济的来源。

驻湖口的清军总镇杨福田派炮艇顽抗,反为革命军所败。一鼓作气之
下,革命军乘胜占领了湖口炮台和马当炮台,进一步控扼长江的交通。

武昌起义后,长江上下游各省震撼。在海军方面,清廷孤注一掷,派海军
统制萨镇冰率海容、海琛两艘巡洋舰和数艘炮艇、雷艇,溯江而上,准备与荫
昌率领的陆军在武汉会师。

10 月 18 日,清军各舰艇分别抵达汉口下游。

水军一到,陆上清将纷纷要求舰艇开炮轰击长江上往来的革命军船只。
但是,水军中同情革命的官兵很多,他们故意打歪,炮弹落水,革命军船只没
有一艘被击沉。

不久,清朝陆军看出海军的心思,无人再要求他们开炮帮忙。

其实,早在一年前,清廷害怕汉人士兵闹革命,很想把海军中的重要位置
全替换成满人。可惜,满人中学习海军出身的人罕见,他们只得先把海容、海

琛两个大舰上的管带先换人。海容舰的管带(舰长)是喜昌,帮带是满人吉升;海琛舰管带是荣续。

九江独立后,清朝海军内的汉人官兵动员起来,齐推汤芗铭(汤化龙的弟弟,萨镇冰的副官)提出起义要求。

萨镇冰(1859—1952)不是满人,乃元朝色目人大将萨拉布拉后裔。他船政学堂毕业,后留学英国格林威治海军学校,是个新派人物。甲午战争中,他在威海卫只率30名手水坚守刘公岛炮台,血战十天,诚为英雄。

在汉口,萨镇冰见清朝大势已去,对外称不忍见同胞自相残杀,就决定自动下野。他搭商船去上海,把舰队留下。

当时,九江独立后,正逢江水渐涸,舰队不可能留在九江以上过冬。所以,清朝的海军,其实是被关在汉口,无粮无油,可谓大势已去。

萨镇冰走后,舰队并未马上流血起义,而是耐心做几个满人管带的"思想工作"。

最后,喜昌、吉升、荣续三人都同意反正。喜昌怕事后遭杀害,还对士兵表示说他祖先是汉人。

11月11日,舰队自动驶离阳逻,中途挂上白旗宣布反正,然后开往九江。由于舰队在武昌一直与革命军对峙,还曾炮轰过对方,双方没有过联系。于是,海军舰队就驶往九江,先行派人与当地革命军联系起义合作的事情。

到达九江后,军政府都督马毓宝立刻上舰慰问,表示说革命是政治革命,不是种族革命,满、汉都可参加。然后,大家开欢迎会,海军将士上岸欢宴,兴尽方散。

第二天晚上,海容舰管带、满人喜昌忽然想变卦,忽然命令起锚,想驾驶舰只逃往南京与张勋合军。幸亏革命军九江金圭坡要塞炮台察觉有异,发炮相击,吓得喜昌忙令司舵返航,重新抛锚。

经过此事,九江革命军对舰中三个满人管带防范甚严。对于他们,又不忍杀害,就劝他们回家,每人发3000元旅费。

发给海容舰6000元后,本应由喜昌和副手吉升平分。这两个不争气的旗人,为钱内讧。喜昌认为应该官大多得,官小少得,不由分说,自己就先拿了5000元。吉升本人家穷,欠一屁股债,见喜昌分钱不公,一气之下投江自尽。(此旗人可怜可恨,与其分钱不均自杀,不如早几天死,还得个殉清的美名。)

11月18日,海军舰队在临时司令汤芗铭率领下,奉黎元洪之命,驰援武汉,开始截击清军。

九江独立后,10月30日,南昌的《江西民报》发行全红报纸,社论题为《满城风雨近重阳》,开文第一句就是:

"满清政府,从此长辞矣!"

当夜,南昌城外的新军骑兵排发难,从顺化门爬墙入城,城内炮营响应,开始起义。

清朝巡抚四处唤官员开会,但连传令兵都已经参加起义。慌忙中,巡抚以及大小官员逃避一空。

武昌城内五十五标新军、警察部队以及宪兵部队均各自留营,全无反抗。

南昌光复,兵不血刃。

🀄 千年之醉梦惊回——山西起义

"倘非山西起义,断绝南北交通,天下事未可知也。"孙中山曾如此评价说。

由于临近北京这一政治中心,自洋务运动以来,山西可谓领中国最早"开化"之风气。1892年,有太原火柴厂出现。1898年,当地又成立了拥有马力蒸汽机的山西机器局。

山西的知识分子,也很早受革命思想影响,倾向于革命和排满。

1904年,山西巡抚奏告清廷,官派50名青年去日本留学,其中就有山西武备学堂的阎锡山、张瑜等人。同盟会成立后,不少山西籍青年纷纷加入。

总结历史经验后,山西同盟会员提出未来革命"南响北应"的计划。同时,阎锡山等青年发起了"铁血丈夫团",组织了以军事目的为主的团体。1908年,在日本士官学校留学的山西籍学生纷纷学成归国,分别进入陆军小学堂(即武备学堂)以及督练公所任职。

由于清廷要求新军协统以下军官必须由军授科班毕业的人担任,阎锡山等人顺利进入新军中充当教官和标统(团长)。同时,同盟会员还深入新军基层,广泛联合士兵,准备起义。诸如杨彭龄等9个正目(班长)的"双塔寺结义",就是鼓动基层的典型事例。

辛亥革命前,太原新军从上到下,几乎都掌握在同盟会会员手中。

武昌起义之时,到山西担任巡抚的陆钟琦才到任4天。他刚从江苏布政使任上转职,被清廷派来山西。这个人,忠孝传家,光绪十五年进士,曾作过摄政王载沣的老师。

从道德上讲,陆钟琦为官清廉自律,广有贤名。但在政治上,他是个十足的顽固守旧派,一心要报"大清"深恩。

正张皇间,10月22日,山西的邻省陕西突然起义,这可急坏了陆钟琦。他立刻派太原镇总兵谢有功巡视黄河,扼控沿岸地区,以阻陕西新军过河。然后,他抽调大同总兵派人协防太原。

由于对太原城内新军心存警惕,他命令第85标开入蒲州,86标去代州。

危急时刻,陆钟琦在北京任职的儿子陆光熙忽然来到了太原。这个人,曾在日本留学,其实也是同盟会会员。他到太原后,即去与阎锡山见了面,估计是密谈合作事宜。

由于深知老父效忠清廷，深恨党人，陆光熙决定慢慢开导，以图父亲转向。这位早已剪辫的年轻人，为免遭父呵斥，见面前还特意买了一条假辫子带在头上。

出予对新军士兵的警惕，陆钟琦一直不让发子弹。但派出二标兵士出太原，子弹不能不发。新军的同盟会成员约定，只要大家领到子弹，就立即起义。

10月29日一大早，大家公推第二营管带姚以价为司令，宣布起义。由于城内士兵早已安排好，大家里应外合，顺利攻入新南门，直杀巡抚衙门。

陆钟琦没想到革命军如此快手，他本人大梦初醒，马上起身指挥士兵守门。

新军人众，用大石条砸开大门，尽毙卫士，冲入内堂搜索，正赶上陆钟琦父子匆忙往外走。

起义士兵不管谁是谁，一阵乱枪，把陆巡抚当场打死。陆光熙以身遮蔽父亲，也当场被杀。可惜这位同盟会员，未及"策反"父亲，自己反而与父亲一起，同死于革命军乱枪之下。

士兵们杀完人后往外走，正碰上骑马赶来的协统谭振德。他刚刚喝斥了两句话，就被一阵乱枪打成血窟窿。

山西一文一武两位大员，皆死于革命军枪下。

满城旗兵本来抵抗甚烈，但新军控制了制高点，居高临下，一阵大炮猛轰，旗兵不得不缴械投降。

起义非常顺利。中午时分，咨议局开会，军政府成立，阎锡山当选为都督，年号用黄帝纪年，但旗子用的是"八卦太极图旗"。

山西起义后，祸生肘腋，清廷大惊，忙派人在保定的第六镇统制吴禄贞率军入山西去镇压。不曾想，吴禄贞本人就是革命党，他刚到石家庄，就派人与山西方面联系。

11月4日，吴禄贞与阎锡山二人在娘子关见面，成立燕晋联军，准备会合吴禄贞的好友、第二镇统制张绍曾和第二混成协协统蓝天蔚，一起夹击北京。

袁世凯刚被清廷重新起用，人在河南，闻之心惧。他秘密派人去石家庄，收买了吴禄贞的卫士长马蕙田，在11月7日早晨刺杀了吴禄贞，并割下人头逃走报功。

如此一来，吴禄贞、阎锡山的大好宏图，付诸东流。

南北议和期间，袁世凯视山西、陕西为肘腋大患，提出民军不包括这两省在内，想把北方起义军皆称为"土匪"而加以剿灭。

最终，在孙中山力争下，袁世凯最后只得同意把山西仍作为民军对待。

与此同时，阎锡山派出袁世凯的门生董崇礼（山西定襄人）前往北京"表忠心"，袁世凯才对山西始放下心。1912年春，他任命阎锡山为山西都督。

清末的云南,内忧外患。内部,民族矛盾日益尖锐;外部,法国占安南,英国占缅甸,虎视眈眈。

在此情势下,经云南同盟会鼓动,类似"读学会"、"死绝会"、"敢死会"、"兴汉会"等外围革命组织纷纷成立,人民日益觉醒。

1909年,陆军讲武学堂在云南重开,刚从日本回国的大批留学生和同盟会员,纷纷在"海归"潮中被聘为教官,其中包括李烈钧、唐继尧等人。最终,云南陆军讲武学堂实际上成为革命党人的大本营。

云南起义前夕,革命教官教出来的革命学生,也纷纷分配进入军队。他们与军中革命党人积极配合,说服士兵,以至于云南新军上下,基本上成为党人的天下。

1911年初,蔡锷被清廷任命为第十九镇第三十七协协统(旅长),从广东调至云南。他虽然不是同盟会员,但精神上一直很"先进",想想他的教师谭嗣同、唐才常、梁启超,我们就不会诧异他同情革命的态度。当时,他有句拍胸脯的话使得革命党人很放心:

"只要时间成熟,我对你们绝对同情支持!"

也就是说,该动手时就动手,同志拔剑一声吼!

武昌起义消息传达室来,昆明的党人欢喜欲狂。

10月16日,唐继尧、刘存原等人召开会议,秘商起义计划。而后,19日、22日、25日、28日,同盟会员接着开了四次会议,蔡锷均加入其中,共谋大事。

会议上,与会者歃血为盟,书写一个纸条,上有"协力同心,恢复汉室。有渝此盟,天人共殛"16个字,然后烧之为灰,放入酒中,大家分饮,以示决心。

最终,党人决定10月30日深夜在昆明打响起义枪声,并推蔡锷为战时总司令。

10月27日,滇西的腾越枪声忽起,同盟会会员张文光与刀安仁(此人还是个傣族土司)发动起义,清军腾越总兵自杀,文官逃的逃,降的降,腾越光复。

滇西的胜利,更刺激了昆明革命党人的决心。

10月30日晚,党人首领们正忙于准备深夜起义准备工作。8点左右,昆明北校场七十三标第三营忽然枪响一片。蔡锷等人对此并不知情,云贵总督李经羲打电话,让他迅速带部队前往七十三标平息"哗变"。

原来,正当七十三标的排长黄毓英给革命士兵分发子弹时,恰好被反动的值日队官唐元良巡哨发现。这个人很顽固,怒骂挥鞭,痛斥士兵,叨叨"造反要杀九族人头!"这个人也是死催,都什么时候了,还摆这种威风。士兵们愤而举枪,当即把唐队官打成马蜂窝。其余士兵跟进,立刻把营内另外几个反动军官一并杀死。

七十三标革命士兵也顾不得起义约定时间,提早起义,一涌而出,攻破昆明北门。

当时,蔡锷本人在巫家坝,他马上召集士兵,宣布起义。

于是,大队大队的士兵整队而起,高呼"革命军万岁"的口号,冲向督署等重要军事、民政机构。

由于起义当日是农历九月初九,史称"重九起义"。

此次战斗非常激烈,主要是清军一直盘踞战略要地五华山,又控制了军械局,故而起义进程十分艰苦。

奋战到次日中午,清军第十九镇统制钟麟被起义战士击毙,总督李经羲和总参议靳云鹏逃走。

在付出了牺牲150人,伤300多人的代价后,昆明终为革命军光复。

值得一提的是,在进攻督署的作战中,时为七十四标第二营排长的朱玉阶表现十分英勇,他冲锋在前,浴血死战,率领士兵攻克了总督李经羲的老巢。

这位朱玉阶,不是别人,正是后来我们的朱德元帅。

重九起义胜利后,云南各府、州、县,迅速光复,可谓是"传檄而定"。

11月1日,革命军在昆明五华山两级师范学堂建立"大中华国云南军都督府",推举蔡锷为云南都督。

由于蔡锷的锐志进取和悉心培育,云南革命军军力强劲,也成为后来护国战争中的一支劲旅。

附:由于本书主要内容围绕辛亥革命(武昌),故对于其他省市的起义描写从略。有关关涉的主要人物及其"下场",在此简单交待一下。

黎元洪:1912年1月,南京临时政府成立后,黎元洪被选为副总统,兼任湖北都督。1913年,同盟会的"二次革命"被袁世凯镇压,10月6日,袁正式就任中华民国大总统,黎元洪任正式的副总统,兼任鄂督,但年底即被段祺瑞"请"到北京,被袁世凯安置在瀛台"优待"。1915年袁世凯称帝,封黎元洪为"武义亲王",黎不就,闭门谢客。1916年6月,袁世凯死,根据宪法,黎元洪就任大总统。随即,他与握实权的总理段祺瑞相争不休,导致引狼入室,张勋复辟,黎被迫下台。1922年,直系军阀曹锟、吴佩孚赶走皖系的总统徐世昌,黎元洪又被拥上总统宝座,次年被曹锟挤下台。

黎元洪下野后,尽心实业,造福桑梓。1928年,他忽患脑溢血去世。1935年底,国民政府为他在武昌卓刀泉举行国葬。

文化大革命中,湖北红卫兵们刨坟掘墓,把这位著名老乡的遗体从棺材中弄出来,吊挂在树上,大叫"打倒历史反革命黎元洪"口号,堆火猛烧,锉骨扬灰。

1981年,黎元洪坟墓被修复,但其中真身已经灰飞烟灭。

汤化龙:此人一直是个政治骑墙派。汉阳失陷后,他随黄兴去上海避风。民国成立后,他一会入共和党,一会又为民主党干事长。1913 年,他当选为众议院议长,鼎力支持袁世凯,并与梁启超一起组建进步党(实际上合并了民主党、共和党、统一党三党),与国民党抗衡。袁世凯欲称帝,时为教育总长的汤化龙心灰意冷,大有上当受骗之感,在 1905 年潜往上海,参加讨袁活动。

　　袁世凯死后,他重任众议院议长。1917 年段祺瑞、黎元洪"府院之争"引来张勋复辟,段祺瑞"再造共和",以汤化龙为内务总长,但仅仅三个多月,汤化龙就被迫辞职。

　　政治上失意后,他赴美国、加拿大游历考察,心情郁闷。

　　1918 年 9 月 10 日,汤化龙在加拿大维多利亚中华会馆为一国民党籍华人理发师王昌刺杀,一弹入腹,一弹自口入,洞穿脑袋,终年 45 岁。

　　盛年伏尸海外,汤化龙遭遇也算一奇。

　　刺杀汤化龙的王昌,是孙中山老乡。他杀汤化龙后从容离去,回到住处,对工友说:"我不愿在洋人法官面前受审,免得他们侮辱我们中国人的尊严!"言毕,拔枪自杀。

　　王昌之所以要杀汤化龙,是因为他认定汤化龙美加之行目的,在于向六国银行团借款购买军火支援段祺瑞政府,以此来进攻孙中山在广东建立的"护法政府"。

　　王昌行刺,不排除受国民党幕后指使的可能。孙中山得知消息后,派人运送王昌灵柩回广州,以党礼葬之于黄花岗左侧,立坟建墓,至今仍存。

　　王昌死年 33 岁,是获国民党党葬殊荣的第一人。

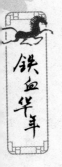
天降大任于斯人

——袁世凯出山

1910 年 11 月 1 日,迫于内外各方面的压力,清廷不得不"屈尊枉驾",重新起用袁世凯,以他为"内阁总理大臣",统摄一切军政大权。

授职电谕之中,有一条十分关键:"所有派赴湖北陆海各军,及长江水师,仍归袁世凯节制调遣"。(《大清宣统政要》卷四十)

冬日的彰德车站,空气清冷,气氛却热闹非凡。

威赫的卤薄仪卫,清廷全部发还给袁世凯。飞虎旗、杏黄旗、青旗、青扇、雁翎刀、金黄棍、兽剑、旗枪、雉尾枪、皮槊,以及巨大的回避肃静牌,在漳德车站上形成了一条五彩耀目的甬道。

河南抚院、藩桌两台官员,以及彰德府和各州县的大小官员,每个人脸上都挂着官场殷勤的笑脸,向阳花一样朝着缓缓公府步的袁大总理转移。他们的随从仪卫,把小城挤得满满当当,填街塞巷,车马喧阗。

鞭炮声中,锣鼓声,嘈杂而喜庆,引来了无数的百姓前来围观。

袁世凯头戴一品朝冠,大红顶子在冬阳下似火般腾焰。他身着黄马褂,麒麟补服,微笑着,不停环顾,颔首致意。

几十名身材挺拔的小伙子,清一色直隶军装,身背德国毛瑟枪,左腰挂盘子炮,右边悬一彩鞘短剑,威风凛凛,紧随袁世凯。

在这些亲兵卫队簇拥下,中间的袁世凯,更显气宇轩昂。

三年的退隐生活,忽然中止,袁世凯似乎暂不能立刻适应这突如其来的喧嚣。

他脸上的微笑,僵硬,有些不自然……

爬得越高摔得越重——北洋系的兴起以及袁世凯的"开缺回籍"

笔者在这里不想写袁世凯传，故对他当年在朝鲜的英雄事迹，基本不着笔墨，也不泼污或增饰他在戊戌变法中的"角色"。我只从百日维新失败后他的发迹谈起，顺带讲讲北洋系的形成与壮大。

北洋集团的形成，是历史上的一个怪事。甲午战争失败后，李鸿章苦心经营二十年的北洋水师一败涂地。为此，慈禧派心腹荣禄建立"督办军务处"，想通过编练中央控制下的新军，取代从前因为"太平天国"之乱而地方坐大的勇营。

慈禧这种努力，就是欲图夺回昔日从中央流向地方的军事大权。而且，她还想就此机会，制造出一个具有极大控制能力的满洲权贵阶层。

由于袁世凯用起来得心应手，荣禄就派他去小站练兵。从此，就成为北洋集团的发端。

袁世凯在小站练兵时，清廷还派出满人荫昌，让他从旗人子弟中挑选精壮青年，入学天津武省学堂，储备日后的将校人才。

从当时来讲，汉人练兵，满人选将。袁世凯在小站，荫昌在天津，相距不过几十里。

显然，清廷对袁世凯和他的新建陆军不放心。

慈禧老妇人的政治手腕，可谓出神入化。

荣禄呢，他之所以看中袁世凯，就因为他是个无甚根基的汉人。这样的人，好使不说，破格提拔他，又会让他长存感恩之心。

袁世凯本人，确实死心踏地为荣禄效力。继1897年被提升为直隶按察使后，他接着凭在维新运动中的"智慧"，谋得了一个侍郎头衔。戊戌政变后，袁世凯向荣禄献计，要求把京畿地区五大军全部合编为"武卫军"，而且，他主动提出，要把他本人所创的新建陆军编为武卫右军。

如此一来，荣禄大喜，对袁世凯深加翼护。

袁世凯呢，如此对荣禄的投其所好，本人也免去了清廷对他可能的进一步猜忌，同时让慈禧洋洋然找到了"中央集权"的感觉。

这样的高招，可谓一举好几得。

1899年，山东闹起义和团，巡抚毓贤不能快速处理问题。见此，荣禄就保荐袁世凯为署理山东巡抚，派他去当地进行"快刀斩乱麻"的处理。

从中央到地方，从北京到山东，看似离政治中心走远了一步，实则是袁世凯人生的大转折。

从此，北洋系才由一个地方性纯军事团体，逐渐向军事政治集团转化。

八国联军入侵后，张之洞等人策划"东南互保"，深深刺激了慈禧。稍把怒气掩藏，她开始处心积虑加紧削弱地方督抚的权力。

1901年，慈禧自陕西回銮后，就下诏把张之洞的江南自强军划归袁世凯所在的山东管辖。

那么，荣禄生前手下的武卫军哪里去了？

聂士成的武卫前军，基本打光；荣禄自统的中军，大部解体；董福祥的后军因洋人"参劾"，到西安后就被遣散（老董所部士兵不少人配合"义和团"，进攻北京都洋人使馆，所以洋人恨之入骨）；宋庆的后军只剩下一半，而且装备十分落后。

武卫五军之中，惟独袁世凯的右军完好无损。

所以，慈禧回京，只能最大限度依靠这只没有受损的近代化新式军队，来维持京都防卫和治安。

回京路上，由于袁世凯伺候周到，竭尽"忠诚"，老太太满心高兴，赏他"黄马褂、紫禁城骑马"，宠信有加。

特别是庚子乱后，袁世凯对义和团雷厉风行的举措，更让慈禧老凤开颜："此辈（义和团）如臭虫，孳生不绝，惟有芟夷净尽，方能遏其乱萌！"

1902年1月，清廷任命袁世凯为练兵大臣，参预政务，代死去的李鸿章行权。6月，实授他为直隶总督兼北洋大臣。

有了这么好的"地势"，袁世凯借机大力扩充军事实力，增加兵额。这一年，他把所训新军命名为北洋常备军，"北洋军"即由此来。

在官场打滚多年，深知宦海深沉。为免清廷疑忌，袁世凯建议筹建练兵处，并推庆亲王奕劻总理其事。于是，1903年，练兵处成立，奕劻任总理练兵事务大臣，袁世凯为会办大臣，铁良为襄办大臣。

这个组合看似二满一汉，实际上真正的实权都在袁世凯心腹手中——总提调徐世昌，军令司正使段祺瑞，军使司正使刘永庆，军学司正使王士珍，副使冯国璋——这数人，皆是袁世凯的小站嫡系。

趁日俄1904年狗咬狗在东北干仗的时候，袁世凯吓唬朝廷，表示说，一定要增加军饷，防御各处沿海沿河口隘，以免洋人借机窜入国内。

清廷立刻照准。于是，他得以四处征募士兵，把北洋六镇创建完毕。除第一镇统制不是他的北洋系外，其余五镇，从上到下，皆为小站班底。

在政界，徐世昌、赵秉钧、梁士诒、朱启钤、朱家宝、胡惟德、金邦平等人，皆是袁世凯心腹、眼线。这些人各居要职，遍布主要的政府部门。

由此，盘根错节的北洋军事政治集团，便宣告成型。

袁世凯，绝对是一代政治大才。他不仅抓紧募兵，还特别注意培训军官。在送人去日本留学的同时，他次第在国内开办了许多军事专业学院。随着军队的迅速扩大，袁世凯手下的中下级军官陆续晋升，新学生迅速补充到位。所有这些人，日后都深感他的栽培"私恩"。

不仅军队大有起色，袁世凯还在北方创建了中国最早成体系的警察部队，设置巡警学堂，开始经营近现代的城市管理。五大臣被炸事件后，他趁机奏建巡警部。日后得势的赵秉钧，正是此时由他推荐保任为巡警部侍郎，所以他才死心踏地为袁世凯办事。

至于财权，袁世凯也不疏忽。他从盛宣怀手中拿过了电报局、轮船招商局等"国企"后，还垄断食盐销售，获取制币权，开创矿山、工厂，大征税利。纵观其行，可谓是吸全国之财，以供北洋练兵。

慈禧不傻，不动神色。

她先看着袁世凯折腾，尽他表演。然后，1906年，趁官制改革的时候，老太后开始逐渐削夺他的军权。

慈禧先设陆军部，以袁世凯的对手铁良为尚书，一统全国军政。

袁世凯老谋深算，知道老妇人要玩阴的，马上以退为进，自己上奏，主动把北洋六镇中的四镇立刻划归陆军部。

1907年，慈禧"提升"袁世凯为军机大臣兼外交部尚书。此举，实际上是想让他大龙离水，脱离直隶的老地盘。而且，为了从长计议，老妇人还把北洋军的筹饷权和学堂管辖权，皆划归陆军部。

即便如此分解，北洋军的私人性已经成型。

而且，北洋系的力量膨胀，遍控关隘——第一镇驻北京，第二镇驻直隶永平府及山海关，第三镇驻保定及奉天锦州府，第四镇驻天津小站，第五镇驻济南，第六镇驻北京南苑。

袁世凯本人，仅看他一手兼带的衔头，就可知其掌握了多少重要部门——会办练兵大臣，办理京旗练兵事宜，督办邮电大臣，督办关内外铁路大臣，津镇铁路大臣，京汉铁路大臣，等等。

慈禧虽对袁世凯有所警惕、控遏，但仍用"优礼"方法控制他，并没有真起杀心。毕竟，她还要倚重袁世凯和北洋集团的力量。

但是，慈禧一咽气，轮到摄政王载沣主政，风云突变。

袁世凯脖子上的脑袋，面临前所未有的危险。

载沣以摄政王身份监国伊始，立刻就想对袁世凯杀之而后快。

隆裕太后，作为光绪帝的皇后，自然对袁世凯不会有什么好感，她基本同意载沣的意见。

凡事要一步一步来。他们决定先架空袁世凯。于是，朝中批裁折件等事，载沣全交予张之洞、世续等人办理，不让袁世凯插手。

1908年12月2日，溥仪小娃娃即帝位，定次年为宣统元年。

新帝登基，照例对大臣有"恩泽"，赐庆亲王奕劻"亲王世袭罔替"，赏袁世凯、张之洞太子太保衔、用紫缰。

这件小事，引起汉人御史江春霖不满。他上折表示，朝廷的优赏不当，还把庆王奕劻和袁世凯比拟为"宵小"。

宗室成员善耆、载泽乘机进言载沣，认为慈禧太后一死，以后再无人能威慑袁世凯。如果不下手除掉他，异日祸不可测（这话说对了）。同时，他们暗中告知载沣说，外间有袁世凯企图拥推隆裕太后垂帘听政的传闻。

载沣闻之，怒从中起，他派人拟了一道把袁世凯革职治罪的谕旨，准备对袁世凯下手。

为了行之有理，免遭隆裕太后和王公大臣的责难，他找来庆亲王奕劻和张之洞商量。

庆亲王马上摇头："杀袁世凯，不是件难事。可是，杀他，罪名不彰，死不以罪。如果人杀了，北洋军起来造反怎么办？"

载沣听此言，心里咯噔一声沉了下来。

他转眼望张之洞，希望袁世凯的这个"政敌"能帮自己。

岂料，张之洞更加老成持重："主少国疑，此时万不可轻易诛戮大臣！"

这两个人不同意，载沣要杀要罪袁世凯，就变成一件十分难办的事情。

当时的清朝，已有定例。所有谕旨，必须由军机大臣副署才能生效。可以想见，庆亲王奕劻、张之洞两个人不同意，那桐肯定也不同意（此位清人是袁世凯铁哥们儿）。至于世续、鹿传霖等官场老油子，更不见得在关键时刻会附和载沣。

有人可能读至到此处，会生出疑问：谁都知道，庆亲王奕劻与袁世凯是一伙儿的，为什么隆裕太后与载沣不能容袁世凯，反而能容下奕劻呢？

原来，在慈禧临死前，曾召庆亲王奕劻商量光绪死后接班皇帝的问题。

当时，这位王爷一看已经拟好的诏书，发现上面写着立溥仪为"大阿哥"，承继同治皇帝（慈禧亲儿子）的帝位。

为此，奕劻恳请慈禧，建议在诏书上添加溥仪"兼祧皇帝（光绪帝）"，也就是说，要溥仪同时承继光绪帝的帝胤。

奕劻哀求再三，慈禧才肯。

这一点，对日后的隆裕太后意义重大——当时作为光绪皇后的隆裕太后，有了溥仪兼祧光绪帝的名号，她才能在溥仪为帝后自动拥有"太后"的尊号。

封建时代，特别讲求名份。没有当时庆亲王奕劻在慈禧病床前力争，隆裕太后日后就不会那么容易地成为"皇太后"。

所以，出于对庆亲王奕劻的感恩之情，隆裕太后一直不同意载沣扳倒庆王。

其实，说到底，最关键的，还是载沣此人没有什么大政治家的手腕，他不过是清朝皇室宫墙的富贵鸟而已。

如果载沣刚忍有断，敢于打破副署的成例，当时杀袁世凯，简直太容易不过。载沣大可以趁袁世凯入宫觐见的时候，遣一戈什哈上前，就可以要他颈上人头。此事一成，树倒猢狲散，北洋系不见得能一时间会对清廷怎么样。

优柔寡断的载沣，当然没这份底气。谕旨修改了多次，最终下旨，让袁世凯"回籍养疴"。

而赶袁世凯的理由，也没有宣布"罪行"，只是说他"现患足疾，步履艰难。"

袁世凯真有"足疾"（腿病）吗？

真有。

1908 年农历八月二十日（9 月 15 日），袁世凯过 50 虚岁大寿。为此，慈禧赏他金佛、寿字、如意、蟒衣以及御酒等物，很示隆宠。京城内外百官，趋炎附势，多有馈赠。庆亲王奕劻的儿子载振送大礼，在礼单上落款"盟弟"二字。

当时，还是那位专门和袁世凯过不去的御史江春霖专门上奏，指斥袁世凯借祝寿为名，广收财物，结党舞弊，揽权营私。特别是载振这样的满人宗室与汉人联谱拜把子，有违王章。

老妇人慈禧闻之震怒，唤袁世凯入宫，痛加训斥。

甭看慈禧是个脖子已下都已经入土的老棺材瓤子，但权力就是大砍刀，她还可以张嘴就要袁世凯的性命。

经此申斥，袁世凯吓得胆肝俱裂。

他谢罪后出宫，惊惶失措，恍惚中一下子从大台阶子上摔落，跌伤了右大腿，成为"地不平"。

载沣摄政后，袁世凯继续伪装"残疾"，韬光养晦。

每次入朝，他都要两个人扶着，一瘸一拐。

这样一来，正好成了他的政敌载沣把他开缺回籍的大借口。

张之洞思多年交情，劝过载沣。下朝后，他就派人"委婉"表达了隆裕太后和载沣的意思。庆亲王奕劻更积极，他对常年孝敬他的袁世凯深为关心，让人劝他赶紧回家"休息"。

袁世凯如受惊之兔，即刻窜往天津。

本来，他想先到天津，然后从那里坐船，逃亡日本去"政治避难"。

岂料，在天津当直隶总督的杨士骧闻讯，马上派儿子出面，劝袁世凯赶紧回京遵旨回原籍：

"如果大人您在国丧期间擅除缟素，又不遵旨，一旦太后有旨拿您回京法办，我父亲也罩不住您！"

言语之间，充满冰冷的威胁。

杨士骧兄弟三人，在清末一直得力于袁世凯"照顾"。关键时刻，他们如此冷淡寡情，可见官场人情之薄。

于是，1906 年 1 月 6 日，冷风之中，袁世凯从北京凄然回到老家。

保住了项上大脑袋，其实已经是当时最大的万幸。

倘若载沣有他清朝先世千分之一的杀伐胆识和果断，袁世凯定难逃过屠戮。

静观天下"抱膝吟"——袁世凯洹水"钓鱼"

早在几年前袁世凯刚当上直隶总督的时候，那热火浇油的旺盛关口，人们皆赞夸他日后功业必在李鸿章之上。

但当时，袁世凯心中已有隐忧，他曾写信给哥哥袁世勋，表示说："……弟此次得跻高位者，赖有太后（慈禧）之眷宠耳，然而慈宫春秋已迈，犹如风中之烛。一旦冰山崩，皇上独断朝政，岂肯忘怀昔日之仇（指戊戌政变中袁世凯的归危倒戈），则弟之位置必不保……太后苟有不测（指慈禧如果病死），弟即辞官归隐。明哲保身，古有明训，弟已计之熟矣！"

袁世凯当时口头那样说，但官场权力太诱人，真正历史上处于上升阶段能自己急流勇退的，太过稀少。

袁世凯也不能免俗。

如果不是载沣等人以皇帝谕令勒令他"回籍养疴"，他肯定赖在北京不走。

日后所有关于这段历史的书中，大凡一提袁世凯回老家"养病"，众口一词，无不说他阴险老辣，都讲他无时无刻不在谋划东山复起。

凡此种种，皆为彰显袁世凯的大阴大贼。

其实，袁世凯初归山林，很以保全首项为幸，没一点想再冒头招祸的心思。

观《袁世凯未刊书信稿》，共存他748封信函，收信者上至庆亲王、各地督抚大员，下至州县官员、师友亲朋，其中625封中，他都一再言及他是辞官"养疾"，反复解释自己"甫逾五十，精力已衰，遗大投艰，断难胜任"。

下野的袁世凯，已经向外人明白无误地宣告自己政治生命的终结。

回老家后，袁世凯确实大笔银子洒出，十分投入地经营他退休后的居地。

洹上村，位于彰德北门外，因临洹水（又名安阳河）而得名。袁世凯回河南后，先居于辉县。辉县有天下闻名的百泉、苏门等胜迹，嵯峨苍翠，清流见底，是历史上阮籍、二程、耶律楚材等人的隐居地。

辉县风光虽好，住宅与交通皆不如洹上村方便。

在洹上村，袁世凯有一处总面积达200多亩的大别墅。堂榭壮丽，园林缀于其间，正好供他八个妻妾以及一大家子人住。

在这里，他终日与文人墨客吟风涌月，歌酒唱和，听莺钓鱼，确实享尽一时风雅。

闲暇之余，袁世凯经营实业，广辟宅第，书写《家训》，闭门课子。

袁世凯本来就是文人出身，在洹上村，他还真写了不少诗歌，现存袁克定所载的《洹封逸兴》，就有袁世凯诗歌22首。（刊行的放入《圭塘唱和诗》中，圭塘是他洹水别墅中一座小桥的名字。）

读袁世凯的诗，笔者深喜其中这一首《春日饮养寿园》：

> 背郭园成别有天，盘飧尊酒共群贤。
> 移山绕岸遮苔径，汲水盈池放钓船。
> 满院莳花媚风日，十年树木拂云烟。
> 劝君莫负春光好，带醉楼头抱月眠。

闲云野鹤间，这种消极自保的人生态度，往往于诗中有不经意的流露。

当然，日后人们一讲他在彰德隐居，总提他在洹上村架设电台一事，似乎他一直居心叵测地在幕后操控北洋系统。

这一说法，源自他女儿袁静雪的一篇回忆文章，日后千抄百引，成为定论：

"在他和清廷讨价还价的时候，电报房中，嗒嗒之声，终日不断。"（《我的父亲袁世凯》，全国政协所编《文史资料选辑》第74期）

但是，仔细查看袁世凯二儿子袁克定所撰的《辛丙秘苑》，在这份回忆中，袁克定只讲洹上村的袁世凯家人中"有司电报者"，也就是说，确实专门有人负责接答电报，但他们父子之间的来往电报，都是通过彰德的电报局转交。

可想而知，袁世凯当时一个避祸的下野官员，力图韬光养晦，他不可能蠢到在家里弄台发报机。

袁克定是成年人，而当时的袁静雪才12岁，她50多年后再回忆老父，自然受记忆和时局的影响。

二袁的回忆，应该哥哥的更可靠些。

不仅当时清政府有制度严格规定电台是"官办"，且查看袁世凯出山前所有要紧往来文字，皆大多呈信函方式，所以，"电报"操控大局一说，实是谬误。

可能有人还问，袁世凯老家是河南项城，他为什么不回那里呢？

1902年，以直隶总督之贵的身份，袁世凯奉已获正一品封典的生母灵柩回项城安葬，却遭到他那嫡传长门的二哥袁世敦等宗族正嫡的挫辱。故而，当时他就发誓：再不回项城老家。

梳理羽毛作水上闲鹤之际，袁世凯密切关注天下事。当然，其间也有"雕倦青云路，鱼浮绿水源"的牢骚。

他《登楼》一诗，更表达了他不堪寂寞的心境："楼小能容膝，高檐老树齐。开轩平北斗，翻觉太行低。"

闲云流水中，外面的世界发生了翻天覆地的变化。由于社会矛盾激化，各地抢米风潮肆起，起义迭兴。而且，立宪派大张旗鼓争取权力，保路运动方兴未艾……

天下愈乱，袁世凯复出的念头愈强烈。这个时候，他诗中对时局的隐忧和复出欲望就跃然纸上：

> 人生难得到仙洲，咫尺桃源任我求。
> 白首论交思鲍叔，赤松未遇愧留侯。
> 远天风雨三春老，大地江河几派流。
> 日暮浮云君莫问，愿闻强饭似初不？

《次张馨庵都转赋怀见示韵》（张馨庵，即是张镇芳，袁世凯表弟）

不仅诗歌、信函往来，不少朝野人士也亲自来洹水与他欢唔。据统计，在他隐居期间，共有60多位朝廷大员、封疆大吏以及北洋旧部来访，部院大臣如端方、唐绍仪，督抚如袁树勋、周馥，北洋旧部有王士珍、段芝贵等。

国势愈紧，呼吁袁世凯出山的声音就越高。

1911年初，立宪派在张謇等人倡议下，多次要求朝廷重新启用"知名者"、"有学问阅历者"来担当国事。虽不提名道姓，大家都知道是指袁世凯。

社会舆论也跟风，各地报刊大量报道或制造清廷要袁世凯出山的"新闻"。

对此一切，老谋深算的袁世凯不为所动。他稳坐洹山，以钓天下大鱼，直到武昌革命爆发那一刻。

为了把戏演得真，他让人为自己拍了几幅披蓑钓鱼图，发表在《东方杂志》上，以"彰显"自己的高蹈出世之心，并作《自题鱼舟写真二首》：

其一：

身世萧然百不愁，烟蓑雨笠一渔舟。
钓丝终日牵红蓼，好友同盟只白鸥。
投饵我非关得失，吞钓鱼却有恩仇。
回头多少中原事，老子掀须一笑休。

其二：

百年心事总悠悠，壮志当时苦未酬。
野老胸中负兵甲，钓翁眼底小王侯。
思量天下无磐石，叹息神州变缺瓯。
散发天涯从此去，烟蓑雨笠一渔舟。

其实，他演戏做到这份儿上，就有点过了。

袁世凯此人，一生不信神佛，偏偏迷信星相卜筮和堪舆。有个汲县盲人为他批八字，得到的卜象是："辛亥八月官象动"，就说他在辛亥年后，官会越作越大。袁世凯当时很高兴，赏他十个银元，许诺说，"如果算得准，定有厚报"。日后，袁世凯在北京当上民国大总统，瞎子找上门。袁世凯不忘前言，立赏大洋一千。当然，他日后倒霉，也是倒在这种堪舆小术上。他大儿子袁克定说，为了冲掉袁家人活不过60岁那道坎儿的霉运，必须有人当"皇上"才成。结果呢，袁世凯当了"皇上"，仍没有迈过60岁大关。

辛亥革命爆发消息传至恒上村时，袁世凯正在做寿（阴历八月二十，在辛亥那年的阳历，恰好是10月11日）。

闻听湖北乱起，一座皆惊。

袁世凯立刻让人撤去酒宴，挥退戏子。然后，他摆下茶围，与来客共谈国事。

他强调,大家是谈,不能说"商"。

在座诸人,你一言我一语,大抵都讲,武昌叛逆不过数营,瑞澂、张彪定能制服叛逆。有人说,革命头子孙中山、黄兴都不在湖北,叛逆之人群龙无首,定不能成事。还有人讲,武昌是乱兵哗变,志在哄抢,一俟大军压境,必然随之消亡。

袁世凯不言语,静听诸人发言。良久,他徐徐道:

"武昌之乱,不比长毛(太平天国)。摄政王乃一高墙内养成的王爷,未经世事;瑞澂、张彪二人,皆平庸之辈,安能镇乱!"

听袁世凯如此说,立刻有人奉承:"如此说,天下大事,非袁宫保您出面不行!"

袁世凯仰头一笑,连忙摆手:"不要这样说!今日只谈风月,莫论国事……"

武昌炮声隆,洹上欣喜起。

于袁世凯而言,他知道,一个无比巨大的历史机遇,已经出现在他面前。

✿ 坐看中原鹿正肥——袁世凯出山

"大泽龙方蛰,中原鹿正肥"。这十个字,乃袁世凯13岁时所作一联。毛头少年,既以潜龙自诩,又以逐鹿自励,果真不是凡人。

武昌起义两天后,清廷电谕已到,要起用袁世凯为湖广总督。

手下人听说后,都兴冲冲进门,前来道贺。

袁世凯眉头都不抬。他看了看电文,信手置于几上,淡然道:"现在不是着急的时候。"

他在装吗?也是,也不是。

多年宦海浮沉,使他深知藏而不露、等待时机的重要性。

而北京的朝廷,在起义初始阶段,又是如何表现的呢?

武昌枪声响过之后,最惶急的,莫过是北京的清廷。

当时,内阁廷议,主要内容有两个:一个是如何处理瑞澂,一个是如何去平息武昌的起义。

由于托人送钱走关系,加上本人与清廷的最高层都有"关系",瑞澂该杀头的大罪,最后落个"戴罪立功"的微小处分。而在如何处理武昌起义问题上,大家一致主张以剿战去平定。

人也杀了,城也占了,兵也反了,不剿不行。

剿平武昌的人选,当时有两个——袁世凯和荫昌。

如果凭资历,袁世凯一个能顶荫昌五百个。但事实明摆着,载沣两年多前没杀他就不错,现在临乱马上把他拎出来,清廷很没面子。

面子不说,对袁世凯的疑忌最关键。

武昌汉人造反,如果派袁世凯这么个汉人去平灭,载沣等人思来想去,怎么也能放心。

既然如此,只有派荫昌去当统帅。

荫昌(1859—1934),字五楼(后改午楼),满洲正白旗人。这位满人,才学不错,国子监生出身,早年就读同文馆德语班。毕业后,他曾去德国陆军深造,与时为皇太子的德皇威廉二世同班,私交甚笃。(威廉二世也是个倒霉蛋,一战后跑到荷兰,一直被协约国当战犯通辑)。所以,看荫昌的戎装照片,像极了德国军官,连唇上的胡子都是德国式。

花花公子出身,荫昌学不用功,德文口语很差。1877年,清廷派刘鸿锡出使德国,荫昌当翻译,一路根本弄不懂德国人说啥,气得刘大人把他"三等翻译官"降为"四等"。1884年,许景澄出使德国,荫昌跟了去,德文仍不过关,就被留在当地的军校学习。学成后,他进入北洋新军。1885年,李鸿章在天津办武备学堂的时候,荫昌以学堂翻译教习的身份,终于得入李大人法眼,做到武备学堂总办的职位。

袁世凯小站练兵时,请荫昌推荐人才。这位公子挺有慧眼,就把段祺瑞、冯国璋、王士珍和梁华殿推荐出去,日后的"北洋三杰",全在其中。

1900年,荫昌还在袁世凯手下的山东办理过军务,与义和团打过仗。1901年,他出任德国公使。1906年,他任清廷陆军部右侍郎。1907年,荫昌主持会校清军秋操。1908年,宣统帝继位后,荫昌出使德国,在宴会上与老哥们德国皇帝威廉二世皇畅饮欢言,出尽风头。

载沣当初要杀袁世凯的时候,出于私交情谊,荫昌为袁世凯说过不少好话。

从性格上讲,荫昌是个新派人物,早在留学时就剪了辫子。所以,他每见慈禧太后,总要接个假辫子才行。

在满洲贵族中,荫昌这个人算是个"大好人",但军事上他完全不行。此前他在山东袁世凯手下和义和团打仗的"经验",跟打猎差不多,根本没有真正经历过战阵。

1911年5月"皇族内阁"成立后,荫昌被任命为陆军大臣。

即便如此,摄政王载沣宁可信任满人荫昌,而非汉人袁世凯。

清廷很把武昌起义当大事来处理。定下统帅人选后,谕旨频下,在调两镇陆军速赴战区的同时,又派萨镇冰督水军协战。

武昌起义爆发时,清军新军有九个镇在北方,其中不少精锐正集中在河北永平准备演练"秋操"。此次军事大典,本来是载沣想显摆新成立"皇家禁卫军"威力的。

载沣当权后,在军事上没有什么建树,除了任命两个弟弟载洵、载涛分为海军大臣和军咨府大臣外,惟一的"实事",就是建立皇家禁卫军。

武昌枪响，显摆皇家禁卫军的机会就没了。但是，由于清朝的陆军精锐尽在永平，大可派那些人乘火车直奔武汉战场。当然，江北提督段祺瑞，还可以率领江浦混成协坐船去，那样会更快些。

载沣信不过南方的军队，又认为段祺瑞是袁世凯心腹，没有同意。

当时，还有另外一个选择，就是从近畿陆军或河南新军中马上抽人赶赴武昌，那样比永平新军更快。但庆亲王奕劻怕载沣的弟弟载涛趁军队调拨的机会，用城内的禁卫军先把自己给"解决"了，坚执不可。结果，奕劻调来自己信得过的姜桂题目的武卫军把守京城九门，顺便保卫他自己的庆亲王王府。

清朝高层窝里斗，造成决策延搁和失误。

最终，清廷还是决定从永平调军去武昌镇压。

荫昌本人坐火车先去。随后，朝廷抽兵，组成两个军，第一军由陆军第四镇、第二镇的混成协以及第六镇的混成第一协组成，荫昌自任"总统官"。第二军的"总统官"是冯国璋，他率陆军第五镇、第三镇的混成第五协，以及第二十镇的混成第三十九协，赶往武昌扑火。

荫昌这个人，好玩不正经。他脚登德国长统靴，身穿中式缎袍，嘴里唱着京剧《战太平》的歌词儿，拿着身板架式上了火车。（见梅兰芳《戏剧界参加辛亥革命的几件事》）

当时，荫昌非常轻敌。清军水陆并进，阵势之么大，平灭武昌几个叛党，看似很容易。为此，这个半老少爷大有"为君谈笑净胡沙"的意头。

10月15日，荫昌在彰德下车，拜见袁世凯问计，显得很有得胜的信心。

袁世凯劝他："湖北方面，有黎元洪为将，千万不可小视！"他建议荫昌小心，切勿轻易出战。

荫昌与袁世凯关系甚好。特别是摄政王得权后，袁世凯得保人头，荫昌出过大力，为此袁府上下视他为"恩上"。

袁世凯如此劝说，绝对不是发阴使坏，而是真正掏心窝子为荫昌好。

而荫昌呢，二百五性格。他经袁世凯一劝，由极端乐观变成了十分悲观，从谨慎变成了磨蹭。

所以，一直到10月17日，荫昌也没有组织清军进行任何像样的进攻。

最早到达武汉的，只有清军的新军第一镇第一标与第六镇第二十四标。

正在舰上避风的瑞澂听说只有两标人马赶到，心里更虚。

为了将功赎罪，他还是马上命令这两标人马进攻。

但是，荫昌事先有令，一定要等大部队集结完毕后，各部才能发起进攻，以求万全。

10月18日，在汉口附近，已经有清军的一个混成协和两标人马，荫昌仍不下令进攻。

他本人"持重"，革命军却先发制人。

排炮轰鸣中，革命军在刘家庙打得清军屁滚尿流，夺取了大批枪炮辎重。

这时候，人在信阳的荫昌心内有些慌。

由于调度无方，铁道挤塞，弹药未及时运送，荫昌与那些军中"留学生"出身的军官、顾问们，一时间感到脑袋都大。

等到新军强大的第四镇开到前线，武昌起义已经到了第10天。

10月23日，荫昌把指挥部从信阳前伸到孝感，巡洋舰海琛号，也把大炮瞄准了革命军。

但是，事已至此，一切都似乎太晚了。

由于一而再、再而三地贻误军机，10月22日，湖南独立；当天，陕西独立；过了两天，九江响起革命枪声……

革命的多米诺骨牌，开始了倒塌的过程。

回顾历史，可以发现，在10月27日之前，荫昌所统的大批清军，对革命军没能发动任何有效的进攻。张彪残部自不必讲，河南的巡防军反而向革命军投降，真是雪上加霜……

事情发展到这个份儿上，没有别的办法，清廷只能起用袁世凯。

眼看中国局势渐乱，怕威胁到各自的在华利益，洋人们出来说话，纷纷要求清廷把袁世凯请出来主事。

英法德美四国银行团的美国代表、法国代表，还有美国驻华公使嘉乐恒、英国驻华公使朱尔典（此人在朝鲜时就与袁世凯是好友），以及洋人的驻京公使团，一致要求袁世凯出山，并专门派人入宫传达清晰的信息——希望袁世凯以"皇权执行者"的身份出来。（贝洛夫《1911—1913年的中国革命》）

在清廷内部，本来就与袁世凯一气相通的庆王奕劻、那桐、徐世昌等人，这下子底气更足，他们一起对载沣施压，要求重新起用袁世凯。

急火攻心下，摄政王载沣没辙了，他忍泪屈从，并把"丑话"说在前头："你们这样主张，就照你们的办，日后有事发生，请不要推卸责任！"

这位以"有书真富贵，无事小神仙"为座右铭的摄政王爷，终于在泪水中完全暴露了他的怯懦与无能。

载沣这边愿意了，袁世凯那边没那么容易。

该拿捏的时候，一定要捏足了谱儿。

袁世凯上折推说道："……臣旧患足疾，迄今尚未大愈。去冬又牵及左臂，时作剧痛……近自交秋骤寒，又发痰喘作烧旧症，盖以头眩心悸，思虑恍惚……一俟稍可支持，即当力疾就道。"（《袁世凯奏折》）

袁世凯声称自己浑身是"病"，不仅老腿病未好，左胳膊也坏了，气喘发烧高血压，一并都来。

你载沣不是从前以"足疾"开我回籍吗，今天，我袁世凯身上毛病更多了。

当然，袁世凯在吐喷胸中郁气时，也给载沣留个退步——只要病好，我一定出山。

这就是讨价还价的第一步——湖广总督，官太小。不干。

袁世凯其实啥事没有，他大馒头一顿吃五个，精神十足。

见关子卖得差不多了，他再讨价还价（致电内阁）：给枪给钱，按我的意思安排人。

于是，王士珍、冯国璋、段艺贵、段祺瑞等北洋嫡系，一时到位。

清廷已经答应了这么多条件，袁世凯该出山了吧。

不！他仍旧"抱膝长吟"。

清廷派来彰德劝说就任的徐世昌，本来就是袁世凯心腹。他来见袁世凯后，不仅没苦口婆心劝老友立刻赴任，还给他出了不少要大价码的主意。

如此，袁世凯摆出了六大条件：

1. 明年即开国会；

2. 组织责任内阁；

3. 宽容参与各省起义的党人；

4. 解除党禁；

5. 需委以指挥全国水陆军及军队编制的全权；

6. 须有十分充足的军饷。

上述六条，哪条不答应，袁世凯绝不出山。

这六条条件真厉害，不仅使得袁世凯人前人后、敌方我方做足好人，也彻底把皇族架空。

载沣答应吗？绝对不答应！暂时的绝对不答应！

眼见全国各省纷纷独立，火越烧越旺，摄政王载沣最终不得不向袁世凯屈服。

10月27日，朝廷发电谕，召回荫昌，任命袁世凯为钦差大臣，授他全权指挥军队，并特别说明，陆军部、军咨府不能对他指手划脚"遥制"。

这下袁世凯该出山了吧！还不！

10月27日，滇西腾越革命；10月29日，山西太原独立，巡抚陆钟琦与其子被杀。第二十镇统制张绍曾驻军滦州，与蓝天蔚等人通电清廷，要求免斥"皇族内阁"，速开国会；10月30日，昆明"重九起义"，推蔡锷为云南都督；31日，江西南昌光复。

忧恐惶急之下，载沣在10月30日连发四道"上谕"，表示要释放"国事犯"，真正施行"宪政"，并落实组织"责任内阁"。

同时，他与隆裕太后商量，准备带着小皇帝逃往热河（"北狩"）。

很怕隆裕太后和溥仪小皇帝跑了没东西可玩，袁世凯连忙上书制止，表示自己要"出山"。

10月31日，袁世凯到达信阳。

11月1日，清廷下达谕旨，以袁世凯为"内阁总理大臣"。

看到电报，袁世凯终于长吁一口气，笑了，大笑了。

这一天，他赶至湖北孝感，作坐镇指挥的姿态。

载沣等人，不让他在湖北呆着，心急火燎请他入京主事。

袁世凯仍旧推辞，表示自己的"总理大臣"一职不是公推，不敢奉诏就任。

11月8日，北京的资政院开会，正式推举他为内阁总理大臣。

看此电文，袁世凯才把军事指挥权交给亲信冯国璋、段祺瑞等人，自率卫队北上，于11月3日抵达北京，组织责任内阁。

这样一来，"皇爹"摄政王载沣实权皆无，该袁世凯当主角了。

❀ 革命抛与鄂江潮——革命军在阳夏战争中的重挫

暂放下袁世凯，我们看看武汉的战事进展。

当袁世凯被任命为"钦差大臣"后，北洋集团在武汉前线的官兵吃了定心丸，开始出手动真格的了。

此前，黎元洪三番五次指示各军加强守备，都没有引起足够重视。特别是在刘家庙阵地，革命军官兵们仍然沉没在大捷的喜悦中，没把清军当盘菜。

隆隆大炮，忽然齐放，北洋炮兵开始发威。一时间，刘家庙阵地上血肉横飞，革命军士兵牺牲甚众。特别是革命军的炮兵阵地，在北洋炮火的精确打击下，弹药库爆炸，巨响连连。

没有多久，清军陆军开始进攻，打得革命军措手不及。

巨压下，革命军被迫放弃第一道防线，退守至三道桥——姑嫂树一线喘息。

这时候，清军水师开始发威，用舰炮对革命军展开了十多轮轰击，对革命军炮军阵地产生了极大的威慑和压迫。

一批又一批革命士兵，倒在血泊之中。

于是，双方开始冲锋和反冲锋，拼死肉搏。

无论是革命军还是北洋军，他们都是来自经受过最新军事训练的新军（革命军中有部分新募士兵）。双方各持新式武器，殊死战斗，无畏无惧，杀得你死我活，展现了新式军人的勇气和斗志，确实都值得赞许。

毕竟北洋军人多势众又有无尽的弹药增援。近中午时分，革命军的刘家庙阵地失守。

第二天，10月28日，北洋军乘胜，直杀汉口。

这个时间段，已经是"阳夏战争"的后期。

北洋军、革命军双方的正式交手，从10月12日开始，在汉阳、汉口一带，持续了40多天的战斗，其实是武昌起义以来最大规模的战争，史称"阳夏战争"——汉口古称"夏口"，所以称汉阳、汉口之战为"阳夏战争。"

到了10月底，战争进入北洋军得势的阶段。在汉口外围，北洋军势如破竹，把革命军打得节节败退。

进入市区后，北洋军新武器不得施威，又不熟悉地形，一路遭到革命军节节阻击，双方浴血巷战。

在战斗中，多位辛亥首义英雄，如炮队孟华臣、工程队李忠孝、步队谢元恺等人,皆英勇阵亡。

武昌起义关键时刻在楚望台上曾立大功的马荣,受伤后被敌人活捉,剖心剥皮,仍勃勃不屈,大骂而死。

见三天两夜都攻不下汉口,冯国璋大怒,下令士兵纵火。

大火之下,烈焰铺及三十多里,无数百姓葬身火海,遍地皆焦。最后仅存者,下惟花楼一带,上惟硚口一带,只有原先的十分之一。(下路因为邻近洋人租界,清军不敢纵火;上路因为清军想据之为巢穴,所以幸免于难)

乘借火势,北洋军攻陷汉口。

在此危机时刻,一个人出现在武昌。革命军众人,眼前一亮,似乎大救星来到。

他,就是黄兴。

作为享誉华人世界的同盟会二把手,黄兴的到来,无异于为革命军注入一支强心剂。

看到黄兴,喜得黎元洪拉着他的手大叫:"克强兄你来,武汉幸甚!革命幸甚!"

于是,武昌城内,四处有士兵走马,高举大旗,上书三个大字:

"黄兴到!"

欢呼之声,响彻数里。

黄兴真顶事吗?未必。

这位爷,多年来出生入死,四处参加起义,但屡战屡败,屡败屡战,屡战仍败……最近的一次,就是广州黄花岗起义,死了百十人不说,他本人还被打断一根手指。

黄兴到后,革命同志情绪高昂,居正等人欲推他为两湖大都督,想把他超升于黎元洪之上。

吴兆麟顾大局,认为此议可能导致内部分裂,不如推黄兴为战时总司令。

此议,黎元洪赞成,汤化龙也赞成。凡是研究辛亥革命的人,均对黎元洪此时的表现大加首肯,认为他"深明大义"。其实,据笔者忖度,黎元洪不那么简单。

黄兴名气再大,书生而已,最多指挥过百十号人马、几十条枪,根本没有真正的军事指挥能力。反观他的对手,那可是冯国璋冯爷。这位北洋军爷,武备学堂出身,是淮军名将聂士成手下勇将,曾在朝鲜与日军死拼过,又是小站练兵的好手。他的军事才能,远超黄兴之上。

黎元洪以秀才黄兴主持军事,显衬出他心机老辣的一面。

为此,他大办仪式,登坛拜将,亲授黄兴关防、令箭。如此一来,黄兴再重要,也是黎元洪手下大将(黎元洪是"刘邦",黄兴是"韩信")。

主次判然而分。

傻乎乎的黄兴,带着兴致勃勃的革命军,进抵汉阳。

他来了,冯国璋也来了。

汉阳,作为武汉三镇互为犄角的一势,太过重要。

于革命军而言,还有好消息传来。11月6日,前来增援的湘军雪中送炭,王隆中所率湘军第一协赶到汉阳增援。11月9日,甘兴典率湘军第二协赶来。

兵力大增之余,各省纷纷独立消息频传,人心大奋。

接下来,在汉阳防卫战的布署方面,黄兴却与武昌军务部三位军爷发生了矛盾。

军务部主持战略的三个人,是著名的"首义三武"——部长孙武,副部长蒋翊武、张振武。

孙武湖北人,当然对湖南人黄兴心存芥蒂。

黄兴认为应该把守军全部布置在汉阳正面,侧翼派出少量军力作牵制即可。

孙武对此不屑。他认为新沟是蔡甸咽喉,蔡甸是汉阳门户,应该在这两个地方布置重兵。

黄兴不予采纳。

孙武人品虽不是很好,但他的见解比黄兴高。

虽然孙武见识高,但黄兴是"战时总司令",说了算。

冯国璋的想法,与孙武不谋而合。他对汉阳的作战计划,就是声东击西。先绕路猛击蔡甸、新沟二地,然后从侧面闪击汉阳。

结果,不用多说,等黄兴缓过神来,得知蔡甸、新沟两地的敌军是北洋主力时,大势已去。

汉阳岌岌可危!

事已至此,只能想出奇制胜的招数了。

于是,黄兴黄大胆提出一个惊人的建议:反攻汉口!

这个提议,其实是来武汉的一个日本人大元为黄兴出的主意。恰好当时吴禄贞在石家庄遇刺的消息传来,为鼓舞士气,黄兴采纳此建议,并为同盟会党人所赞成。

不仅这样建议,黄兴还就要这样做。作为子弟兵的湖南二协湘军,正可担当主攻任务。

黎元洪思前想后,勉强答应了黄兴的要求。他准备在黄兴攻汉口时,派出武昌部队,由汉阳门渡江,攻击汉口正面。

黎元洪想的也周全。此次奇袭得胜,自然他黎元洪大都督功劳莫浅;如果失败,肯定有黄大胆顶缸。

孙武冷眼相观,不置可否。

此招出奇,真差一点就制胜。

11月16日晚,乘大雨滂沱之际,由湘一标打头阵,首攻五里墩。

歪打正着,清军丝毫无备。由于天气寒冷,清军绝大多数人都躲在民房里面烤火取暖,根本没有注意喧哗而进的革命军士兵。

革命军如入无人之境，一口气推入汉口城内。

黄兴本人骑高头大马，高举雪亮指挥刀，在河堤上往来驰骋，为士兵鼓气。

深谙军事的冯国璋，绝没意料革命军有这种反规则的绝招儿，惊吓得够呛。

定下心神后，他连忙安排各部步步为营防守，并请在孝感的段祺瑞派人来增援。

更悬的是，革命军一支敢死队，已经杀到冯国璋指挥部所在的迎宾馆。可惜，这些人并不知道此处是北洋军司令部，袭扰了一阵就杀向他方。如果他们尽死力进攻，当时老冯非死即伤，还可能当俘虏。

战至午夜三点，北洋军终于缓过神来，在江岸排定重机枪，横扫革命军士兵，终于阻截住湘军一协的进攻。

由于黎元洪答应的武昌部队一直没加入战斗，湘一协孤掌难鸣。

反观北洋，援军越来越多。

湘二协本身战斗力不行，又在后面互相争抢吃食，一下子炸了营，继而波及已经打得人困马乏的湘一协。

两协湘军，兵败如山倒，一口气败下阵来，纷纷往江边逃跑。

事前，黄兴搞那套"破釜沉舟"的纸上谈兵，把原先设在河上的浮桥拆掉，本意是鼓舞士气，有进无退。结果，革命军士兵退却的时候，发现没有桥，好多人心慌意乱，溃兵争渡间，掉入江中淹死了不少。

北洋军还没有从被打蒙的状态中完全清醒过来。看到革命军玩命退却，一下子跑回江那边，均感莫明其妙，不少清军军官认为是革命军搞诱兵之计，下令士兵停止追击。

他们边搜索边行进，给了革命军士兵不少逃命的机会。

此次战役，革命军方面，连兵带官，损失千余人，可谓伤亡惨重。

汉口反攻没得手，汉阳就更保不住。

从 11 月 19 日到 11 月 24 日，接连 5 日，北洋军猛攻汉阳。

革命军士兵殊死战斗，仍旧不敌。最要紧关头，湘军一协王隆中部抵不住，率先退回武昌。未几，这些完全失掉胜利信心的湘军，竟然不顾他们的老乡黄兴，分堆分批离军，逃回湖南老家去了。

敢死队，肉搏战，一寸土地一淌血。

所有这些，都没有用。在付出伤亡数千的代价后，革命军溃不能支。

11 月 27 日，汉阳失守。

黄兴忧愤交加，想当场自杀，为同志劝阻。

武昌军政府紧急开会，商讨对策。

败退后的黄兴，怒气满胸。在会场上，他高声指责军官执行命令不力，没有贯彻作战计划。

见黄兴大败后脾气还如许大，军政府内部不少人勃然而怒，纷纷拍案而起,不客气地指斥黄兴指挥无能。

由于每人面前都有条桌子,拍案争吵,响彻屋宇。(邓汉祥《武昌首义亲历记》)

最后,还是黎元洪出面当和事佬,婉劝大家不要伤和气。

众人稍微平静后,会商如何走下一步棋。

出于长期革命以来屡战屡北的思维惯性,黄兴此时不合时宜地提出说,要放弃武昌,收拾残兵,乘流而下。这样,可以会合南方革命军,尽锐进攻南京。

显然,对于武昌的党人来说,黄兴进攻南京是借口,撤退逃跑倒是真。

屋内一片哗然,几乎所有的人都反对黄兴放弃武昌的提议。

最后,张振武一席话定下调子:

"武昌乃全国革命首义地,如果弃之不顾,肯定大寒各省人心,很可能使革命土崩瓦解……武昌若失,敌人盘踞上游,即使我们能攻下南京,又有什么意义,最终可能像洪秀全那样苟且待毙。"

说到最后,张振武抑制不住内心的激动,拔出腰间手枪,大呼道:

"敢有人再言放弃武昌者,即为汉奸,杀无赦!"

黎元洪、孙武、刘公等人,纷纷起立鼓掌,屋内几乎所有人都赞成张振武的话。

处于如此被孤立的境地,黄兴面色土灰。

还是黎元洪显得有人情味,他打岔说要陪黄司令休息一下,拉这位倒霉的爷们离开会场。

黄兴这个人,人品没得说,是个至忠至厚的好人。但他当时的建议,绝对是一着臭棋。如果放弃武昌,日后不可能那样快就出现中华民国。

当晚,黄兴黯然离开武昌。他从草湖门出城,搭船前往上海。

同船的人不知道,那个闷头坐在角落里的黑脸胖胖的中年男人,正是几日前在张公堤上骑高头大马、手扬指挥刀往来如风的黄司令。

养敌自重观形势——袁世凯按兵不动

谈起袁世凯在辛亥革命后刚上台时任清廷"总理大臣"的表现,几十年来,即使是"极左"的历史学者,立刻忘记了他们"革命派"的身份,无不破口大骂袁世凯阴险,对他的束手观斗痛心疾首。

换位思考,如果我们中的哪人,身为当时的袁世凯,我们会怎么做?我们会傻不啦叽拼死命为清朝打拼,灭掉武昌革命党,然后再俯首听命,任凭载沣对我们卸磨杀驴吗?

飞鸟尽,良弓藏;狡兔死,走狗烹。清朝统治者一向用此伎俩,袁世凯能不寒心吗？

　　自朝鲜到直隶，袁世凯为清朝竭尽犬马之劳。可是，他最后换来什么呢？差一点就换来一把杀头的钢刀。如果当时载沣多一点阴狠，袁世凯肯定会身首异处，连一束白练都得不到——那是赐给清朝权贵全尸自尽用的，汉人就要掉脑袋。

　　作为儒学熏陶出来的袁宫保，自有他本身的政治道德和伦理观。但强求他对清朝效忠至死，鞠躬尽瘁，就是我们时人对历史人物的刻薄和苛刻。

　　重入北京后，乍暖还寒的那颗心，让袁世凯变得无比持重。他的城府，一天深似一天。

　　在"革命"和"反革命"两个阵营间，踩稳钢丝，拿捏有度，以求自身利益最大化。

　　所以，从一开始，对于武昌的革命军，袁世凯本人胸有成算，根本没有急赤火燎杀绝灭绝的心。

　　人在彰德时，他已经派出手下刘承恩，以湖北老乡身份向黎元洪套近乎。攻克汉口后，用枪紧逼的同时，袁世凯派人劝降，遭到革命党人明白的拒绝。而后，刘承恩得他授意，派密探王洪胜持秘信往见黎元洪。双方见面谈话详情如下，很耐人寻味：

　　黎元洪："你送信，想说什么？"

　　王洪胜："我此来，意在两下取和，以免汉人受害，保全大局。打仗的时候，坏的房子，失的银钱，全是我们汉人的。"

　　黎元洪："你们大人（指刘承恩）要是未打汉口以前来说，就好说了，可惜来晚了。"

　　王洪胜："我们大人上月24日由清江才到家，宫保（袁世凯）28日打电话，招我们大人到彰德府，才派办理招抚事宜。我们大人到汉口的时候，双方打过几次仗了，汉口房屋已经烧坏了。"

　　黎元洪："现在要说和，须将皇族另置一地与他居住，管他的吃穿，不准他管我们汉人的事情。"

　　王洪胜："现在朝廷有旨，政府各大臣旗人，庆亲王、那桐等，都已开缺，派袁宫保总理内阁大臣。"

　　黎元洪："宫保见事差矣！这时不该出来。先前宫保做直隶总督，好好的，为甚么开缺？现在有乱事，又请宫保出来，为甚么不叫满人带第一镇来打仗？可见旗人大有奸心。……这个时候，如果不将皇上推倒，随便和了，以后大权归他（满洲），他更比从前加一倍的狠，我们更无有法子了。要照满人一登位时待我们汉人光景，现在我们汉人应将他满人的全家杀完，这才可以报前仇。现在我们许给他一块地方，供应他的吃穿，是很对得住他的。……瑞澂、盛宣怀两人，令人可恨，将来就是太平了，也要拿住杀他。"

　　不过，在回绝袁世凯讲和的同时，黎元洪没把话说死："如果刘承恩他能过江来，我和他可以好好谈谈。"

当时，对于与袁世凯谈条件，黄兴似乎更积极主动些。刚刚参加完登台拜将得任"总司令"的他，在11月9日，曾写亲笔信给袁世凯，先谈清朝残暴："满洲朝廷，衣冠禽兽，二百六十年来，事事与人背道而驰，有加毋已，是以满奴主权所及之地，即生灵涂炭之地。"继之，黄兴劝袁世凯以汉人身份，要明白大义，劝他反正："人才厚有高下之分，起义断无先后之别。明公不能，高出（黄）兴等万万，以拿破仑、华盛顿之资格，出而建拿破仑、华盛顿之事功，直捣黄龙，灭此虏（清朝）而同食……苍生霖雨，群仰明公。千载一时，祈毋坐失！"

见此信，袁世凯特别高兴。人都有喜欢被人戴高帽的潜在心理，袁世凯也不能免俗。于是，他正式以刘承恩为使，持他本人亲笔信过江与革命军讲和，表示说："如能承认君主立宪，两军即息战。否则，仍以武力解决。"

观其荏口，仍旧硬勃。

黎元洪此时一点也不软蛋，当着军政府众人的面，反驳刘承恩的"劝说"，激言道："袁大人逼我们讲和，目的不过是借此自抬威权。希望你转告他，不要做没有人格的满洲奴才，应转旗北向，推清朝朝，否则，双方无和可谈，只得约期大战而已！"在写给袁世凯的信中，黎元洪语气生硬，指斥到位：

"公之外状，佯持中立，于满汉两面，若皆无所为。实则公之自私自为之心，深固不摇，而后乃敢悍然如此，欲收渔人之利也。……（你如此）半推半就，凭术弄巧，欲奋一人之私智，凭今日汉族革命之声灵，以褫胡主之骄魄，乘其震惧失措而篡取其柄，且欲存留鞑统，以为钳制中原之具，而假托于君主立宪……（然后，黎元洪又呼吁袁世凯翻然悔悟，站在革命军一边）公果能来归乎？与吾侪共扶大义，将见四万兆之人，皆皈心于公，将来总统选举时，第一任之中华共和大总统，公固不难从容猎取也。"

后来，不仅黎元洪态度强硬，黄兴也改变先前谆谆而劝的姿态，立驳刘承恩的君主立宪言论，并通谕武汉军民，勿为袁世凯讲和所动，揭发其不良居心。

袁世凯得知革命党方面态度后，一则喜，一则怒。喜的是已探明革命党底线，怒的是这帮人大败方输后仍旧如此不服气。

于是，他加紧部署冯国璋等人的进攻，派兵攻下汉阳。"若不挫其锐气，和议固然无望，余半身威名，亦将尽付东流！"袁世凯在给弟弟袁世彤的家书中如此写道。

革命党方面，黄兴离阵后，蒋翊武接替他"总司令"的位置，吴兆麟充任总参谋长（孙武等人，不满文学社的"湖南人"占位，不久就怂恿黎元洪把蒋翊武的位置给了谭人凤。没隔多久，孙武又挤走谭人凤）。

12月1日，北洋军已经占据了龟山制高点。他们把大炮搬上山，朝着武昌居高临下一顿乱轰。

说着"乱轰"，是讲炮火的频密，其实一点不乱。北洋军的炮兵都是科班出身，打得很精准，又有暗探提前报料，所以，武昌各军事、民政部门无不挨弹。

特别是在一个日本士官学校炮兵科出身的军官瞄准下，仅用三发德国管退炮炮弹，清军就把武昌都督府的大房顶子揭开了大壳。

情势如此危急，黎元洪坐不住了，他吩咐手下收拾行装，准备溜号。

孙振武、邓玉麟等人得知消息，立刻赶来劝阻。

"大敌当前，身为都督，你应该作出表率。弃守地而走，就是临阵脱逃！"张振武大声责斥黎元洪。

黎元洪忸怩，低头搓手。

张振武唤人，吩咐"保护"好大都督，然后匆匆离去，布置防卫。

禁不住大炮弹、二炮弹一个接一个往没有上层屋顶的都督府中乱落，黎元洪最终还是从中逃了出来。

他带着人奔往洪山临时司令部方向退却。最后，一行人跑到了葛店附近的王家店，吃饭喘息。

大都督狼狈出逃，武昌城内更加混乱，军心涣散，居民乱逃。

孙武本人见势不妙，也擅自出城"办公"。

依照当时的态势，武昌沦陷，只是早晚的事情。

连革命军自己都大惑不解地是，占尽优势的北洋军，根本没有乘胜追击，只是不停地发炮"震慑"，步兵并未发动进攻。

而且，就在黎元洪本人逃离都督府的当天，袁世凯派人送信，要与革命军"讲和"。

黎元洪简单不敢相信这消息是真的！

等黎元洪确实得知袁世凯要"讲和"，他变得无比主动和热情——马上就要玩完的关键时刻，竟然对手要言和，真是天佑我也！

不是天佑他，是袁世凯佑他。袁世凯也不是佑他，最终目的是佑袁世凯自己。

11月30日那天，冯国璋本人受到朝廷封自己为"男爵"的鼓舞，加上大胜的铺垫，要一举攻下武昌。这可把袁世凯急坏了，一日内七次急电，制止他的进攻。

冯国璋贪功心切，差点坏了袁世凯的好事。

到了这个时候，武昌军政府中最强硬的革命派，也都默不作声了。谁心里都清楚，谈和，是武昌革命军苟延残喘惟一的机会。

早在汉阳失陷当天，黎元洪已经派人找到了在武昌的上海英文报《大陆报》记者埃德温，公布了他的"声明"：

"敝人切望停战，俾联络共和各省，确定继续交战或与立宪人士协商调解事宜。敝人始终期望了结自相残杀、流血痛苦、毁坏财产之局面，以免招致列强干涉。为此，特声明愿作出任何让步，以确保停止残杀。窃以为应由共和党人与朝廷双方宣布休战，使双方代表得以洽商。倘共和各省议决继续交战，敝人甘冒矢石，作战到底。"

最后那句"甘冒矢石、作战到底"的话，明显没有任何底气。

12 月 1 日傍晚，英国驻汉口总领事盘恩，拿着由清军拟好的和议条款，过江来见黎元洪。

由于黎元洪已经腿快跑去王家店，蒋翊武、孙武、吴兆麟等人接待了他。

袁世凯与英国驻华公使朱尔典是老友，故而朱尔典受托指示盘恩来帮助办事。

议和条款中，英国及其他国家的领事，集体建议交战双方休战三天（12 月 3 日 8 时起）。这份协议，武昌方面先盖印，然后再由清方盖印。

看上去，这显然是一种近乎"城下之盟"的侮辱。但孙武等人此时顾不了那么多，喘息要紧，他们立即同意了盘恩的要求。

此时，有一个小问题出现了——黎元洪逃跑的时候，把大都督印信带走，无法盖印。

好在都督府中人才诸多，一名叫高楚观的人善篆刻，仅仅几分钟，就用大萝卜上刻了个总督"大印"，盖在停战书上，让英国佬带走。

听说和议已成，黎元洪大喜。他赶紧从王家店往回赶，一路翻蹄亮掌。一来武昌已无那时危险，二来怕自己离开久了，孙武、张振武或蒋翊武等人会取代他的位置。

回来后，黎元洪发现，自己不仅没有失势，反而地位更稳，权力更重。因为，清方已经明白无误地表示，以他为谈判一方总代表。

至此，他对先前自己英文报上登声明"无条件议和"的"失态"有点后悔。

于是，他开始广见记者，大说自己赞同共和，要求革命党人坚决联合，一定迫使清廷下台。

如此这般，黎元洪把汉阳失陷后他自己的动摇，完全遮掩。

观察黎元洪起义后一向所为，最初时刻，他确实非常动摇，甚至数次在与清军军官的电话中表示自己"被逼"的无奈。随着局势的逐渐明朗，他也一步一步发生了改变，铁下一条心上"贼船"了。即使是从武昌往外逃的当口，他也并非要叛变投敌啥的，而是躲一躲看一看的心态。当时，各省独立潮起，造反的不仅仅是他黎元洪一个人。即使武昌败了，他还可以跑到别的地方。更重要的是，熟读史书的他，也更加摸清了袁世凯的心思——养寇自重。他知道，有了自己的存在，袁世凯在朝廷才能显得更加重要。

于袁世凯而言，保有了武昌，给革命军留下一块地盘，在对外显示了自己宽容态度以外，最重要是保留住和谈的对手，证明革命军力量不可小视，借此可继续挤兑清朝朝廷，以免攻破武昌后载沣等人对自己再起烹狗之念。

然而，令袁世凯心中不安的事情发生了。

1911 年 12 月 2 日，在武汉的交战双方停战协定生效的那一天，南京却被革命军攻占了。

这样一来，革命军阵营士气高涨，被汉阳、汉口失陷所打击而沉的锐气，重新出现。

北京内阁会议上，善耆等清朝皇贵见袁世凯按兵不动，怒不可遏，大声质

问他:

龟山大捷,汉阳、汉口已复,大胜如此,武昌指日可复,为何与贼党言和停战?"

袁世凯轻蔑一笑,答言:"汉口、汉阳虽收,南京又陷。南京,天下要冲,形势倍于武汉。党人势大,蛊惑国人,人心军心浮动。议和,此乃权宜之计。我以三年为期,必灭党人。如各位盲动,以天下为孤注,不妨代我行权,袁某当避位!"

恫吓之下,几个鸟笼子里出来的满洲贵人,噤口不言。

行文至此,笔者想起袁世凯风华正茂时所写的三首诗,气势磅礴,志向远大,飘飘有凌云之气:

> 我今独上雨花台,万古英雄付劫灰。
> 谓是孙策破刘处,相传梅锅屯兵来。
> 大江滚滚向东去,寸心郁郁何时开。
> 只等毛羽一丰满,飞下九天拯鸿哀。"

（袁世凯 15 岁登雨花台,所作七律《怀古》）

其一:

> 人生在世如乱麻,谁为圣贤谁奸邪?
> 霜雪临头凋蒲柳,风云满地起龙蛇。
> 治丝乱者一刀斩,所志成时万口夸。
> 郁郁壮怀无人识,侧身天地长咨嗟。

其二:

> 不爱金钱不爱名,大权在手世人钦。
> 千古英雄曹孟德,百年毁誉太史公。
> 风云际会终有日,是非黑白不能明。
> 长歌咏志登高阁,万里江山眼底横。"

（以上诗句,乃袁世凯 19 岁返回项城组织文社时所咏十多首《咏怀诗》中的两首。）

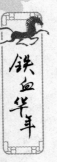

过把瘾就走

——昙花一现的南京"临时"政府

正当袁世凯踌躇满志与武昌的黎元洪讨价还价占便宜的时候，南京方面的革命军势态进展之速，非常超乎他的意料。

南京，虎踞龙盘，九朝古都，为当年诸葛亮所叹："钟山龙盘，石头虎踞，此帝王之宅！"

这一胜地，东南的太湖平原、钱塘江流域乃资源丰富的大粮仓。环顾周遭，皆大富之地，据此可富甲一方。沿江上溯，九江、武汉尽可控遏；沿流而下，又直抵上海。秦淮河与太湖水系，八达四通，更使这一重镇的军事幅射力显得更强。

从地势上观察，南京北高南低，四周环山，城墙坚厚，易守难攻。城西，秦淮河入江，江边多山矶；西南往东北，石头山、马鞍山、卢龙山、幕府山逶迤；东北面，宁镇山脉的钟山耸峙；正北，富贵山、鸡笼山、霞舟山固踞；南边，长命州、张公洲、白鹭洲形成了夹江，山屏水蔽，拱卫古都。

南京，地连三楚，势控两江。群山屏围，长江襟带。如此东南重镇，连江带湖，控遏鄂、赣、皖、苏动脉，又有长江天堑之险。

更特别的是，明朝朱元璋定都于此，故而南京对于汉族人民的政治符号意义，影响非常关键。

如此坚城古都，竟然一朝落入革命军之手，甭说是清廷，连袁世凯都感到十分震惊。

江苏一地,向来为富庶之区。可发一叹的是,衰世天灾多,1911 年秋,苏南一带遭遇几十年不遇的大洪水,农民几乎颗粒无收,灾情十分严重。

由于对外有巨额的赔款要年年缴送,清廷在灾年不能免征租赋,仍旧搜刮穷民。

如此情势下,饿殍遍地。官府仍旧横征暴敛,自然会激酿民变。苏南地区抢米风潮与农民抗租运动此起彼伏,无锡、常熟、江阴三县交合地还爆发了"千人会起义",局势十分混乱。

如此这般,给革命党人以巨大的活动空间。

继上海 1911 年 11 月 4 日光复后,苏州的新军官兵人心思动。

大势所趋。本来就对清廷心存不满的清朝江苏巡抚程德全,在经过与当地士绅协商后,在 11 月 5 日宣布反正,成立中华民国江苏都督府,程德全被推为苏军大都督。(现在苏州寒山寺的"寒山古寺"四字即是程德全所写)

清朝在苏州的提法司护理藩司左孝同(左宗棠第四子)忠于清朝,偷偷跑到南京,急向清朝的两江总督张人骏(此人有个侄女张爱玲,比他有名多了)求援,并嘱咐他做好军事准备。

当时,南京名义上主要负责军事的,是江宁将军铁良,这人是满人中一直号称"知兵"的顽固派,曾为陆军部大臣。摄政王载沣上台后,把他排挤到地方当"江宁将军"。(南京当时就称"江宁")

除了张人骏、铁良二人一文一武大员,真正在南京主管日常防务的,乃臭名昭著的张勋,时为江南提督。

继上海、苏州光复后,无锡、常州、太仓、昆山陆续光复。1911 年 11 月 7 日,南京的门户镇江,在城外第九镇 18 协新军起义下,发动进攻,城内旗兵不支缴械,都统载穆(旗人)吞金自杀(这个死法不好受)。镇江光复。

镇江一地,挟象山、北固山、金山、焦山、岷凉诸险隘,乃南京锁钥。

好消息陆续有来。镇江光复后,自长江上游东溯而下的清朝南洋海军江贞、飞鹰、楚同等十三艘军舰,也在镇江江面宣布起义,被改编为革命军镇军舰队。

其间,至 11 月 15 日止,江苏的常熟、江阴、宜兴、吴江陆续光复。清江浦(淮阴)炮队起义,淮阴告复。通州(南通)情势很有戏剧性,当地士绅们集体"规劝"清朝狼山镇总兵张士翰,要他缴械。这哥们听劝,表示无条件归顺后,孤身离职,于是通州(南通)光复。11 月 10 日,扬州不流血光复。11 月 22 日,海州巡防营清军暴动,仅仅十几个党人士兵,就攻克了海州衙门。

至此,双跨长江南北的江苏大部分,基本光复,南京成为一座孤城。

1911 年 11 月 4 日,浙江省城新军起义,上海的陈其美派党人蒋介石、王金发等率沪军敢死队前来助战。仅一天时间,就光复了杭州。由于表现勇敢,青年蒋介石甚得沪督陈其美赞赏,提拔他为团长。当时的蒋中正,年仅24岁。

扫清外围拔钉子。革命军对南京坚城,志在必得。只要夺取南京,就能与武昌革命军遥相呼应,最终在战略上形成与清廷的南北对峙大势。

驻防南京的清朝新军,是第九镇的十七协三十三标和三十四标,外加骑兵第九标,炮兵第九标,以及工程、辎重各一营,约有5000多人。三十三标原来的标统赵声(1881—1911),为江苏丹徒(今镇江)人,同盟会员,一直在军中宣传革命。他后来遭到张人骏疑忌,被迫去职(他去职后参加过两次广州起义,因连败而忧愤成疾,1911年5月病死于香港)。所以,南京的新军革命根基,非常有底。

武昌起义后,听说起义主力是湖北那里的新军八镇,在南京的新军九镇官兵摩拳擦掌。

两江总督张人骏、江宁将军铁良以及江南都督张勋,都对九镇新军非常猜忌,很想把士兵全部缴械。但是,他们恐怕一下子激起兵变,缴械令一直未敢猝发。

思来想去,张勋等人不敢怠慢,就严格限制九镇新军的弹药使用,下令士兵们要把打靶后所剩的子弹、炮弹一律上缴,还强行取走九镇的几门大炮和数挺机关枪。

为了从心理上震吓新军,张勋派出三个营的精锐,紧靠33标驻地部防,以备不测。同时,他还下令架设大炮于猫儿山,炮口直指33标营房。狮子山清军防营要塞的大炮,也指向33标。

见城中双方杀气腾腾如此紧张,城内的士绅害怕这些军爷们火并,就建议张人骏把九镇新军调往城外。

这个台阶,对双方都有好处。张人骏照准。

10月3日,新军第九镇统制徐绍桢率领城内新军移师城外,驻兵于距南京60里开外的秣陵镇。

刚到秣陵镇,九镇新军在军中中下级党人鼓动下,即刻子弹上膛,刺刀开刃,准备杀回南京。

在镇江驻守的35标,江阴驻守的36标,闻讯也跃跃欲试。不久镇江光复。

这时候,由于张勋等人的严限,九镇新军每人手中仅有三颗子弹。即便如此缺粮少弹,士兵们迫不及待也要革命。

11月7日,33标、34标的官兵们就开始猛攻南京雨花台炮台。

新军勇猛无畏,拼死进攻,已经打到了距炮台一公里的地方。由于他们枪中的子弹打光,最终不能即刻成功。

清军的机关枪,像割草一样,把不少空枪进攻的九镇新军士兵撂倒在阵地前。

最后,仍有百余新军官兵挥舞刺刀攻上炮台。

由于众寡不敌，清军弹足枪精，这百多名新军皆战死于炮台之上。

为了把起义的势头压下去，清军调校炮台上的大炮，炮炮直中进攻中的新军。

轰鸣声中，血肉横飞，马倒人亡。

九镇起义士兵不支，只得沿宁镇大道撤往镇江方向。

上海中部同盟会总部得悉起义军攻打南京失利，非常关切，决定组建"江浙联军"，合力夺取南京。

与此同时，他们通电光复各省，希望能各自派军增援。

为了指挥有力，大家拥推新军第九镇统制徐绍桢为联军总司令。

众人拾柴火焰高。江浙各地部队集结，共有兵力三万多。上海方面运送了充足的弹药；湖南、湖北两省军政府共解饷银二百万两。

相比之下，清军在南京兵力有两万多人，有铁良指挥的驻防旗兵一标，炮兵一营，以及张勋江防军的步、炮四个营，后又新招募一营约 3000 新兵。

为了阻截张勋军逃跑后路，拦截北方清军的支援，江浙革命联军由镇军李竟成部组成江北支队，在长江北岸自六合攻向浦口，以张声势。

同时，革命军海军舰艇在长江上发炮策应，掩护登陆，并阻止清军在江上的南北交通。

主功方面的计划，由镇、沪、浙军为主力，东面出动，率先扫清外围马群、孝陵卫等清军据点，夺取南京的制高点天堡城，而后攻占南京东城及东北各个城门。南路方面，以苏州军为主力，在雨花台一带佯攻，牵制清军主力，伺机入聚宝门、洪武门。北路呢，派出镇、浙军部分士兵进攻乌龙山和幕府山，清除狮子山炮台等外围要塞。

一切就绪后，11 月 24 日大早，江浙联军首先与清军在马群、孝陵卫一带激战，首战即大破张勋辫子兵。

打到下午 3 点左右，革命军在海军掩护下，已有部分士兵乘舰逐波，在乌龙山登陆。

这时候，炮台上清军已经被"策反"，忙树白旗反正。乌龙山炮台被联军所有。

11 月 25 日，随着幕府山炮台、下关东西炮台的反正，革命军攻占马群、孝陵卫阵地。

张勋杀红眼，转日亲自督战，指挥 7000 人马，想拼死夺回孝陵卫等外围阵地和炮台。

革命军血战，双方伤亡惨重，一时间不分胜负，胶着在一处。

关键时刻，沪军 1500 多援军杀至，打得张勋军措手不及，大败而去。他手下一多半人马，不是被打死打伤，就是成了俘虏。

张勋只得逃回城去，再想办法。

这个尽忠清朝的汉人将军败回城中后，并不气馁，依据坚城高地，用炮猛轰攻城的革命军士兵，还时时出城进袭，打不过就后撤入城，在南京城周数处与革命军展开拉锯战。

到了 11 月 27 日，由于南京外围的制高点如乌龙山、幕府山、孝陵卫、狮子山等地陆续落入革命军之手，形势对城内清军大为不利。

联军在各处架设重炮，对准北极阁、富贵山、总督署，明故宫以及太平门、洪武门等战略要地，阵阵猛轰，打得张勋的兵马血肉成沫，四处惊奔。

张勋(1854—1923)，字少轩，江西奉新人，出身贫寒农家。他 8 岁丧母，12 岁丧父，15 岁入地主家为牧童，可谓"苦大仇深"。这个人当兵很晚，26 岁(1879)才入伍，5 年后就在中法战争中因冒死进攻而立大功，后升为参将。甲午战争后，他在袁世凯手下，由于在山东镇压义和团有功，升任总兵。1901年后，他调入北京担任端门守卫任务，多次参与慈禧的扈驾随行，深得"老佛爷"信任。1911 年，张勋被提升为江南提督。由于广受"皇恩"，这个粗汉是个铁杆保皇派。

战至此时，南京只剩下最后一个难拔的钉子——天堡城。

凡研究过南京历史的人都知道，天堡城乃南京咽喉，位于东郊紫金山西峰，形势险峻，易守难攻，为兵家必争必夺之地。

一旦夺取天堡城，南京城尽收眼底，可顺势而下。

在这里，张勋不惜老本，不仅派驻汉防军精锐一营，又派旗兵 600，拥重炮 10 余门，数挺马克沁机关枪，死守不动。

从 11 月 24 日到 11 月 30 日，江浙革命联军仰攻 6 日，徒然在天堡城下留下尸山血海，半步也无法进取。

革命军将领心急如焚。

浙军统领朱瑞火起，下令重赏：如有先登天堡城者，为夺取南京第一功。首入官兵，每人赏大洋 50 元，伤亡者铸像立名。

同时，他亲自挑选 200 死士，排成两组，一组由白骨坟东湾上中茅山，攻天堡城侧背；一组由明孝陵园的通寺出发，直奔紫金山主峰，居高以击其东。而后，再派镇、浙、沪三军，从正面再行猛攻。

由于不停地施以重炮，天堡城外围一大据点不支，守卫的清军叫嚷要投降。

镇江革命军管带杨韵珂有信有义，下令革命军士兵停止射击，带着几个士兵上前准备交涉。

不料，清军诈降，待他迎前时，排枪齐放。

杨韵珂身中数十弹，栽倒在血泊中。

死前，他对身后兄弟们大呼："不夺天堡城，莫收我尸！"

战至 11 月 30 日夜，天堡城下堆满了革命军尸体。

革命军士兵们仍旧不放弃，冒死从各个方面进攻。

率一支敢死队直插紫金山主峰的同盟会会员叶仰高(时任联军参谋)，在冲锋中中弹阵亡，英勇献身。

他的死，刺激了攻城的革命士兵，人们高呼"为叶长官报仇"，死攻天堡城……

最终,12月1日黎明,镇军连长季遇春第一个登上天堡城,手刃清军机枪手。

革命士兵一涌而上,把未死的数名清军捅成血窟窿,砍成肉泥酱。

那位在紫金山主峰牺牲的叶仰高,名字看上去好像有些熟悉——不错,当初徐锡麟之所以仓猝起义,正因为叶仰高在上海被捕,受不过刑讯,供出不少革命党人,其中就包括化名"光汉子"的徐锡麟。如今,他在南京壮烈牺牲,终能洗一生之羞。孙中山在南京任临时大总统后,叶仰高的名字被镌刻在"浙军记功塔"上,名列第一,受到孙中山以及临时政府的拜祭。

攻占天堡城后,革命军略感失望——虽然占据制高点,但许多重炮都在激烈的争战中损坏,惟剩一门德国山炮可用。

这时候,新军九镇神炮手于魁派上用场。他调校炮口,连射几十炮,弹无虚发,把富贵山炮台轰上天。哭爹喊娘声中,清军的江防营炮兵溃逃而去。这位于魁,曾在秋操竞赛中与德国神炮手交过手,比试中拔得头筹。

不久,从上海运到的24门大炮,被联军放于南京近郊的藤子树高地,向城内清军主要军事据点不停猛轰。

如此巨炮,响彻云天,清军从精神上完全丧失斗志。

见大势已去,张人骏通过美国领事向联军乞和。

由于清方对交出张勋的条件不置可否,革命军没有停止攻城。南京,终于在12月2日得以光复。

张人骏、铁良逃入泊于长江之上的日本军舰上避难;张勋率两千残卒出汉西门狼狈而逃。

联军一路蹑杀,直追到临淮关才止步,获缴白银十多万两及无数辎重。

张勋等残兵败将脚下生风,一直跑到徐州才敢停下喘口气。

锣鼓声声催人忙——和战皆是戏

南京虽然被革命党人攻下,十几个省份宣布了独立,但全国大局的主动权,仍然在袁世凯手中。

一方面,他想保留"武昌"的火种养敌自重;另一方面,他很想先剿平晋陕两省,图个北方的后院安宁。

继第一次停战三日期满后,袁世凯在北京与英国公使朱尔典决定再继续停战15日,并准备派出唐绍仪(时任清廷邮传大臣)作为北方议和代表与南方革命军交涉。

12月11日,唐绍仪到达汉口。但民军一方推出的南方议和代表伍廷芳不肯赴鄂,坚持把和谈地点设在上海。

武昌的黎元洪拗不过，只得礼送唐绍仪去上海议和。

中国人长久以来，一直地域观念严重，"各私其地，各私其人"（谭人凤语）。即使是当时独立的各省，皆有明显的割据倾向。所以，上海光复后，就一直与武昌争夺"中央"名义权。

由于武昌是首义之区，黎元洪一直在心理上以临时"中央"政府自居，并在 11 月 9 日通知独立各省派人到武昌开会。

仅过三天，沪军都督陈其美联合苏督程德全、浙督汤寿潜，准备在上海设立"临时会议机关"，摹仿美国独立战争初期"十州会议"的形式，要各省派人到上海共筹临时政府。

特别是陈其美，他本人是同盟会会员，基于山头主义的考量，他当然不希望武昌的"中央政府"成为现实。于是，在广泛联系江浙立宪派、党人以及旧官僚的基础上，以陈其美为中心，形成了一个"上海集团"。

即便如此，武昌起义，天下共知，上海如果另打一面旗，毕竟不能服人。于是，陈其美就暂先承认武昌为"民国中央军政府"（鄂军都督府执行中央政务），同时，他企图在湖北设政府，在上海设议会。如此，先与武昌平分秋色，然后在牵制武昌的基础上，把政权重心逐步移向上海。

黎元洪在清朝的官场浸淫多年，当然不傻。11 月 20 日，他申告各省都督，提出在大局粗定的基础上，让各省派人来武昌，拟议建立中央政府。

也就是说，黎元洪想先下手为强，在湖北带头搭起中央政府的架子。

由于当时黄兴本人也在武汉，上海集团不得不窝了口气表示退让，同意各省代表到湖北开会。

人算不如天算。黎元洪正得意时，汉阳失守，武昌岌岌可危，连他本人也匆忙狼狈逃离都督府。不久，江浙联军攻陷南京，形势为之大变。

12 月 4 日，沪、江、浙三都督，公推黄兴为大元帅，黎元洪为副元帅，准备让黄兴在南京组织临时政府。

此议一出，湖北方面大哗。对于黄兴当大元帅，武昌集团自然非常不服气，苏浙联军的军官，也有不少人反对"常败将军"担任如此要职。

从黄兴本人讲，得知孙中山已从美国启程回国，他当时就不准备去当什么"大元帅"。孙中山已在路上，黄兴恐怕自己的抢先一步，会造成同盟会的内部分裂。为此，他对身边同志推诚布公，表示说革命党人不能像"太平天国"那样窝里反，应该引以为戒，精诚团结。

黄兴这个人，"革命"运气一直不好，但他个人品德方面，远在当时诸人之上，诚为一代磊落伟人。

于是，12 月 12 日，各省代表在南京开会后，就把原先的"决议"倒过来，以黎元洪为大元帅，黄兴为副元帅。临时大总统未举定以前，以大元帅代行其职务。

得知这一结果，黎元洪非常高兴。但他还没有傻到离开自己老巢湖北远去南京当"大元帅"的地步。假模假式谦让一番过后，他"委托"副元帅黄兴在南京代他行权,让这位老实人再次替他收拾江南一带的乱摊子。

黎元洪与黄兴争名号,很有凭恃心理。至于对未来民国的"大总统"的人选,在他心目中,非袁世凯莫属。

袁世凯方面,为了使他自己的"和谈"计划顺利实施,换掉了傻不拉叽一心要打胜仗换"黄马褂"穿的冯国璋。

连下汉口、汉阳之后,冯国璋凭勇乘胜,很想(而且完全有能力)把武昌顺势端掉。冯爷的积极主动,使得在北京的袁世凯急火攻心,心里那个气,不得不亲自打电话阻止这位不识时务的部下,让他停止进攻。阻止之后,又不好明说为什么。

冯国璋呢,一万个想不明白——武昌的革命军已经人数寥寥,清军大小船只齐集江边,只要一声令下,武昌即时可以攻陷。于是,他三番五次发电报给袁世凯,让他下达总攻命令。

光火之下,袁世凯在北京终于给他发来了电令:不是让他进攻,而是调他离开武昌,转任察哈尔都统(回京后就任禁卫军军统)。

至于冯国璋统率的第一军,转由深知袁世凯心思的段祺瑞接替。

段祺瑞这个安徽人很识相,他接手后按兵不动,一切惟袁世凯马首是瞻,袁叫干啥就干啥。

正是因为在武汉结下的梁子,埋下了冯国璋、段祺瑞二人日后反目成仇的种子。袁世凯死后,北洋分裂,冯国璋直系,段祺瑞皖系,最终衍变成直奉大战。

话题扯回。再讲南北和谈。

12月8日下午3点,南北和谈在上海英租界南京路的市政厅举行。北方代表是唐绍仪、杨士奇等;南方代表是伍廷芳、温宗尧、王宠惠以及汪精卫。

汪精卫为何出现在代表团中呢? 原来,辛亥革命爆发后,清廷迫于内外压力,开释政治犯,他出狱后,就被安排住在北京的六国饭店。

出狱后,汪精卫积极投入革命工作。他与同盟会员魏宸组等人分析局势后,认为当时中国能推翻清廷的,非袁世凯莫属。于是,他们就决定在北京"策反"袁世凯,建立共和中国。

袁世凯本人,对汪精卫的建议很感兴趣,便派出儿子袁克定以及杨度、赵秉钧等人与他密切联系。

革命军攻克南京后,袁世凯先惊后喜——"不得汉阳,不足以夺革命之气;不失南京,不足以寒清廷之胆"(与冯国璋电报)。

可见,袁世凯对天下大局,一直成竹在胸。

12月6日,倒霉蛋载沣辞去其"摄政王"一职,清廷完全处于"寡妇孤儿"状态。由于禁卫军统领一职由袁世凯嫡系冯国璋掌握,北京的清廷,尽操于袁世凯之手。

在这样的情况下,袁世凯常召见汪精卫、魏宸组,于深夜从容议事。

趁此机会,汪精卫力谏袁世凯认清形势,并盛赞他"一言足安天下",希望他能当中国的"华盛顿"。

夜深茶热，袁世凯莞尔，表示要"研究研究"。

于是，唐绍仪率议和代表团20人于12月7日出发。与他们同火车的，还有汪精卫、魏宸组。

到12月底，南北和谈共举行五次正式会议（18日、20日、29日、30日、31日）。双方除讨论军队的具体停战措施外，主要争论焦点在于是"君主立宪"，还是"民主共和"的国体选择。

袁世凯的本意是，以"君主立宪"与革命党讨价还价，再拿革命党的"民主共和"威胁清廷。

伍廷芳、唐绍仪皆官场老手，白天一脸正经谈空话磨时间，晚上老友鬼祟欢宴，大叙乡情。（唐为广东香山人，伍是广东新会人，都是同治十三年的同级留美学生，他们本来就是老相识）

作为背后实际操纵者，袁世凯在北京遥控着一切。

对于清廷权贵和满朝的老臣子，袁世凯一直表示出忠心耿耿的样子。他发誓绝不辜负"孤儿寡母"，要拼命死保清朝皇统，以报国恩。同时，他大讲南军之盛，说对方兵精饷足，力量强大，不停吓唬周围的清朝贵族，并对庆亲王奕劻讲："谈不拢，我们就与南军打（先表忠心），但是，打赢了固然好；如果打不赢，连南方'优待清军'那一条都得不到，那就不好办了……"

袁世凯吓唬庆亲王，庆亲王转身就去吓唬隆裕太后。

于是，清廷只得同意唐绍仪电奏召开临时国会公议国体的要求。

实际上，当时南北双方已经有了草约五条，最主要的内容有三：一，确立共和政体；二，优待清皇室；三，拥推促使清廷退位者为大总统（没好意思明点袁世凯的大名）。

如此看来，一切都似乎在袁世凯预先拟实的轨道上进行。

但是，孙中山的突然回国，打扰了袁世凯有条不紊的步骤……

今所带回者，乃革命精神耳——孙中山归来

武昌起义发生后，孙中山先生在干什么呢？他当时正在美国哈佛的华人餐馆端盘子（这是历史大家唐德刚考证而出，非本人杜撰）。

对于武昌起义的成功，起先孙中山也大不以为然——长江流域从未入他的法眼。因为，他早先很崇拜洪秀全，走的是"边角革命"那条路——即从广东、广西开干，想趁当地清廷力量弱的机会，切开一块"富而通"的广东先占着，再下"勇而悍"的湖南，而后江西、湖北，走当年"太平天国"的道路。

仔细探实孙中山的早年经历，可以发现，在得到黄兴支持之前，孙中山革命道路很不顺利。在国内，只有会党支持；在国外，只有部分华侨给钱。与黄

兴联手后,同盟会成立,他才有了极大的腾挪空间。

1911年12月25日,自美绕欧一路而来的孙中山,身穿笔挺西服,头戴博士帽,一脸倦容地走下海轮的舷梯。

掌声响起来,人群欢呼声此起彼伏。当人群中有记者高声问他,是否带来一笔"巨款"支援革命时,孙中山踌躇满志地回答:

"我身上一文不名,今所带回者,乃革命精神耳!"

群众们仍旧鼓掌,对这位革命伟人的风趣、风度十分倾倒。

欢笑声中,惟独一些同盟会老会员心中发沉:"总理"仍旧如斯,大言故态不改。

12月29日,17省代表投票,有16票赞成,拥举孙中山为"临时大总统"。其中一张反对票,竟然是同盟会老人谭人凤。作为湖南代表,他把票投给了黄兴。

1912年1月1日,南京礼炮轰鸣,孙中山正式就任中华民国临时大总统。

1月3日,各省代表投票,选举黎元洪为"副总统"。

孙中山就任后,表面看上去,南京政府一派新气象。实际上,危机重重。

黄兴负责临时政府人事安排。他不久前刚从湖北大败而走,故而对武昌集团诸人,心有怨恨,结果导致他在人事安排上严重失当——政府总长级人物,竟没有一个武昌首义之人入选。只有汤化龙一人,得了个陆军部秘书长一职(而汤本人在阳夏大败后离鄂赴沪,被武昌集团视为"逃兵")。次长级倒有五个湖北人,王鸿猷、居正、汤芗铭、魏宸组、蒋作宾,但这几个人,无一人是首义功臣,多为留日学生出身。

按常理,在首义中劳苦功高、名声又响的孙武,怎么也能捞个次长当当吧。孙武本人,还特意去了趟南京"跑官",结果空手而归。

悻悻之余,在黎元洪的怂恿下,孙武等人四处张言南京政府是由败将逃官所把持,任人惟亲。于是,他跑去上海,与鄂籍人士及一大批失意政客串连,组成了"民社"。

孙武自任副社长,推黎元洪为社长。由此,黎元洪一个军头,也拥有了与南京临时政府分庭抗礼的政治组织。

1912年1月9日,武昌的黎元洪电告南京政府,坚请以铁血十八星旗为"国旗"。经反复磋商后,南京临时政府以及"上海集团"作出让步,决定以五色旗为国旗,十八星旗为陆军军旗,青天白日旗为海军军旗。

所以,中华民国的最早国旗,并非青天白日旗。

黎元洪本人并不出面,凡事皆由孙武等人操办,最大限度地垄断湖北一切权利,联袁(世凯)拒孙(中山)。同时,黎元洪马不停蹄,借"北伐"为名,大肆扩军,把湖北军队扩至八镇,以自己亲信作干将,暗中延展个人势力。

由于当时西方各国政府根本不看好孙中山和南京临时政府,都拒绝贷款给新政府。

据胡汉民日后回忆,有一次安徽特使来南京请饷,孙中山大笔一挥就给了 20 万元。待胡汉民拿批条去"财政部"，发现金库内仅有现洋 10 块。由此，可见这可怜的南京政府真是穷到了骨子里。

恰恰在孙中山最需要钱的时候，日本人伸出了橄榄枝，枝头上挂满了诱人的支票薄。

为了及时争取更大限度获取长江中下游地区利益，日本人出奇地"积极"和"主动"。

在日本浪人宫崎滔天、山田纯三郎等人的撮合下，孙中山以苏省铁路公司、汉冶萍公司、招商局为担保，准备向日本方面贷款。

2 月 2 日，以 500 万日元为数额，孙中山以"中华民国政府"名义与三井株式会社正式签约。

消息传出后，国内舆论大哗，民众极其愤慨，使得孙中山处于十分狼狈的境地。

大实业家张謇致信孙、黄二人，苦口婆心地劝说："凡他商业皆可与外人合资，惟铁厂则不可；铁厂容或可与他国合资，惟日人则万不可。日人处心积虑以谋我，非一日矣，然断断不能得志。盖（日本）全国三岛，无一铁矿，为日本一大憾事……民国政府建立伊始，纵不能有善良政策为国民所讴歌，亦何因区区数百万之借款，遗他日无穷之累，为万国所喧矣！"

为表愤慨，张謇辞去实业总长的职务。

远在武昌的黎元洪，闻此讯不禁勃然大怒，电斥道："前清屡次抵债，尚顾此区（汉冶萍）而不之界，（今）乃民国新造，反弃此权利，恐清朝遗孽亦当笑人矣！"

他要求南京方面取消协议，并声言要把参与对日本协议有关的盛宣怀等人（其实暗指孙黄）"判处死刑"。

捅了如此大马蜂窝，孙中山张惶，电告盛宣怀赶紧取消与日本公司的协议。

没过多久，日本大财阀阪谷芳郎提出"帮助"中国筹建中央银行。条件是，南京政府向日本借款 1000 万日元，以阪谷芳郎为银行总监。集股成立后，资本金为日币 1 亿元，政府股份为 3000 万元，以官有财产为股份证券抵押，年利率 6%。这个拟议中的银行，还有发行纸币的特权，特许札有效期50 年。

此事，最终因南京政府的解散而未成事实。

可能不少人会茫然发问：日本人干吗支持孙中山，他们直接支持袁世凯不就得了？袁世凯日后不也与日本签订《二十一条》了吗？

理由很简单，当时的袁世凯，手握数十万人强马壮枪精的北洋军。如果他迅速统一中国，日本人担心这个国家会迅速强大起来。如此一来，东方睡狮摇头，小日本那条软蚕再不能在东亚耀武炫威。而孙中山呢，一直主张美国式的"联省自治"，这种松垮联邦形式在中国，肯定造成各省割据的事实，反而正是日本希望看到的局面。

至于后来袁世凯得势后，日本人与他做交易的细节、互相利用的关系、以及袁世凯缺钱少饷的苦衷，读者可参看前几年的公开出版物《袁氏当国》（作者唐德刚），笔者不想在此展开细说。

我想详细加以介绍的，就是孙中山与日本的关系。

孙中山与日本人的关系

有关孙中山早期革命生涯，如果我们看零散的书，总会闪过下列词语——日本友人，同情革命，中山樵、宫崎寅藏、黑龙会……语焉不详，躲躲闪闪。

孙中山与日本发生深刻联系，是在1897年。当年8月16日，他从英国出发，经由加拿大等地停留后，抵达日本横滨。当时在船上，不仅有同船的欧美日旅客，还有清廷驻英国公使馆三等书记官曾广铨以及清廷所雇的英国密探。

到日本后，孙中山马上与同为"革命四大寇"的陈少白会面，住了他家里。

转天，孙中山就去横滨加贺町警署拜会警长，表示自己被清政府跟踪，希望得到日本的保护。

经过一定的程序，日本政府方面答应了孙中山的请求。

本来，孙中山在日本仅是过境而已，他下一个目的地是越南，准备在那里筹钱发动下一次起义。

但是，一个日本人的来访，改变了他日后的行程。

这个日本人，就是大名鼎鼎的日本浪人宫崎寅藏。

宫崎寅藏，又名宫崎滔天（1870—1922），别号白浪庵滔天。他比孙中山小三岁。

宫崎寅藏早就看过孙中山的《伦敦被难记》，心中十分崇拜这位中国人。拜访之下，相见倾心，畅谈许久，惺惺相惜。

特别听孙中山大讲在中国革命的目的后，宫崎深加激赏——目的是要洗雪东亚黄种人的耻辱。

二人越谈越入巷。于是，宫崎苦劝孙中山在日本多待些日子。

孙中山应允。

通过宫崎，孙中山结识了另外一位日本人平山周。

孙中山（原名孙文）"中山"一名来历，就是平山周替他登记旅馆姓名时所取。当时孙文化名"中山樵"，后来就成为世人尽知的"孙中山"了。

在宫崎寅藏、平山周的引见下，孙中山与时为日本众议院议员的犬养毅打上交道。犬养毅把孙中山介绍给当时的日本外相、进步党首领大隈重信。

更进一步,孙中山还拜会了日本军国主义理论家福泽谕吉(1835—1901)。日本万元大钞上的头像就是这个人,他倡导西化,亲自参与日本对朝鲜的侵略,是推动日本成为"禽兽国家"的关键人物。

与这些政界大佬搭上线后,孙中山在日本衣食无忧,并获准在东京居住(当时他是清廷通辑犯)。

孙中山总想以自己的"大亚洲主义"感动倭人。

但是,日本人表面上对他的"好",完全是出于功利性质——甲午战争后,日本和中国清廷恢复正常邦交,获取了空前的利益。但日本人清楚意识到,清朝肯定要灭亡,所以他们要打提前量,与日后可能取代清廷的革命党人事先搞好关系,以求日后能获取更大的好处。

这一点,从犬养毅对平冈浩太郎(日本大商人,"玄阳社"头子,长期在中国活动,为日本搜集情报)的告诫中,即可发现端倪:

"愿吾兄将彼等(孙中山等人)握住,以备他日之用,但目下不一定即时可用。彼等虽是一批无价值之物,但现在愿以重金购置之。"(《孙中山年谱长编》,156页,陈锡祺编)

不仅孙中山身边聚集不少日本人,黄兴身边有萱野长知,宋教仁身边有北一辉。特别是北一辉,这个日本新泻酒厂主的儿子,与宫崎寅藏一样,都曾加入过中国同盟会。不同的是,北一辉特别讨厌孙中山,认为他是"西欧主义者",反而与宋教仁、章太炎等人相交甚深。

熟悉日本史的人肯定知道,北一辉(1883—1937)是个法西斯主义理论家,宣扬暴力扩张,是日本国家主义最重要的理论家。在他的鼓动下,日本政经界数位持温和主义态度的重要人物被刺杀(比如大财阀善次郎、原敬首相等)。1936年,受北一辉思想影响,日本一帮青年军官发动"二二六事件",杀害了内阁大臣斋藤实,占领了陆军省、国会等许多重要部门,引起朝野大震。事件发生后,受到日本政府镇压,北一辉等人被处决。但是,他的野蛮扩张的军国主义思想,流传甚远。日后的著名作家三岛由纪夫,仍旧在他的影响下,剖腹自杀。

在所有聚集在孙中山等同盟会领导人身边的"日本友人"中,惟有宫崎寅藏算得上了个真正的"实在人"。他视孙文为"东亚之珍宝",一生追随孙中山,并在武昌起义后到达上海(北一辉、萱野长知等人也在)。

当时,这些人除了"同情"革命外,还帮助黄兴等人购买枪支弹药以收取回扣。浪人们花了革命党几十万银元,却买回了一大堆报废枪支,连宫崎本人都感到十分难堪(《支那革命外史》)。

南北议和达成协议后,犬养毅和头山满两个人,急扯忽拉地跑到南京大总统府,恐吓孙中山不要去北京,而让袁世凯来南京就职,并恐吓说,孙中山去北京,肯定性命难保。可见,这些日本人对中国人之间的南北讲和是何等焦虑。

犬养毅这个名字,中国人稍熟。他是个汉学家,曾在1931年组阁为首相，任内入侵中国东北，发动"一·二八事变"。在1932年日本"五·一五"事件中，他被日本军部极右分子刺死。头山满（1855—1944）呢，乃鼎鼎大名的日本右翼团体"向阳社"头子，自称"天下浪人"，多年来一直密切与日本军部配合，积极参加日本数次对外侵略活动。日本侵华大鳄土肥原贤二以及广田弘毅（曾任首相），皆是他的门生。

知道了这些细节，就不难猜想孙中山身边的"日本友人"们最早帮助孙中山的初衷是什么了。

国内教科书，言及同盟会成立，一般绝不提及成立地点。如果言及"黑龙会"，倒可能引起不少人的注意，会更有兴趣深入研究一下孙中山、黑龙会以及日本人为什么在那时候那么"热情"帮助中国革命党人。

🍂 任他白云来去飞——南北和谈第一阶段"搁浅"

我们再把话头转回南京临时政府以及北京的袁世凯。

本来，伍廷芳和唐绍仪已在上海草签协议，南北议和取得了阶段性"成果"。

但是，孙中山当选为"临时大总统"，使袁世凯很不爽。他害怕革命党人对自己"总统之职虚位以待"的允诺落空，同时迫于北洋内部主战派的压力，就在1912年1月2日公开表示，议和协议未经与他商明，乃无效协定。于是，他下令召回唐绍仪，免去他谈判代表的资格。

此后45天内，以伍廷芳为代表的南方，与袁世凯电报交驰，和谈进入了最为紧张的第二阶段谈判过程。

在此，先简单叙述一下伍廷芳这个人。

伍廷芳（1842—1922），原籍广东新会，出生于新加坡，1874年自费留学英国，是中国近代第一个法学博士。洋务运动时，他作为李鸿章的外交智囊，为中国争取了不少权宜，获得美国总统西奥多·罗斯福的切齿叫骂："他是个令人不愉快的中国佬。"可见，伍廷芳外交才能如何出众。辛亥革命时，伍廷芳正值二次使美归沪闲居，本来不问世事，在沪督陈其美跪地哀求下，他才出任沪军都督府外交总长。

综观南北议和的地点之争，陈其美等人正是凭手中伍廷芳这张王牌，以他的海内外人望，赢取了主动，迫使黎元洪答应和谈地点定在上海而不是武昌。

伍廷芳本人，是个与时俱进的洋派人物，骨子里肯定厌恶清廷的冥顽不化。所以，他才毅然"投身"革命，充当起谈判使节。在谈判中，他一直据理力争，替民军方面赢得了不少利益。

袁世凯忽然中断和谈，伍廷芳很气愤，他马上致电六国驻沪领事，揭示袁世凯破坏协议的阴谋，敦促国际社会一起迫使袁世凯重履协议。

而洋人列强心目中，在细心比较了袁世凯与孙中山后，都一致看好袁世凯，认为他才是中国最强力的领袖人物。

纵观西方列强（加上强邻日本）在辛亥革命中的表现，殊与"太平天国"、"义和团"时期不等，似乎他们更"沉稳"，更耐得住性子。那个时候，到底是什么样的原因，使得这帮惟利是图、文质彬彬又凶神恶煞一样的强盗作如此行状呢？

辛亥革命发生前，不少驻华的列强使节们，对即将来临的风暴已经有所察觉。根据武昌美国教会的情报，英国公使朱尔典1911年9月底已经得知武汉清朝的新军军队中有人正在抓紧密谋起事。日本的伊藤博文，在1909年5月会见英国驻日大使时，也揣测说："中国在三年内必将发生革命"。（加立皮林《英日同盟》）

即便如此，日本与西方列强的政客和观察家们，没有想到中国革命来得这么快，这么迅猛。三天之内，武汉三镇皆为革命军所有，远远超出了列强们的想象力。

辛亥革命发生后，列强们很惊恐，害怕十年前的义和团事件会在中国重演。而手中操有洋枪洋炮的革命党，威力远超昔日那些抡刀念咒冲锋的"大师兄"们。

所以，洋人对辛亥革命最早的反应，只有两个字：惊恐！

"革命决不会使我们得到任何好处！"法国等银行团驻华代表如此说。洋人的主要报纸《字林西报》讲得更明白："就某种意义说，这一事件（辛亥革命）是反对我们自己的。"并连篇累牍地发表评论，公开表示希望清政府能把此次革命成功镇压下去。

很可能，这家报纸的主要撰稿者对"太平天国"之乱记忆犹新，所以他们这样断言："清朝政府虽然公认不好，但它至少还算统一了这个帝国。它的敌人却仅仅靠着共同的仇恨才结合在一起，这是会产生更深的仇恨，而肯定不能作为一个健全的国家的基础。"（1911年11月11日《民众的疯狂》）

一向为革命党视为共和榜样的美国人，对中国革命更是充满了蔑视和仇恨。这个新牌的帝国主义国家，从政客到学者，无一看好辛亥革命。杜列斯甚至声称："中国人根本不配自己管理自己"（《中国与美国》）。历史学家拉铁摩尔表示："中国人只知道皇帝……北洋军阀袁世凯被这般人描写为正是中国需要、中国人所能理解的一个有力人物。孙中山则不过是一个不务实际的理想主义者，一个轻举妄动的幻想家"（《亚洲的决策》）。

出于天真，孙中山在回国途中专程赴美，想一见美国国务卿，取取革命经，拿拿共和钱。结果，他热脸贴冷屁股，严遭美国人拒绝。

所以，辛亥革命枪响过后，列强们的第一反应，就是屡试不爽的炮舰政策，纷纷开至长江中游集结，一来示威，二来准备有机可乘时帮清廷灭火，得人情后找到讹钱的借口。截止到1911年10月16日，在武汉江面屯集的外舰已达 13 艘,其中英国 5 艘,美国 3 艘,日本 2 艘,德国 2 艘,法国 1 艘。最牛的是德国军舰,曾经主动挑衅革命军。

革命军出人意料地迅速占领武汉三镇,汉口租界全然成为孤岛,大有风雨飘摇、朝不保夕之像。

出于无奈,列强们不敢吃眼前亏,各国领事们在 10 月 17 日不得不发表声明,表示要"严守中立"。

出乎他们意料的是,革命军一方从开始就不想与洋人为敌。在对外发布的告示中,他们三番五次重申,要坚决保护外国人以及他们财产安全。出于不切实际的幻想,革命党人甚至想借助洋人的力量推翻清廷。

于是,革命党人力图通过各种途径从洋人手中取得贷款,结果令人大失所望。四国银行团,从一开始根本就否认革命党一方拥有贷款资格,其余小洋商,皆是惟利是图势利眼,更不会出一毫银子支援造反的革命军。

不仅如此,列强瞄准革命党人不敢与洋人为敌的软肋,劫夺南方发生革命城市口岸的海关税款。长沙、汉口、上海、汕头、广州、烟台、厦门等地的海关税收,纷纷被当地洋税务司直接截留,存入英国的汇丰银行。没过多久,在北京的列强外交使团指定汇丰、德华等银行组成"非常委员会",专门负责分赃事宜,硬生生从革命军手中夺取了巨额的金钱。

为了防止中国出现大规模战争后利益受损,列强们先行一步,加派在华的武装力量,计有近万名洋兵分别驻扎于北京、天津、塘沽、唐山、秦皇岛、山海关等要隘重地。(中国第 3 号《蓝字书》,1912 年)

革命发生后,忙不迭上蹿下跳最烈的,要属倭人。

日本在派出大批浪人、政客(犬养毅、头山满、内田良平等)来华鼓动唇舌的同时,又秘密与老敌手、新朋友沙俄联络,企图共同派军武力干涉中国,造成中国南北长期分裂的局面,以使革命势力局限在长江以南地区,并企图在华北(至少东三省南部和内蒙一带)扶植一个帝制傀儡政权。如此,它们两国就能在中国攫取更多、更大的利益。

出于狗咬狗的天性,列强们之间矛盾重重。首先,英、美两国对日本发出严重警告。特别是英国,由于长江流域是这个老牌帝国主义国家传统的"势力范围",绝不容许日本人来此地分肥。

沙俄本来在瓜分中国的问题上与日本很谈得拢,但它毕竟只是半个亚洲国家,另一半的欧洲区域已经让这头北极熊头痛不已,不敢得罪英、法两国,贸然在中国瞎伸手。

日本当时在国际上羽翼未丰,如果它想从财经和政治上想当"大国",都要看英国人的脸色。所以,日本也不敢做的太过分,以免惹怒英、美两国。

列强们之所以没有在中国进行大规模军事干涉,最大的原因之一还是因为——第一次世界大战在欧洲,已经迫在眉睫。各欧洲强国都为了互相撕咬而抓紧军备竞赛(诸如英、德间的"无畏舰"建造竞赛),加上对非洲殖民地的争夺(德国与英、法之间),他们一时抽不出手来在中国搞出更大的动静。

当时的美国呢,在列强中还是毛头小老弟,在远东的力量与英、日根本不能比。所以,美国更不希望日本这样的亚洲新霸肆无忌惮地扩张,所以它一直以外交威吓来牵制日本。

法国佬更关注它在欧洲与德国人战个你死我活,因此希望在远东仍旧保持各国的"均势",想在欧洲问题解决后再来华咬一大口肉。

而且,经过数天观察,洋人们发现,辛亥革命只是中国人的国内战争,不是矛头对外的民族战争,且革命党人一直"央求"洋人的政治、军事、经济方面的帮援,没有任何炮口齐向洋舰的举动。南京临时政府成立后,孙中山发布《宣告各友邦书》,明明白白大示其好,以致于洋人们根本没有任何借口用武力来帮助清廷镇压革命军。

最最重要的,革命军在十几个省份的成功,已经使洋人意识到清廷已是死狗扶不上墙。

英国公使朱尔典,在 1911 年 11 月 6 日给格雷的报告中,已经明确了这种看法:

"这个运动(辛亥革命)的广泛蔓延的性质,以及它到处获得成功的事实,已使一切用武力挽救这个国家(清政府)的企图失去了可能性。"

出于利益最大化的考虑,近乎不约而同,洋人们皆把目光投向了一个人——不是孙中山,而是儒统保卫者袁世凯!

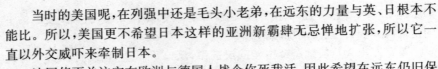

百劫山河乱愁叠
——清朝的覆亡及辛亥诸人惨淡的结局

世运因人常转旋——袁世凯的利用与反利用

国弱势乱,洋人的态度,深为当事各方关切。

在列强的心目中,袁世凯,应该是当时中国最强势的人物。

首先,袁世凯是一个有多年成熟从政经验的"大官",外交娴熟。其次,他最早在山东平定义和团之乱,快刀斩乱麻,给洋人印象深刻。第三,袁世凯威权赫赫,敢作敢为,与拖泥带水的摄政王载沣相比,让列强觉得更具有个人魅力和决断能力。

所以,主要的西方国家,特别是英美两国,对袁世凯最为垂青。

洋人们深知,在中国,枪杆子最为重要。清末新军战斗力虽然强,但内部极其不稳定。朝中大臣,与军队关系最深入的,属这位袁大人无疑。他手中的几十万北洋系军马,是稳定中国的一个关键因素。

武昌起义刚一爆发,美国驻华公使嘉乐恒,就第一个表态要清廷任用袁世凯,认为他能"把中国引上生活的常轨"。(俄国《新生活报》)

10月14日,听说清廷要起用袁世凯为湖广总督的消息,英国驻华公使朱尔典马上向伦敦发专电,认定"此项任命或能使北方军队的忠诚得到保证,并将大大增强政府应付此一危机的力量。"(《蓝皮书》中国第1号)

洋人兴高采烈,老谋深算的袁世凯仍旧不为所动,"高蹈"不出。

洋人比他更急,暗中施加压力,要清廷派他组织"责任内阁"。

内外压力下，清廷已是四面楚歌。虽千万个不愿意，最后也只得任命袁世凯为内阁总理大臣，把一切军政大权拱手让予袁世凯。

为此，朱尔典兴奋得胡子上翘，忙电告英国外交大臣格雷：

"袁世凯可望于明日清晨抵京，这件事情已在此间产生一种安定人心的效果……清朝是否有望，现在全要看袁世凯的能力而定……"

格雷非常关切中国的事态，马上复电："我们对袁世凯怀着极友好的感情和尊敬。我们希望看到，中国在革命后将建立一个足够强健的政府，它能够公正地处理对外关系，并能维持国内秩序及为发展贸易创造有力的条件。这样的政府，将会得到我们能够给予它的一切外交上的支持。"

殷殷期望与重重信任，皆对袁世凯而发。

而后，凭借洋人们的集体发力施加影响，袁世凯成功地迫使载沣辞去摄政王一职，拔去了他最后的眼中钉。

除了政治上大表支持，列强在财政上也动真格的。在"严表中立"的口头许诺嚷不停的时候，四国银行团私下心急火燎，"继续保持中立，就无异坐视袁世凯失败，让事情发展到非用武力干涉不可的地步"。(《美国对外关系》，1912年)

有一点需要提及的是，英国虽然在政治上支持袁世凯，但它竭力避免给予袁世凯物质、财政上的支持。特别是在贷款问题上，英国政府一直指示要"严守中立"，他们害怕革命党日后万一得势，会因此对英国的利益造成伤害。这一老牌帝国主义国家的阴沉心机，为其他列强所不具备。

由于见出中国的内战不可预见性增大，朱尔典希望袁世凯在使用武力的同时，也要采用谈判讲和的手段。他这种想法，与袁世凯一拍即和。汉阳攻克后，袁世凯立即打出"和谈牌"。

南京临时政府成立后，袁世凯撤销唐绍仪的议和代表职务，自揽一切谈判大权。

当时，他让伍廷芳来北京，伍廷芳让他来上海，双方看上去闹得很僵。

中国政治，大抵如此，谈判桌下的磋商，才有新进展和真内容。

孙中山在南京当上"临时大总统"，最使袁世凯感到不爽。他开始对南方要他当"华盛顿"的许诺感到怀疑，所以才撤掉唐绍仪，并发电责问伍廷芳：

"国体问题既由国会解决，乃闻南京忽已组织政府，显与前议相背。此次选举总统，是何用意？"

南方的革命党人，内心其实很脆弱，特别看见袁世凯以强硬手法招回唐绍仪，心中十分着慌，纷纷向孙中山施压，要他迅速作出反应，表示出他南京"大总统"的临时性，给袁世凯一种"虚位以待"的姿态。

其间，黄兴着急，伍廷芳着急，胡汉民着急，汪精卫也着急。

黄兴本人，曾在南北方和谈的草约上签过字，答应清朝退位后袁世凯作大总统。所以，他亲自见孙中山，苦口婆心劝说，以免自己失信于人。

伍廷芳呢，老头子不顾年龄身体，不辞艰难，不避劳怨，与唐绍仪周旋密议，一心想使南北避免兵争。但他对孙中山的恋位不去（特别是后来孙中山又想出第二批条件诸如要袁世凯到南京就位等事）大感恼火，怒斥孙中山"所开条件，逐日变易，使（我）廷芳茫无所措，而前后不符，受人疑驳，更无以取信于天下！"（伍廷芳《复孙文电》）

胡汉民着急，是怕袁世凯急了"变成"曾国藩，像当年打"太平天国"一样，倾尽全力扑灭革命。

对于大总统一职，孙中山当然不肯轻易放权。

最后，还是多年铁杆支持孙中山的汪精卫苦口婆心，让他看清形势：

"元首之位，袁世凯志在必得。只有这样，清帝才有可能退位，共和方可成为现实。否则，北洋军挥军南下，乘武汉新胜之余，凭锐恃强，可一鼓而下南京。如此强弱悬殊，天下大势可判。现在，不如忍痛退让，让出大总统之位，如此可促成借袁世凯之手，推翻清廷。"

孙中山惟惟之余，仍旧不舍大位，大言表示要秉承牺牲精神，有进无退。

一直追随孙中山多年不弃不离的汪精卫，一下子发怒着急，当时他毕竟还是个三十不到的年轻人，赤红脸责问道：

"难道先生您想当洪秀全第二？难道您想在南京关门当皇帝？难道您要违背自己当初所许'驱除鞑虏'的誓言？"

孙中山色变，怫然不悦。

汪精卫声泪俱下，耐心苦劝："我们向袁世凯示好，是为国家大义，并非向他屈服求和。如果先生您高风亮节，效法尧舜，使中国不动干戈而获共和，避免太平天国汉人内战之覆辙，后世历史，将公论先生为一代伟人！"

话说到这个地步，孙中山只得同意。

他不同意也不行，在南京，他周围所有人，包括黄兴这样的密友，汪精卫这样的铁杆粉丝，以及立宪派和多数党人，均一片妥协之声。

即使不审时度势，单看"同志们"的反应，也使孙中山不得不让出"大总统"之位。

于是，他发电给伍廷芳，表示说："如清帝实行退位，宣布共和，则临时政府决不食言，（我孙）文即可正式宣布解职，以功以能，首推袁氏。"

立宪派、革命派方面，与袁世凯有联系的人，无不飞电敦请，希望袁世凯抓住这一历史机会。

张謇所言最恳："……东南诸方，一切通过（您任大总统）……俄蒙英藏，图我日彰。即公所处，亦日加危。久延不断，殊与公平昔不类，窃所不解。愿公奋其英略，旦夕之间，裁定大局，为人民无疆之休，亦即为公身名俱泰。"

杨士琦、唐绍仪电告："清朝必倒，民国必成。宁使人诽谤为王莽、曹操，而西方华盛顿不能专美于前。孰得孰失，当能决之！"

汪精卫电告袁克定转袁世凯："项城（指袁）雄视天下，物望所归，元首非异人任！"

当然，孙中山不忘自我解嘲：

"我们对袁世凯，要讲究方法，把他紧紧套住……我愿意让出总统，只要他能拥护民国……这是给孙悟空戴上金刚箍，使他不能随便作怪。我们虽有革命勇气，但经费支绌，各省督军，大都各自为政，所以现在只好利用袁世凯……我愿意把总统让给袁世凯，也许有人认为是被迫的，这是根本不明大势的人说的。须知：我不是怕袁，而是委曲求全地利用袁。我是为革命做大事，而不是为个人做大官。只要对国家有利，我决不计较个人得失……"（《张竞生谈孙文对南北议和的指示》）

袁世凯何许人也，见了兔子才撒鹰，他能被人利用吗？

孙中山想利用袁世凯，其结果实际上反为他所利用。

姜，还是老的辣。

❸ 孤儿寡母履冰薄——清廷那些惊悚的日子

大凡描写袁世凯用政治手段解决清朝问题，无论是历史学家还是小说家，必用"逼宫"一词。

此词，大失公允。

威吓、催促、争取，凡皆有之，惟不能用"逼宫"二字。如果把袁世凯促成清帝不流血退位称为大奸大恶的"逼宫"，那么，将置汉人政权"中华民国"于何地！

思当时袁世凯本人的想法，顾虑多多，无外乎以下数种：

第一，清朝旧臣尚多，如李经羲、赵尔巽、张人骏等，盘根错节，势力不小；第二，北洋旧部，如冯国璋等人，仍旧感念清廷旧恩；第三，袁氏本人也深受清廷恩宠（特别是慈禧），如果天下夺自孤儿寡母之手，以儒家道德方面讲，必受人诟病；第四，北洋军力仅限于北方，大战之后，波谲云诡，保不准发生什么"偶然"。

所以，迫使清廷退位，非一朝一夕之事，弄不好杀身灭族，"成全"了别人。

袁世凯初入北京之时，表面上痛恨党人和共入骨，常于大庭广众之中表白他"自出山即抱定君主立宪"，发誓"决不负国深恩"。

看他那一副要"肝脑涂地"保大清万世一系的样子，不少人都认为他是个大大的忠臣。

但是，自1911年12月下旬开始，他就开始抓紧对清廷施加压力。

首先按照他的指使跳出来的，是清朝驻俄公使陆征祥。此人联合几个驻外使节，电请清廷避位。然后，袁世凯本人代为转奏，假装很生气，表示"臣窃痛之"，奏请清廷留中不发。大使级的大员如此表态，隆裕太后等人心中不能不慌。

不久，袁世凯以缺饷为名，奏请清廷，要求变卖盛京、热河等宫殿内的瓷器以充军饷。然后，清朝老将姜桂题在袁世凯指使下，以带兵大将的身份，上奏朝廷，要北京清朝亲贵大臣各个"贡献"出钱，接济军饷。

历朝历代皆如此。甭看清朝权贵"爱大清"、"保大清"喊得震天响，真轮到让他们出钱，马上应者寥寥，只有庆亲王奕劻拿出十万两银子（相比他千万上亿的家财，这点真是少之又少）。

袁世凯的这一着，并非真想勒索这些满人权贵，并非要他们出钱劳军，主要是以此来威胁这些人，以后不要瞎干预他的事情，免得掺和国事，阻挡他与南京的谈判进程。

结果，京城大帮财迷的满人不出钱，袁世凯终于抓着话柄，大呼："既催我出战，又不给我军饷，是要置我于死地啊！"

隆裕太后无法，搜罗内宫，找出八万两黄金内帑，交给袁世凯去"打仗"。

等和南军谈得差不多了，为免夜长梦多，袁世凯加快了对清廷施压的步伐。

1912年1月16日，他以全体国务大臣的名义，上奏隆裕太后，奏折内容很长，先讲大形势——在内，议和不顺，清朝军队军饷无着，海军皆叛；在外，四周强邻虎视，辽东告急，库伦危急，人心惶惶——最后，切入正题，讲到最关键的部分：

"环球各国，不外君主、民主两端，民主如尧舜禅让，乃察民心之所归，迥非历代亡国可比……且民军亦不欲以改民主而减皇室之尊荣。……读法兰西革命之史，如能早顺舆情，何至路易之子孙，靡有孑遗也。民军所争者政体，而非君位。所欲者共和，而非宗社。我皇太后、皇上何忍九庙之震惊，何忍乘舆之出狩，必能俯鉴大势，以顺民心。"

这份奏折，所讲法国路易国王子孙被杀得一个不剩之语，最能寒隆裕太后之胆。

当然，出于对故君的留恋与情感，袁世凯还亲自入宫面见隆裕太后与幼帝溥仪，陈说利害。

后人把溥仪回忆录中所言及的他当时见到"胖老头"（袁世凯）哭鼻子的一幕，总当成是袁世凯的"表演课"，实欠公允。

为"大清"卖命多年，诚心诚意为它留几滴眼泪，想必袁世凯还是出于真心。

确实是天佑袁世凯。清朝贵族指指划划说他袁世凯"白脸曹操"逼宫的言谴，被三颗炸弹炸成了"无耻谰言"。

袁世凯见隆裕太后和小皇帝后就出宫，途经东华门大街将近东口之时，突然三颗炸弹从天而降。

结果，袁世凯啥事没有，福大命大造化大，两匹大马倒被砸得腿断肠流，当场死去。

京津同盟会策划的这一刺杀事件，反而为袁世凯起到了"洗冤"的作用。如此，皇室权贵，再不能说他私通党人"逼宫"。

经这一炸，据袁世凯女儿袁静雪日后回忆，袁世凯回家后哈哈大笑。笔者觉得，他不仅是笑党人炸弹没有炸死他，也笑自己可以利用这一行刺事件，以后更加进退从容：

一来堵住了那些说他"卖大清"的人的嘴；二来自己可以托病不出。清朝寡妇孤儿被欺的恶名，正好由别人顶缸。

袁世凯马上上折，请了病假。

隆裕太后一无主见妇人，与先前的慈禧太后相比，智商、情商都相距万万。

她连忙招集宗室大臣，包括几个亲王、贝勒以及被免职的载沣，三天开了三次御前会议，结果，没有达成任何实质性的意见。

其间，载沣、溥伟、良弼等"宗社党"（1月19日匆匆成立）坚决反对退位，宣称要与革命党血战到底。

但当隆裕太后问及他们军队如何打仗，对内如何筹饷，战胜有多大把握的时候，这几个人都无言以对。

由于隆裕太后身边红人太监小德张已经被袁世凯买通，他整日在太后身边吓唬说，革命党人多势大，王公们全是草包，如果不听袁世凯的，与革命军硬打，一旦失败，优待条件全没，逃跑连躲的地方都没有……

寡妇临朝，主见全失，害得隆裕太后惘然不知所之。

不仅太监小德张吓唬她，庆亲王奕劻也吓唬她，满嘴跑火车，把革命军的数字几分钟往上一加码，吓唬太后说对方人多势大，清军再难与其进行战斗。

1912年1月22日，孙中山自南京电告袁世凯，保证说，只要清帝退位，他就立刻辞去大总统一职，让位给袁世凯。

见清廷迟迟不正式表态，在家"养病"的袁世凯很着急。他赶忙指使手下军人动真格的，实行"兵谏"。

1月23日，段祺瑞电告内阁等部门，声称共和思想普及军中，兵将勃勃欲动。

1月24日，靳云鹏在北京电告段祺瑞，说朝廷有意实行共和，但遭到王公贵族拒绝，"请"段祺瑞马上联合各军将领一起上奏。

1月25日，段祺瑞接演靳云鹏的戏份儿，表示说，临阵各将领，对溥伟和载沣为私利阻挠共和之举深为愤恨，致使一标人马差点造反。

在这封徐树铮代为起草的电文中，段祺瑞竭尽"痛陈"之状，列有50位清军高级将领联衔署名。

这就表明，军队方面，支持共和国体。

眼看隆裕太后仍旧迟疑，想召开国会"公决"国体，袁世凯自己上奏，表示说，如果这样作，南军一方是否按照先前协议优待皇室，他就不敢担保了。

同时，为了避免让隆裕太后觉得段祺瑞等人与自己演双簧，袁世凯还与徐世昌、冯国璋、王士珍等人联名表态，发电"劝说"段祺瑞不要"轻举妄动"。

铁血华年

1月26日，又一件大事发生，对清廷是哀音，对袁世凯和党人是喜讯——良弼被刺。

"大清"未救身先死——良弼被刺

刺杀良弼的人，是川籍革命党人彭家珍。

彭家珍（1883—1927），四川金堂人，1906年被官派去日本，同年秘密加入同盟会。他回到四川后，积极筹划武力反清，在新军33协66标以队官（连长）的身份进行工作。1909年，他受舅父张蓬山之邀，去昆明的第19镇任学堂营管带（营长）。只过了半年，因学堂撤销，差事丢掉，他就前往东北活动，在沈阳的奉天讲武堂附属学兵营作队官。在这里，他发展了不少士兵加入同盟会。

1911年，四川保路运动勃兴，彭家珍注意到国内革命高潮将至，立刻积极进取，通过各种官场关系，得任天津兵站代理标统，并在武昌起义后的关键时刻到职。

借助这一身份，彭家珍从兵站领出大量军用火车票，供京津党人使用。他还捣腾出许多枪支、弹药以及兵站的资金，准备实施起义。由于每次都是大手笔，量太多，清政府侦知此事，陆军部下令通缉他。

彭家珍见事露，立刻逃走。他化名潜踪，继续往来于东北、华北、上海以及南京等地，抓紧从事大起义的准备工作。其间，他曾在上海受到孙中山的接见，并被推为拟成立的蜀军北伐军副总司令。有了这个衔头，他完全可以回四川老家。

以天下为己任的彭家珍，并未接受蜀军副司令之职，而是秘携民军任命的"北方招讨使"委任状，返回极其危险的华北"敌后"。

他回到天津，就任京津同盟会军事部部长。他整日忙不停，筹集款项，制造炸弹，准备迎接南方革命军北伐。

从1912年1月中旬开始，京津同盟会抓紧策划暗杀行动，准备刺杀袁世凯、良弼和载泽。（显然京津党人不辨大局，把袁世凯也当成"顽固派"。从另一方面看，也可见袁世凯所演"大清忠臣"的戏多么逼真）但是，刺杀袁世凯未成，三名同志被捕后均被处决。

面对如此恐怖时局，彭家珍抱必死之念，主动承担起刺杀良弼的任务。

当时他所不知道的是，杀了良弼，其实是帮了袁世凯最大的忙。

爱新觉罗·良弼，字赉臣（1877—1912年），满洲镶黄旗，乃清初大名鼎鼎的"皇父摄政王"多尔衮后裔。良弼的祖父，是大学士伊里布。

良弼生于成都，自小受传统的儒家教育，忠孝观念深厚。1899年，他被官派到日本陆军士官学校深造。1903年回国后，由于他正统宗室的身份，入清廷练兵处任职。

1905 年，在袁世凯延揽下，良弼进入陆军充任标统。1906 年，他主持保定陆军学堂校务，还担当彰德秋操的北军审判长。1907 年，入陆军部任学司司长。转年，参与编撰新律的工作。

摄政王载沣掌权后，建立皇家禁卫军，良弼得任第一协统领，实际上负责禁卫军的全权指挥。

良弼这个人，在教科书影响下，多年来给人的印象，是个死硬的清朝顽固派。

其实大不然。

在日本期间，他常与康有为、梁启超等改良派往来，深慕谭嗣同为人，是清朝宗室中最早剪掉辫子的人，并与党人出身的吴禄贞相交甚深。

虽然思想上很"前卫"，良弼血液中的清朝因子一分不减，存有非常深的种族偏见。所以，他一向激烈反对汉人统管兵权。在他心目中，最大的理想，是想通过满人的自我振兴和努力，仿效日本明治维新，使"大清"老树发新芽。

宗室血统，加上真才实学，在铁良、善耆等人的帮助下，良弼仕途坦荡。特别是在练兵处的几年间，他招徕了大批日本士官生毕业生进入军界，改军制、练新军、立军学。特别是吴禄贞、蒋百里、陈其采、冯耿光等一时才俊，尽延纳于军中。

通过这些举措，良弼准备在北洋军中逐步安插日本士官生背景的这些人来替换北洋旧将。最终，阻力重重，未能成功。而给予他最大阻碍的，是同为清朝宗室的庆亲王奕劻。

武昌起义后，良弼忧心如焚，主动请缨去"平叛"，遭到庆亲王奕劻的首先反对："黄口孺子，纸上谈兵，哪里比得上袁世凯！"

带兵不成，良弼就拼命反对重用北洋系将领，认为派去武汉"平叛"的将领，都是袁世凯老部下，日后很可能尾大不掉，出大乱子。

他所有的预见，都很正确。但大势所趋下，没一件能依他的意愿得行。

最危急关头，良弼呼吁成立"战时皇族内阁"，主张由铁良率军去南方平灭革命军。

得悉北洋系军人段祺瑞等人联衔电奏，逼清帝逊位，良弼悲愤不已，发起组织"宗社党"。入"党"成员在胸前刺两条青龙，誓死捍卫"大清"。

为了张大声势，他们派人给袁世凯送去一封信：

"欲将我朝天下断送汉人，我辈决不容忍，愿与阁下同归于尽！"（廖少游《新中国武装解决和平记》）

袁世凯阅此信，切齿痛恨，对良弼必欲除之而后快。

当时，为了扩大扶清的力量，良弼极力拉拢冯国璋等"感念"清朝旧恩的北洋系将领，四处纠结满族军人，不停地召集会议，发表议论。他常常以在北京发动军队暴动为恫吓手段，威胁清廷主张共和的一派以及袁世凯一帮人。

所以，良弼这个人，不仅北方革命党对他恨之入骨，袁世凯对他也怨毒

铁血华年

满胸。

被这么多人"惦记",良弼显然躲不过大劫。

观良弼戎装照片,小伙子鼻直口方,浓眉大眼,相貌堂堂。如此"人样子",生错了地方,活错了时间,保错了人,真是可惜。

彭家珍在北京想刺杀良弼,不是件很容易的事情。

于是,他在北京寻摸数日,到处"踩点"勘验路线。一日,他去西河沿金台旅馆找人,在接待大厅发现了一张名片:"陆军讲武堂监督崇恭"。仔细问门房,才知道这个从东北回来的满人军官到京后,又前去保定办事,在旅馆一直留有一间房子。

灵机一动。彭家珍揣起这张名片,离开了旅馆。

回到住处后,彭家珍准备好一颗药份足的炸弹,打理周全。晚间,他会集在京同志,告知自己准备与良弼同归于尽。

这样的爱国者,不是畅想天上有几十个美人等候的宗教狂。革命党人深知肉身脆弱,但为了民族,为了国家,大英雄们舍身殉义,视死如归。

几个人喝着"断头酒",心中难免沉重,皆默然无声。

彭家珍谈笑自若,把身上的金表与金相盒分送给一起吃饭的同志作纪念,俨然即将去行大乐事一样。

席间,有同志悲歌慷慨,高吟赵伯光送烈士吴樾的赠别诗:

临岐握手莫咨嗟,小别千年一刹那。

再见却知何处是,茫茫血海怒翻花!

1912年1月26日,彭家珍穿上借来的军装,挎上军刀,踏上军靴,冒充东北来的清军军官崇恭,先去清廷军咨府的良弼办公室。

恰好当时良弼公事繁忙,就对门卫表示说,自己和崇恭本人虽同为留日士官生,关系不是很熟。白天衙门事多,他让"崇恭"晚上去自己家里见面。

得了准信儿后,彭家珍怀揣炸弹,一直在西门大红罗厂的良弼宅前"恭候"。

等到很晚,良弼方才乘马车返家。

大门一开,院子里面射出的光亮,把一身笔挺戎装的良弼映得一清二楚。

彭家珍迅速闪出,口中亲热称呼良弼的字,"赉臣,我来了……"

良弼见来人完全陌生,悚然警惕。他倒退两步,想返回马车中。

彭家珍扔出炸弹。

轰然一声,良弼一条腿顿时被炸断。

一块弹片从门口的下马石上反弹回来,正击中彭家珍后脑,大英雄当场牺牲。

良弼左腿被炸断,在医院中呻吟两日,最终不治。

临死前,他叹言:"炸我者,英雄也。我死,大清遂亡!"

事后有传言,讲良弼本来腿被治好,袁世凯手下赵秉钧派人送毒酒一杯为他"止痛",把良弼毒死,应该不是事实,当属传闻"演义"。

历史，有时候充满令人回味悠长的、耐人寻味的、看似荒诞的巧合——清朝成于多尔衮，亡于多尔衮之后裔！

倘使良弼不死，虽独木支大厦，天下事尚未可知。

彭家珍刺良弼，当时还有两种说法，一是他为吴禄贞报仇（有传言吴禄贞石家庄被刺是良弼指使），一是袁世凯主使。

第一种传言，几近荒唐。良弼与吴禄贞虽一满一汉，但二人为生死知己。吴禄贞遇刺，最大的幕后指挥可能是袁世凯。

至于第二种，乍听上去也不合理：京津同盟会三位同志不久前刚因刺杀袁世凯未遂而惨遭杀害，作为同志的彭家珍，为什么又会帮袁世凯刺杀良弼呢？

但笔者偶然读袁世凯侍从官唐在礼等人的回忆录，发现有记载说，袁世凯当大总统期间，有个中年四川人，每个月都会去参谋部领取 1000 银洋。据当时总统府的参谋部次长陈宧说，那个领钱的人，就是彭家珍的父亲——如此说来，袁世凯似乎与彭家珍倒真有关涉。

即使这条记录是真，笔者认为，也是因为袁世凯太感谢彭家珍了，故而大笔一挥，拨出款项奉养其家。

良弼被刺后，满洲宗室亲贵，再无一人敢出面阻挠南北共和之议。而且，不少人竟然在清朝正式灭亡前，纷纷逃出京城躲避。

胸前雕龙的"宗社党"，一时灰飞烟灭。

疾风识劲草。

清廷再无忠臣！

彭家珍烈士死后，享尽哀荣。

清帝退位后，孙中山认为彭家珍："小弹丸而收巨功"，追赠他为"陆军大将军"，崇祀忠烈祠。

新中国成立后，毛主席也不忘为结束帝制踢入临门一脚的这位英雄，亲自让人送"永垂不朽"烈士证予其宗族家人。

天道好还终归汉——清帝逊位后的时局

良弼被炸身亡，隆裕太后胆肝俱裂。

据梁士诒回忆，这位没本事、没脑子的太后把代替"因病"不能视事的袁世凯办理内阁事务的赵秉钧、梁士诒、胡惟德三人唤入宫中，嚎啕大哭，叫着三人的名字，哀言道：

"我母子二人性命，都在你三人手中！你们回去好好对袁世凯说，务要保全我母子二人性命……"

为了崇礼袁世凯，隆裕太后派载沣（时为醇亲王）手捧懿旨，封袁世凯为

"一等侯爵"。

对此,袁世凯四次上折力辞。

此等封爵,太让他难堪——一直拆清廷墙角,受之有愧;马上有"大总统"新职,嫌弃清廷的封侯太小。

袁世凯这厢忙不迭地办事,南京孙中山找碴发火。他电告伍廷芳,认定袁世凯、清廷没有诚意,故意拖延,表示"民国将士决意开战"。

袁世凯得知消息后,心中十分着急,急忙电复伍廷芳,说明自己"抓紧布置"。

隆裕太后呢,还存最后一丝幻想,想能争取虚君共和政体。没得说,此议立刻遭到南京政府与袁世凯内阁的断然否决。

思来想去,只得退位。隆裕一妇人,就把心思全用在退位后皇室能得多少优待方面。

听说隆裕太后已经决定采纳"共和"建议,袁世凯不再装病,立刻出来办事,全权处理与南方议和事宜。

这时候,在争取优待清室条件方面,袁世凯是真卖力,想给老东家拉更多的银子和"宅子"。

马上要亡国的隆裕太后,此时忽然变成高智商,捧着那份共三大部分二十款的《清廷优待条件》,一个字一个字地细抠,逐条修改,把一絮叨妇人的内心泄露得淋漓尽致。

袁世凯有些恼火。清帝逊位这种事,一定要早作决断,早成事实。否则,夜长梦多。

倘若中途生变,不知平地又是升出多少风波。于是,他派亲信靳云鹏,又一趟奔波,带去一份已经拟好的电报稿,交给段祺瑞。

1912年2月5日,段祺瑞只字未易,按着那封稿发拍电报,代表全体"前线将士",正告朝廷:

近支王公、诸蒙古王公、各府部院大臣钧鉴:共和国体原以致君于尧舜,拯民于水火,乃因二、三王公迭次阻挠,以致因旨不颁,万民受困。现在全局危迫,四面楚歌,颍州则沦陷于革军,徐州则小胜而大败;革舰由奉天中立地登岸,日人则许之;登州黄县独立之影响,蔓延于全鲁;而且京津两地,暗杀之党林立,稍疏防范,祸变即生,是陷九庙两宫于危险之地,此皆二、三王公之咎也。

三年以来,皇族之败坏大局,罪难发数,事至今日,乃并皇太后皇上欲求一安富尊荣之典,四万万人欲求一生活之路而不见允,祖宗有知,能不痛乎?盖国体一日不决,则百姓之困兵燹冻饿死于非命者,日何啻数万?(我段祺)瑞等不忍宇内有败类也,岂敢坐视乘舆之危而不救?谨率全军将士入京,与王公痛陈利害,祖宗神明,实式鉴之。挥泪登车,昧死上达,诸代奏。

这份电报内容不长,表面上指斥"二三王公",阻挠共和,实际就是指斥隆裕太后拖延共和。其中最关键的一句话,是"率全体将士入京"这几个字,拥兵逼临之意，飒然纸上。

看似一张电奏，满是剑影刀光。

事情闹到这个地步，除了恭亲王溥伟不咸不淡说了几句风凉话以外，满朝的王公大臣，再没一个敢放一屁。

最后，还是袁世凯作主，电请南方迁就三项隆裕太后最后的"条件"——第一，争取不用"逊位"二字；第二，宫禁与颐和园皇室可以居住；第三，保持"大清皇帝尊号相承不替"十个字。南方表示同意。

1912年2月11日，袁世凯如释重负，向南京临时政府发去一份措辞恳切、情深意长的电报（即袁世凯"真电"，真是十一日的代字），至今读之，仍旧让人感叹：

南京孙大总统、黎副总统、各部总长、参议院同鉴：共和为最良国体，世界所公认，今由帝政一跃而跻及之，实诸公累年心血，亦民国无穷之幸福。

大清皇帝既明诏辞位，业经世凯署名，则宣布之日，为亲政之终局，即民国之始基。从此努力进行，务令达到圆满地位，永不使君主政体再行于中国。

现在统一组织，至重且繁，世凯亟愿南行，畅聆大教，共谋进行之法；只因北方秩序不易维持，军旅如林，须加部署；而东北人心，未尽一致，稍有动摇，牵涉全国，诸君皆洞鉴时局，必能谅此苦衷。

至共和建设重要问题，诸君研究有素，成竹在胸，应如何协商统一组织之法，尚希迅即见教。

袁世凯真

与此同时，纵横捭阖的袁世凯，给北方清廷原督抚也发有长文密电。在电文中，他言及自己多日奔走的辛劳，大肆渲染南军实力，并把与南方议和的动力全部推向洋人、军队、商团以及各省咨议局。袁世凯反复陈说自己是以"国家为前题"，以"安上全下为目的"，在于避免"激成种族之惨祸"。

里里外外，袁世凯竭力维持自己清室忠臣的形象。

1912年2月12日，隆裕太后让大臣刘厚生拟稿，张謇定稿，最后徐世昌、汪荣宝在袁世凯授意下稍加润饰，加入"即由袁世凯以全权组织临时共和政府"的关键语，向全国下颁以宣统语气所发的退位诏书：

朕钦奉隆裕太后懿旨：前因民军起事，各省响应，九夏沸腾，生灵涂炭，特命袁世凯遣员与民军代表讨论大局，议开国会，公决政体。两月以来，尚无确当办法，南北睽隔，彼此相指，商辍于途，士露于野，徒以国体一日不决，故民生一日不安。

今全国人民心理多倾向共和，南中各省既倡议于前；北方诸将亦主张于后，人心所向，天命可知，予亦何忍因一姓之尊荣，拂兆民之好恶。用是外观大势，内审舆情，特率皇帝将统治权公之全国，定为共和立宪国体。近慰海内厌乱望治之心，远协古圣天下为公之义。

袁世凯前经资政院选举为总理大臣，当兹新旧代谢之际，宣布南北统一之方，即由袁世凯以全权组织共和政府，与民军协商统一办法。

总期人民安堵,海宇又安,仍合汉满蒙回藏五族完全领土为一大中华民国,予与皇帝得以退处宽闲,优游岁月,长受国民之优礼,亲见郅治之告成,岂不懿欤!

乾清宫内,时年5岁的溥仪还不明白发生了什么事。宣诏过程中,满满一殿跪伏在地的大臣们千奇百怪的胡须,引起他极大的兴趣,这个孩子竟然不时发出一声清脆的童声小笑。

隆裕太后悲伤至极,苦瓜脸上挂满了断线的"珍珠"。

刚刚收了袁世凯几万银票的太监小德张掩饰不住内心的喜悦,低首劝说道:

"太后,您老人家不必担心。袁大人乃擎天白玉柱,架海紫金梁,有他在外面罩着,您和皇上安心享福,荣华富贵一样不缺,跟从前一样……"

一样吗?当然不一样。

这一次,不仅仅是清朝,连同在中国施行了两千多年的帝制,终于完结了。

回到家宅,极目大好春光,袁世凯终于放声大笑起来。

风云满地起龙蛇——大总统职位变数交接

1912年2月13日,得知清帝逊位,南京的孙中山只能按照先前许诺,在向南京政府临时参议院请辞的同时,送交举荐袁世凯为中华民国临时大总统的咨文。

2月14日,参议院开会,十七省代表全票推举袁世凯为中华民国临时政府大总统。

在南方参议院确认他为"大总统"的前一天,即孙中山上交辞呈的当天,袁世凯已经以"全权组织临时共和政府"首领的名义,代替清政府,向国内文武官衙、军队、警察发布文告。此举,意在向国人表示,他才代表继清朝而后的新政府。

孙中山当然不甘心这么容易交出"大总统"权位,在送交辞呈的同时,他在咨文里附有三项条件:

第一,临时政府地点设于南京,为各省代表共同议定,不能更改;第二,本人辞职后,待参议院举定新总统到南京就职之时,大总统及国务员才自行解职;第三,《中华民国临时约法》乃参议院议定,新总统必须遵守。

这三条"附议",留有意味深长的政治尾巴。前两条,目的在于把袁世凯从北京老窝调走,摆到南京"供"起来,看日后是否能有机会架空他。第三条,以《临时约法》为紧箍咒,限制袁世凯的权力。因为,《约法》规定中华民国仿效美国的总统制,又预设伏笔,规定"大总统"发布律令时需要"国务员"副署,否则无效——如此推论，约法隐含着"内阁责任制"——举个例子，如果大总统要免除总理职务，发表的命令，需要总理等阁员副署才能生效——这种有意的"荒谬"设计，就是孙文用来限制袁世凯权力的一个招术。

看着已经到手的临时政府"大总统"的衔头，袁世凯并未欣喜过分。多年的政治场上角逐，使得他能够冷静审视任何兴高采烈面孔背后的另一张面孔。

特别是对于要他南下即总统位的要求，他于2月15日复电婉拒，表示说："北方危机隐伏"，关系"全国半数之生命财产"，所以，舍北而南，不仅列强不答应，外蒙各盟也不同意——"内讧外患，递引互牵。若因（我袁世）凯一走，一切变端立见，殊非爱国救世之素志。"

最后，他在电文中称，衷心希望在"南京政府将北方各省及各军队妥筹接收后"，自己要"退归田里，为共和之国民"。但在接收之前，他要"竭尽愚智，暂维秩序"。同时，他念念不忘"共和"、"爱国"——"共和既定以后，当以爱国为前提，决不欲以大总统问题酿成南北分歧之局，致资渔人分裂之祸。"

乍看电文，不明其中奥秘的人，肯定为袁世凯剖心陈言所感动。他这种低姿态，反而彰显出南京孙中山等人的"小气"，点出对方拿"大总统"一职来搞事的企图。

特别是袁世凯提出让南京政府"接收"北方各省政权和军队的话语，估计南方党人见之就胆寒——袁世凯的地盘袁世凯的兵，他们怎肯让南方接收！

把大总统之位拱手让与袁世凯，同盟会内部激进人士及海外华侨好多人不理解，发电责难孙中山。

孙中山有口难言，只得反复回电解释说，推翻清朝政权是同盟会最高目的，而国家"建设之事，自宜让熟有政治经验之人。项城（袁世凯）以和平手段达到目的，功绩如是，何不可推诚？……"

其实，孙中山也受夹板气，一方面南京的党人让他让位，另一方面海外华侨以及广东陈炯明等人催他"北伐"。如果真有"北伐"的本钱，孙中山能主动让位吗？

事已至此，孙中山再无他招，只得反复电催袁世凯到南京就职，并派蔡元培、宋教仁、汪精卫等人为"欢迎员"，去北京"请"袁世凯。

袁世凯心中有数，他口头上不再坚持在北京当大总统，命令手下隆重接待南方的"欢迎员"专使，大摆筵宴，一副马上就赴任的样子。

经过舆论广泛、"积极"的报道后，北方各省原清朝统治区很有不稳的迹象。立宪派的张謇等人更是四下活动洋人，希望外交使团能劝止袁世凯南下，以免袁到南京就职后中国北方再发生大的动乱。

首都的选择，对革命党、袁世凯一方以及洋人列强都有某种象征性的意义。

继续以北京为都城，似乎意味着中华民国征服传统和东亚霸权的延续。而在南京定都，一方面是汉人政权的标志展现（明朝以此为都城），另一方面意味着某种革命性的涵意。

在 2 月 14 日参议院选举袁世凯为大总统的那一天,南京的临时国会本来以 20 票对 8 票通过了以北京为首都的决议。孙中山对此极其恼火,他威胁议会中的同盟会员,如果不按自己意愿去投票,他就让军警逮捕他们。于是,2 月 15 日,原来的决定被撤销,议员们重新以 19 票对 8 票决议以南京为首都。(吴相湘《宋教仁:中国民主宪宪政的先驱》,台北 1964 年)

其实,细观当时的政治情状,孙中山并不具备充足、不可辩驳的理由以及强有力的政治支持力能迫使袁世凯到南京就职。

同盟会资深人士宋教仁、章太炎等人,富有政治远见。他们认为,即使从最普通的军事政治地理以及防备俄国、日本的国防角度考虑,新中国的首都就不应该设在南京。同时,各省的都督,包括山东、湖南、广西、浙江、江苏、江北等,都打电报到南京,认为应坚持以北京为首都。(易国干《黎副总统政书》)

当蔡元培、宋教仁、汪精卫等南方"欢迎员"沉浸在能回去向孙中山交差的喜悦中时,1912 年 2 月 29 日晚,北洋驻军第三镇在北京东城发生了变兵。

晚上八点多,一群士兵携枪持械,从朝阳门冲入城中,嘴里大喊"袁宫保要走了,没人管我们了……"一路朝天开枪,冲入东四一带大肆抢掠。

这些大兵抢完了东四,再去北新桥、东单牌楼一带烧抢,并有一部分人冲向煤渣胡同,找寻南京方面派来接袁世凯去南京的"欢迎员"们。

听见枪声四起,人声喧哗,蔡元培等人慌忙从住处逃离。其中有的人连鞋也顾不上穿,乱哄哄,急促促,前往六国饭店"避难"。他们知道,洋人的地盘,乱兵一般不敢轻易来闯。

这次兵变,历来都被认为是袁世凯拒赴南京就职的一大阴谋和罪状。其实,只要回顾清末民初的历史,就可以发现,那一时期的兵变是一种常态。自1908 年开始,新军内部的哗变,大大小小,经常发生。

所以,这一次军变,如同京津同盟会行刺一样,于袁世凯而言,都是上天赐给他的运气,坏事最终都变成了好事。

兵变的原因,也不是国内外研究者们捕风捉影所认为的那样,是唐绍仪在袁世凯授意下有意策划的。只要细看当时国事新闻社编写的《北京兵变始末记》和英国武官 1912 年 3 月 4 日的一份详细报告,再冷静分析一下,就可以发现:这次士兵哗变的原因,简之不能再简——军部宣布停发战时特别军饷(每月一两银子)。士兵不满,就以拒绝袁世凯去南京为名,出营抢掠——抢劫本身,其实已经彰显出哗变士兵的基本目的——银钱。

如果真是袁世凯等人处心积虑的安排,兵变不会那样简单地抢烧。这种做法,给国人和洋人造成恶劣印象。袁世凯一直谋求给列强留下印象,他才是中国秩序最强有力的维护者。而北京的乱兵抢烧,显然是他不愿意看到的。

即使袁世凯从心底不愿去南京就职,他也大不必枉废心机,多此一举弄出这么件糗事。

兵变发生后，列强发出了更为强力的声音，坚决反对迁都南京，并联合提交了一份备忘录，指出中国政府迁都南京的意向，与1901年9月7日义和团事件后清朝与列强签订的协议内容完全相悖，"不符合国际义务的精神"。

对于南京临时政府和孙中山来说，他们不怕袁世凯，但很怕列强的干涉。

得知列强已经派数千武装士兵在北京大街上"巡逻"，又见北洋系将领皆通电拒绝接受南京为首都，加上内部同志蔡元培等人的"迁就"劝说，孙中山等人不得不让步。

当然，孙中山口头上还硬了一下，对袁世凯表示自己要提一支"劲旅"来北京帮助维持秩序。

袁世凯告诉他，北京秩序大定，兵变又无政治目的，不烦大驾远来。

为了把戏作真，袁世凯通过电文，向南京方面遍陈"苦衷"以外，建议让黎元洪（已被选为副总统）代他行使职权。

黎元洪也不傻，他不能离开武昌老窝，立刻复电推辞，表示"力不能任"。

知道玩不过袁世凯，孙中山只得接受现实。

1912年3月6日，南京参议院通过了《统一政府组织法》6条，允许袁世凯在北京任职。

1912年3月10日，春风得意的袁世凯，身穿大元帅服，领口敞开，终于在北京就任临时大总统，以河南腔的北京官话宣读誓词：

民国建设肇瑞，百凡待治，世凯深愿竭其能力，发扬共和精神，涤荡专制之瑕秽，谨守宪法，依国民之愿意，蕲达国家于安全强国之域，俾五大民族同臻乐利，凡兹志愿，率履勿渝！

而后，他即行组织内阁，并任命唐绍仪为总理，以示信于南方党人。

由于唐绍仪内阁中有四名同盟会成员（包括唐本人后来也加入同盟会），这一内阁有"同盟会内阁"之称。当然，外交、内务、军队等实权均不在同盟会阁员手中。但这样的作态，已经显现出袁世凯当时当地的政治智慧。

1912年4月1日，孙中山在南京正式解职。4月2日，参议院和临时政府全体北迁。

从此，中华民国时代，从形式上在中国成为现实。

开始踏上征程的中华民国，秉诚而论，袁世凯不是最初的设计者，也不是真正的共和主义者，但也不能把他说成是"胜利果实的篡夺者和惟一受惠者"。

民国肇始时的袁世凯，毕竟还不是"窃国大盗"时的袁世凯。

国殇为鬼无新旧——从张振武看辛亥首义元勋们的下场

张振武这个人，国版教科书以及正史中，最多提他一句，往往一笔带过。

最多是讲袁世凯"凶相毕露"时，弄一句袁世凯"窃取"胜利果实后翻脸，磨刀霍霍，杀掉首义功臣之一的张振武。

张振武之死，实由黎元洪而起，怪不得袁世凯。

无论是袁世凯就任大总统还是定都北京，黎元洪一直站在袁世凯的一边。数日以来，经他授意，其手下文人幕僚饶汉祥为他起草了不少长篇电文，洋洋洒洒，行文华丽，骈体雕琢，广为传诵。

通电之中，黎元洪貌似公允，作忧国忧民状，痛斥南京方面的拖延刁难，让袁世凯深感其人可倚。

在武昌，党人内部发生的"宁汉龃龉"，以及文学社、共进会两个派别的内斗，终使黎元洪抓住机会，步步坐大。

武昌起义后，军政府成立，握有军权的军务部三个部长中，共进会的孙武、张振武占了两席。为了排斥文学社成员，孙武本人主动向黎元洪靠拢，甘心为其所用。

阳夏战争中，黄兴抵鄂，文学社的蒋翊武自称力挺这位老乡。而且，到援武汉的客军，主力是湖南派来的两个协。这样，湘鄂地域之争更趋激烈，形成了黄兴、蒋翊武的湖南帮与黎元洪、孙武湖北帮的对立，也含有文学社与共进会的暗中较劲。

黄兴大败后回上海，文学社的蒋翊武出任战时总司令。孙武感觉不踏实，劝黎元洪改以谭人凤替代蒋翊武。岂料，同为湖南人的谭人凤，一任职就提出限制孙武等人权限的建议。为此，孙武大为光火，纠结一帮军官，黎元洪换下谭人凤。谭大胡子仅仅当三天官，指挥权又落回孙武等鄂籍军人手中。

不过，由于孙武本人军事才能未被公认，大家公推吴兆麟为战时总司令。所以，当时的湖北军政出现了双头领导，孙武为军务部长，又有吴兆麟为战时总司令。

南京组成临时政府后，孙武跑官不成，深恨黄兴，进而恨和尚憎及袈裟，又恨孙中山、同盟会以及南京政府。他气汹汹到上海组织"民社"，力挺黎元洪、袁世凯。

对于武昌党人文学社、共进会两个派动的矛盾，黎元洪乐观其成。

这两拨人闹得越凶，他本人作为"仲裁者"的身份就越凸显，权力就更加集中。

不仅坐观文学社、共进会之间的恶斗，黎元洪还挑拨孙武与张振武这两个同为共进会首领的湖北老乡的关系。

武昌首义中，张振武与孙武、蒋翊武齐名，号称"首义三武"。在起义初始阶段，孙武在医院疗伤，蒋翊武出逃，惟张振武一人担当，勇于任事。他和蔡济民等人一起，在武昌最困难的时刻，担负起军事指挥的任务。

汉阳失守后，黄兴心灰意冷，主张放弃武昌。危急时刻，张振武拔枪大喝："有敢言弃武昌者，斩！"一言而定乾坤，终使武昌临危不失，革命军保住了根据地这一最大的"本钱"。

武昌停战后,张振武前往上海购置枪械,携款数十万而去。

为此,孙武打小算盘,惟恐张振武的势力膨胀,就暗中与黎元洪商量,派人监视张振武在上海的活动。

张振武对此丝毫不知情,站在老乡立场上,他也公开在报上指责黄兴和南京临时政府:"碌碌诸公,因人成事,攘夺利权"。访友论时局,他为孙武鸣不平,并积极参与"民社"的创立活动。

由于张振武在上海所购置的枪械有不少是废枪(此举中了那些中间当捐客吃回扣的日本浪人的当),黎元洪在孙武撺掇下电催张振武回武昌。

当时,张振武见南北议和濒于破裂,就拨出第二批购置的部分枪械,准备支持烟台的蓝天蔚,并想自领一支军队,参与北伐清廷。

同盟会驻沪人员得知此讯后,马上向黎元洪告状,说张振武有"借北伐名义携械潜逃"的意思。

黎元洪闻之恼火,严令电催张振武回鄂。

不得已,张振武只得回到武昌。

刚回来,他就到黎元洪处质问。黎元洪装得一脸茫然,推说召他归鄂是孙武之意,与自己无关。

由此,孙、张之间交恶。

张振武回来后,黎元洪查账仔细,细追每笔款项的去处,惹得张振武大怒。他冲入都督府,指着黎元洪鼻子大骂:

"当初我们把你拉出来当了大都督,你现在富贵尊荣了,也清起我们的账来!"

心中有愧,黎元洪不敢吭声,挥笔核销了张振武上海之行的款项。

深究其由,张振武在武昌首义后纳妾九人,私生活不检点,难免有蚀侵公款的行为。但数目甚小,于大节无亏。

黎元洪、孙武就此小题大做,难免深藏机心。

孙武攀上黎元洪后,愈加跋扈,拉帮结派,排斥异己,最终导致了武昌"群英会"推动的"二次革命"。(这与孙中山日后反袁的"二次革命"不是一回事)

"群英会",原本由清朝新军32标革命党人向海潜所创,宗旨是反清革命,后并入共进会系统。武昌首义中,群英会成员舍生忘死,牺牲甚多。

首义胜利后,共进会会员黄申芗得任近卫军协统,对孙武的倨傲与蛮横甚为不满,就与同为湖北大冶老乡的向海潜暗中联合,以"改良政治"为由,暗中秘密联络将校团、教导团、毕血团等组织中那些胜利后因投闲置散而心怀怨恨的军官们,发起一场旨在倒孙武的军事行动。

1912年2月27日夜,大批士兵佩带"群英会"白布徽记,高喊"打倒孙武"、"驱逐民贼"的口号,一路鸣枪,冲向军务部和孙武的住处。

孙武腿快,单身逃往汉口洋租界躲避。他的家小,全部落入乱兵之手,被扣押住当"人质"。(后经张振武说情放出)

闯入孙宅的士兵们仔细搜察,发现孙武家箱笼甚盛,金银不少。

在这次事件中，黄申芗事先表明只杀孙武一人，目的单纯。但参与人数太多，人各怀心，中途生变。有人抢，有人烧，有人杀，变成了一场兵变。

大乱中，文学社成员张廷辅被杀（时任第二镇统制），邓玉麟（时任第四镇统制）和蔡济民两人被乱兵扣压。

由于张廷辅的被杀，事变显然掺入了共进会与文学社争斗的色彩。

逃入汉口的孙武，本想借邓玉麟之力进行军事镇压，但得知邓也已经被乱兵抓住，他只能放弃武力。

在张振武奔走解说下，黎元洪出来做好人，终于以不流血方式平息了这次兵变。

事后，孙武被迫辞职，表示"心寒齿冷"，"谢绝世事"，寓居于汉口不出。其实，他仍旧与黎元洪密切往来，随时准备"入世"。

虽然黎元洪一直倚重孙武，但对这个一直恃势凌人的武人，黎元洪心中也很不爽。"群英会"军官闹事，正好帮他忙，把孙武从要职位置上搞下。

为此，事后，黎元洪对黄申芗也很宽容，口头"申斥"一下，送数千大洋让他"出洋考察"。

坐山观虎斗之余，"群英会"二次革命也给黎元洪抓住了借口。孙武离职后，军务部两个副部长张振武、蒋翊武均被免职，只给两人以"顾问"的虚衔。军务部缩编为无权的军务司（蔡济民为司长），成为黎元洪手下的听命办事机构。

然后，黎元洪对武昌军政府一顿大换血，把不顺眼的人全部赶走，扶上清一色的自己人，完全把持了湖北一切军政大权。

武昌首义同志间，各立山头，既有湖南、湖北、上海的地域之争，又有同盟会与非同盟会之争。

在上海集团和武昌集团之间，你中有我，我中有你，纠结缠绕，僵持不休。

蒋翊武表面上是武昌集团的人，但他领导的文学社在感情上倾向同盟会，与上海集团不乏亲近；上海的章太炎，乃老光复会员，却因为一直与孙中山等人有过节，常常与黎元洪等武昌集团首脑明送秋波。

双方闹别扭，使劲掐，最后就使得北京的袁世凯和武昌的黎元洪坐收渔人之利。

在湖北，黎元洪可谓是真正的一方之主了。

首义功臣中，孙武去，蒋翊武免，蔡济民不就官，只有张振武一个人切齿恨恨，不甘心被边缘化，继续掌握将校团这样一支有实力的武装，坐恋不去。

黎元洪一再企图改编这个团，均为张振武所拒。黎元洪想派去一个副团长，也被赶回来。他想把该团编入自己亲信所辖的第六镇，还遭将校团的激烈反对。

从那时起，黎元洪对张振武已动杀心。

张振武本人不知韬晦，常出头为武昌首义功臣争利权。听说顾庆云被从黎元洪武昌警视厅长的位子上排挤下去，他就致信黎元洪，怒斥说：

"兔死狗烹，鸟尽弓藏……何其颠倒错乱如是乎？"

黎元洪见此信，杀心益炽。联想到首义后自己被拉到咨议局当晚，一批旗兵叛乱进攻，张振武曾提议用自己脑袋来镇抚的事情，黎元洪心中更恨。

直接办了张振武不太容易，于是，黎元洪向袁世凯"推荐"张振武任"东三省边防使"，让他率一支兵马前往任职，实际上想先排挤他出湖北。

张振武一心想立功名，秣兵厉马，准备就任。

袁世凯当时答应，但心中明白。他绝不想弄个非北洋系的军人，在北方自己地盘屯兵。于是，袁世凯很快就以烟台有变为由，电令张振武暂缓出行。

不久，袁世凯电令张振武、蒋翊武、孙武三人入京，授予"总统府军事顾问官"虚衔，以事笼络牵羁。

孙、蒋二人没说什么，惟独张振武不快，扬言："我们湖北人只能作顾问官吗？"他两次上书袁世凯，要求派自己外出屯垦备边。

袁世凯敷衍他，授他为"蒙古屯垦使"。

如果张振武懂事，拿了这个"蒙古屯垦使"的俸禄就算了。他不，三番五次上书申请拨款拨经费，要当真的"蒙古屯垦使"。

袁世凯推诿，说政府没钱。

张振武大怒，把委任状往京中住处的桌子上一放，负气回到了武汉。这是 1912 年 6 月间的事。

在北京期间，由于孙武四处招摇张扬，把自己说成是武昌首义第一人，终日与外国使节和京内大员宴饮，使得张振武更加对这个首义战友心怀不满。

黎元洪呢，坐镇武昌，拥有一个"副总统"荣衔，在南京政府北迁、袁世凯成为大总统之后，针对当时各地军阀势力交争的局面，常以老好人面目出现，不停发通电，申明自己的意见。而且，他常常对时局纷扰做痛心疾首状，赢得了国内民众不少好印象。

特别是 1912 年初夏，黎元洪电文中有关"军民分治"的内容，虽是虚饰之文，却也道出了武人害政将要造成的"十害"：

荧惑政策，督乱方略，其害一；把持贤路，接挽私人，其害二；招募非人，嚣然自雄，其害三；恣财赎武，暴敛横征，其害四；假以军法，草菅人命，其害五；奸淫劫掠，蹂躏地方，其害六；易受蛊惑，动摇政局，其害七；拥兵自重，易生反侧，其害八；争城夺地，内讧不止，其害九；割据一方，形同藩镇，其害十。

观袁世凯死后北洋军阀以及其他各省军阀的乱哄，几乎全为黎元洪提前一一言中。

张振武回湖北后，仍旧四处奔走。他自己设立屯垦事务所，向黎元洪索要每月一千银元，准备筹兵为一镇，前往蒙古作他的"屯垦使"。

见张振武如此不知进退，黎元洪痛下杀心。

此时，恰好湖北的同盟会会员祝制六等人，不满首义党人遭受排挤，暗中组织"改良政治团"，想进行排黎夺权的武昌"三次革命"。

黎元洪抓住这次机会，抹下"菩萨"假面，派人逮捕祝制六等人，指斥他们为"民国寇仇",不久就下令杀害了祝制六及数十名党人,亮起了明晃晃的屠刀。

对于祝制六等人的密谋起事、被杀,张振武确实毫不知情。

而且,同盟会的人得知消息后,纷纷指责孙武在背后挑唆。孙武闻言发怒,他上书黎元洪,坚称同盟会的湖南人想诬蔑湖北人,泼污黎副总统。

在黎元洪本人和幕僚的暗中挑拨下,孙武、张振武、蒋翊武三人,不辨是非,互相指责,关系僵如寇仇。

烦躁郁闷之间,张振武一次在公开演讲中,高言道:

"革命非数次不成,流血非万万人不止!"

黎元洪闻之,击掌扼腕。

听闻湖北乱哄哄,人在北京的袁世凯十分高兴。他笑呵呵出来作老好人,电请张振武到北京议事。

黎元洪借坡下驴,立刻拿出四千银元作盘缠,"欢送"张振武。

大总统请,副总统送,张振武一时飘飘然,得意忘形,带着将校团团长方维等三十多名亲信军官,踏上了入京的不归路。

到北京后,张振武雄心勃勃,四处宴客会友,大讲筹边安边之策,准备策马边陲立大功。

1912年8月15日晚间,为了联络感情,张振武代表湖北军界,在六国饭店宴请北京将校。

席间,众人笑语寒暄,酒皆尽兴。而入席的北洋驻军总司令段芝贵身上,已掖有一张对张振武等人的逮捕令。

原来,两天前,黎元洪自湖北已向袁世凯发来一封密电,言辞恳恳,罗织了张振武一大堆罪名:

张振武一小学教员,赞成革命,起义以后,充当军务司副司长,虽为有功,乃怙权结党,桀骜自恣,赴沪购枪,吞蚀巨款。

当武昌二次蠢动之时,人心惶惶,振武暗中煽惑将校团,乘机思逞,幸该团员深明大义,不为所惑。元洪念其前劳,屡与优容,终不悛改,因劝以调查边务,规划远谟,于是大总统有蒙古调查员之命。

振武抵京后,复要求发巨款设专局,一言未遂潜行返鄂。(观此数语,见得京、鄂两处已密布侦探,将张、方二人行踪,探得明明白白,张、方自己尚如睡在梦中。本书前文亦未尽说明,至此方才揭出。飞扬跋扈,可见一斑。)

(张振武)近更蛊惑军士,勾结土匪,破坏共和,倡谋不轨,狼子野心,愈接愈厉,假政党之名义,以遂其影射之谋,借报馆之揄扬,以掩其凶顽之迹。

排解之使,困于道途,防御之士,疲于昼夜。风声鹤唳,一夕数惊。赖将士忠诚,侦探敏捷,机关悉破,泯祸无形,吾鄂人民,胥拜天使。

然余孽虽歼,元憝未殄,当国害未定之秋,固不堪种瓜再摘;以枭獍习成之性,又岂能迁地为良?

(我黎)元洪爱既不能,忍又不可,回腹荡气,仁智俱穷,伏乞将张振武立予正法,其随行方维,系属同恶相济,并乞一律处决,以昭炯戒。此外随行诸人,有勇知方,素为元洪所深信,如愿归籍者,请就近酌给川资,俾归乡里,用示劝善罚恶之意。惟振武虽伏国典,前功固不可没,所部概属无辜。元洪当经纪其丧,抚恤其家,安置其徒众,决不敢株累一人。

皇天后土,实闻此言。

（我黎）元洪蒵然一身,托于诸将士之手,阘茸尸位,抚驭无才,致令起义健儿,夷为罪首,言之赧颜,思之雪涕,独行踽踽,此恨绵绵。更乞予以处分,以谢张振武九泉之灵,尤为感祷。

临颖悲痛,不尽欲言。

真杀心与假惺惺,电文写得极其"感人"。

袁世凯接到电报后,很感踌躇。他召集北洋军人以及在京湖北籍将领们商议此事,并回电征询黎元洪那封电文是否确定。

黎元洪马上确认,并派"文胆"饶汉祥等人入京面见袁世凯,告知武汉方面布置严密,不会因杀张振武而出事,竭力要求袁世凯对张振武和方维立即"行刑"。

由此,8月15日,袁世凯签发,段祺瑞副署,决定捕杀张振武、方维二人。

查张振武既经立功于前,自应始终策励,以成全人。乃披阅黎副总统电陈各节,竟渝初心,反对建设,破坏共和,以及方维同恶相济。本总统一再思维,诚如副总统所谓爱既不能,忍又不可,若事姑容,何以慰烈士之英魂? 不得已即著步军统领军政执法处总长,遵照办理。此令。

至于张振武、方维二人被逮情形,当时的《中华民国公报》记载甚详:张、方二人宴会后乘马车回公寓,经过棋盘街时,忽然枪声隆隆,兵勇如蚁,将他们的马车围住。士兵用枪托捣碎玻璃,拉出二人捆上。

张振武大呼:"国都之地,你们怎敢劫人! 我是张振武,你们不得如此无法纪!"

士兵也不理论,先后一千多人来围,如临大敌,拥着二人往西单牌楼方向而去。

被执送到了当时的营务处,执法处长陆建章先朗读黎元洪电文,再宣读袁世凯的命令。

张振武静静听着,然后大声喊道:"我张振武早就该死,但没想到是死在北京。"

他提出要写信。陆建章递过纸笔。

张振武给邓玉麟,刘成禺(民社成员)各写一封信,大概是责斥二人帮黎元洪出卖自己(其实这二人也受黎元洪愚弄),然后问陆建章:"可否容我见袁大总统一面,然后再把我枪毙?"

陆建章拒绝:"军法所在,予不敢当!"

被捕后仅三小时,张振武、方维二人即被行刑。

由于系脑后开枪,张振武死状甚惨,一睛脱出,头部鲜血淋漓。

本来，黎元洪是想借袁世凯之手杀张振武，嫁祸于人。

袁世凯何等人物，当然看得出黎元洪的心思。

转天早晨，面对来总统府汹汹质问的孙武等人（孙武此时大有兔死狐悲之感），袁世凯一脸无奈："这件事我很抱歉，具体经过你们也知道，我本不欲办理，但黎副总统一直来电急催，我只能照办。我知道杀了张振武对不起湖北人，事已至此，无能为力。"

8月17日，袁世凯命人在报纸上全文刊出黎元洪密电内容，很委屈地表明自己是"不得已"的"遵照办理"。

黎元洪想玩袁世凯，最终袁世凯玩了黎元洪。

张振武之死，举国震骇。

同盟会、民社派（此时已并入"共和党"）纷纷而起，齐声谴责黎元洪（不好说袁世凯），并发起弹劾。

弹劾谁呢，不能弹劾袁世凯，就只能弹劾时任国务总理的陆征祥。但此人在张振武被杀前一直住院，案后他又辞职。而代任的总理赵秉均，显然当时与此案无关。

于是，大家的怒气，全部泄宣到武昌的黎元洪头上。

本想借刀杀人的黎元洪又气又急，但他也从心中十足佩服袁世凯的老辣。

为了挽救自身形象，黎元洪对全国发出一封长达数千言的通电，先讲张振武"罪恶"，后诉自己苦衷，三讲自己的负疚、自责，最后在示退的前提下，又当老好人，表示要赡养张振武老母幼子，一副孔明大义斩马谡的无辜与无奈。由于这篇骈文作得太好，不得不全文刊之：

连日函电纷驰，诘难群起，前电仓猝，尚未详尽。报告政府书，复未赍到，诚恐远道不察，真象愈湮，敢重述梗概，为诸公告。

张振武初充军务司副长。汉阳失败，托词购枪，留函径去。当命参议丁复生，追至上海，配定式样，只限购银二十万两，乃擅拨买铜元银四十万，仅购废枪四千枝，子弹四百万，机关枪三十六枝，子弹二百万，枪械腐窳，机件残缺，有物可查，设有战事，贻害何堪设想？且除买械二十六万余外，另滥用浮报三十二万，无账二万，尚借谭君人凤五万，陈督复来电索款，均系不明用途，有账可稽，罪一；南北统一，战事告终，振武由沪返鄂，私立将校团，遣方维往各营勾串，募集六百余人，每名二十元，鄂军屡次改编，该团始终不受编制，兵站总监兵六大队，已预备退伍，伊复私收为护卫队，拥兵自卫，罪二；二月二十七日，串谋煽乱，军务部全行推倒，伊复独任方维，要挟留任，复谋杀新举正长曾广大，经元洪访查得实，始将三司长悉改顾问，罪三；冒充军统，昼夜横行，护卫队常在百人以外，沿途放枪，居民惶恐。每至都督府，枪皆实弹。罪四；护卫队屡遭解散，抗不遵命，复擅抢兵站枪枝粮饷，藐无法纪，罪五；强调铁路立中小火轮，勾串军队，昼夜来往，罪六；暗煽义勇团长梅占鳌，增加营数，诱命石龙岩往联领事团，许事成任为外交司长，该员等不为所动，谋遂无成，罪七；革命后广纳良女为姬妾，内嬖如夫人者，将及十人，叶某及鲁某，皆女学生，复伙串某报鼓吹，颠倒黑白，破坏共和，罪八；民国公校开校，当众演说，革命非数次不成，流血非万万人不止，摇动国本，骇人听闻，罪九；亲率佩枪军队，逼迫教育司，勒索学款，挟之以兵，罪十；令逆党方维，勾串已革管带李忠义，及军界祝制六、滕亚纲、姜国光、谢玉山、刘起沛、朱振鹏、江有贵、黄耀生，暨汉口土匪头目王金标，分设机关，密谋起事，并另举标统八人，伊为原动，大众皆知，虽名册已焚，祝、滕正法，刘、朱尚寄监可质，罪十一；机关破露，移恨孙武，复遣四十人，分途暗杀，罪十二；前次所购机关枪弹，除湖北实收外，近证之蓝都督报告，接济之账，尚匿交机关枪多枝，子弹三万粒，私藏利械，图谋不轨，罪十三；此次电促赴京，实望革心向善，乃叠据侦探报告，伊以委命未下，复图归鄂，密遣党羽，预归布置，复查悉函阻将校团，不得退伍，武汉一隅，关系全局，三摘已稀，岂堪四摘！罪十四；此外索款巨万，密济党援，朘削公家，扰乱秩序，种种不法，不胜枚举。

元洪荐充大总统高等军事顾问，并有蒙古调查员之命，无非追录前功，冀挽将来，犹复要索巨款，议设专局，又在上海私文屯垦事务所，月索千余圆，凡此诸端，或档案具在，或实地可查，揭其本末罪状，实属无可宽容。诸公老成谋国，保卫治安，素为元洪所钦佩，倘使元洪留此大憝，贻害地方，致翻全局，诸公纵不见责，如苍生何？

顾或有谓杀非其地，杀非其时，杀非其道者，责以法理，夫复何辞？然此中委曲，尚有万不获已之衷，为诸公未悉者——武昌当革命之余，丁裁兵之会，地势冲繁，军心浮动，振武暗握重兵，潜伏租界，一经逮捕，立召干戈，既祸生灵，更酿交涉，操切偾事，谁尸其咎？况北京为民国首都，万流仰镜，初非邻省，更异敌邦，明正典刑，昭示天下，揆诸名义，似尚无妨，此不获已者一；振武席军务长之余焰，凭将校团之淫威，取精用宏，根深柢固，投鼠忌器，人莫敢撄，卷土重来，拥兵如故，狼子野心，更无纪极，前此以往，杀既不敢，后此以往，杀更不能，千里毫厘，稍纵即逝，先此不谋，噬脐何及？况谋叛民国之犯，果有确据，随时皆可掩捕，此不获已者二；振武分遣党羽，密布机关，奸谋败露，应命赴京，更怀疑惧，居则佩刀盈室，出则荷枪载途，京鄂之使，不绝于道，心机叵测，消息灵通，一电遥飞，全国窥变，联电请求，举兵要挟，虽有国典，亦无所施，况振武现参军政，遥领兵权，绳以军法，洵为允当，且北京军事裁判，尚未完全，南中军法会议，已非一次，询谋佥同，始敢出此，此不获已者三。（极叙黎元洪自己杀张振武的无奈，向世人说明杀他完全是怕他遗祸国家）

元洪数月以来，踌躇再四，爱功忧乱，五内交萦，回肠九转，忧心百结，宁我负振武，无振武负湖北，宁取负振武罪，无取负天下罪。刲臂疗身，决蹯卫命，冒刑除患，实所甘心。

夫汉高、明太，皆以自图帝业，屠戮功臣，越践、吴差，皆以误信谗言，戕害善类，藏弓烹狗，有识同悲。至若（李）怀光就戮，史不论其寡恩，（侯）君集被擒，书不原其战绩，矧共和之国，同属编氓，但当为民国固金瓯，不当为个人保

铁券。（举古代被杀的跋扈将领为例，彰显黎元洪自己杀之有名）

元洪念彼前劳，未忍悉行诛罚，安此反侧，复未稍事牵连，遂致日前两电，词多含蓄，迹似虚诬，又何怪诸公义愤之填胸，而责言之交耳也？伏思元洪素乏丰功，忝窃高位，爱民心切，驭将才疏，武汉蠢动，全楚骚然，商民流离，市廛雕敝，损失财产，几逾巨万，养痈成患，责在藐躬，亡羊补牢，泣将何及？洪罪一也；洪与振武，相从患难，共守孤城，推食解衣，情同骨肉，乃恩深法弛，背道寒盟，猪口罔闻，剖心难谅，首义之士，忍为罪魁，同室弯弓，几酿巨祸。洪实凉德，于武何尤？追念前功，能无陨涕，洪罪二也；国基初定，法权未张，凡属国民，应同维护，乃险象环生，祸机迫切，因养指失肩之惧，为枉寻直尺之谋，安一方黎庶之心，解天下动庸之体，反经行政，贻人口实，洪罪三也。（看似黎元洪怪罪自己，实际铺叙己功，博取同情）

有此三罪，十死难辞，纵诸公揆诸事实，鉴此苦衷，曲事优容，不加谴责，犹当跼天蹐地，愧悔难容；况区区此心，不为诸公所谅乎？

溯自起义以来，戎马仓皇，军书旁午，忘餐废寝，忽忽半年，南北争议，亲历危机，蒙藏凶顽，频惊噩耗；重以骄兵四起，伏莽潜滋，内谨防闲，外图排解；戒严之令，至再至三，朽索奔驹，幸逾绝险。积劳成疾，咯血盈升，俯仰世间，了无生趣。（黎元洪把自己说成是劳苦功高、累得吐血的元勋义士）

秋荼尚甘，冻雀犹乐，顾瞻前路，如蹈深渊。自时厥后，定当退避贤路，伫待严谴，倘有矜其微劳，保此迟暮，穷山绝海，尚可栖迟，汉水不波，方城如故，虽死之日，犹生之年。世有鬼神，或容依庇，百世之下，庶知此心。（黎元洪指天划地，宛如百口莫辩的被冤枉者，彰显他自己的良苦用心）

至张振武罪名虽得，劳勤未彰，除优加抚恤，赡其母使终年，养其子使成立外，特派专员，迎柩归籍，乞饬沿途善为照料，俟灵柩到鄂，元洪当躬自奠祭，开会哀悼，以慰幽魂。并拟将该员事略，荟蕞成书，请大总统宣示天下，俾晓然于功罪之不掩，赏罚之有公，斗室之内，稍免疚心。泉台之下，或当瞑目。（优叙罪人家属，大办丧事，以显示黎元洪自己的"厚道"）

临风悲结，不暇择言，瞻望公门，尚垂明教！

经此表演后，黎元江在湖北密布军警，解散一切不利于他自己的军事、政治团体，然后通电，表示自己要"辞职"。

紧接着，由他安排的、署名"湖北全体士民"的一份通电，直发北京参议院，内容"痛责参议院"，无非是表示"竭力挽留黎公"。紧接着，湖北军界、地方议会纷纷去电北京，杀气腾腾，大有黎元洪一走湖北即大乱的威胁。

袁世凯乐得其成。他知道黎元洪在湖北搞不成什么大事，听任张振武案发展。

1912年8月24日，孙中山抵达北京，袁世凯腾出自己在北京石大人胡同的总统府，改为孙中山下榻处，进行无比隆重的欢迎。

当时，人们渴望民国的光明前景，浸沉于南北和解的幻景中，从某种程度上转移了对张振武一案的注意力。

而孙中山本人呢,正与袁世凯处于蜜月期。他明白指示同盟会员身份的议员不要对张振武案"小题大做",怕影响"大局"的和谐。

8月25日,由宋教仁实际主持的同盟会与统一共和党等五个团体合组为"国民党",孙中山亲临成立大会。

会后,孙中山与党员、同志密议,觉得南北调和是当时大事,不要再以张振武之死兴起波澜与袁世凯、黎元洪过不去。

最为主要的,张振武本人乃湖北地方军人,他与同盟会大头目之间关系疏远,又曾与黄兴交恶。所以,他的死,孙中山等人没有"切肤之痛",自然不会为这么一个死人出头去得罪袁大总统、黎副总统。

8月28日,张振武灵柩运回武昌。

已经躲过一次危机的黎元洪如释重负,马上扮演"厚道好人"。在抱冰堂,黎元洪为他亲自下令杀死的张振武开祭悼大会,并亲自主祭,并送悼联一副:

上联:为国家缔造艰难,功首罪魁,后世自有定论
下联:幸天地鉴临上下,私情公义,此心不负故人

如此戏份,真是做到了家。

张振武追悼会过了仅仅不到一个月,9月24日,得知南湖马队的党人准备起义,黎元洪借"改进团事件"为名,在湖北杀掉了大批党人军官,由"黎菩萨"变成了人人称狠的"黎屠户"。

"首义三武"之一的蒋翊武,在武汉"改进团"倒黎运动失败后,前往湖南参加反对袁世凯的"二次革命",任鄂豫招抚使,在岳阳驻防。

湖南取消独立后,其他党人纷纷逃离湖南,大多经汉口乘船东下走避。

蒋翊武认为汉口太危险,因为在那里认识他的人太多,就准备改道广西入香港。

经全州时,蒋翊武为统领秦步衢的桂兵捕得。

得知消息后,广西都督陆荣廷立即电奏袁世凯。

袁世凯马上发电,征询黎元洪意见。

深恨蒋翊武不附自己,黎元洪不顾诸人在首义时拥推他的恩情,马上复电袁世凯,声称蒋翊武"逆迹昭彰",在"湘鄂一带党羽众多",要求袁世凯立刻杀掉他:"从速执行,以昭显戮。"

袁世凯接到电报,命令陆荣廷把蒋翊武就地枪决。

1913年9月9日,蒋翊武在桂林丽泽门从容就义,时年28。

"首义三武",有"两武"死于黎元洪的催迫,下执行令的人竟然都姓陆(陆荣廷与陆建章)。

刑前,蒋翊武口占四首绝命诗,其一曰:

当年豪气今何在? 如此江山怒不平!
嗟我寂冤终无了,空余庑剑作寒鸣。

图书在版编目(CIP)数据

铁血华年：辛亥革命那一枪/赫连勃勃大王（梅毅）著.
—北京：华艺出版社，2008.9
（梅毅历史大散文自选集：8）
ISBN 978-7-80252-031-8

I.铁… II.梅… III.辛亥革命—研究 IV.K257.07

中国版本图书馆CIP数据核字（2008）第136984号

铁血华年：辛亥革命那一枪

作　　者：赫连勃勃大王（梅毅）
运营统筹：鲍立衔
责任编辑：刘　泰　韩海涛　常永富
出版发行：华艺出版社
社　　址：北京市海淀区北四环中路229号海泰大厦10层
邮　　编：100083
电　　话：010-82885151
印　　刷：北京楠萍印刷有限公司
开　　本：700×1000　1/16
字　　数：189千字
印　　张：14
版　　次：2008年11月第一版
印　　次：2009年7月第二次印刷
书　　号：ISBN 978-7-80252-031-8/Z·533
定　　价：20.00元